riva

Bibliografische Information der Deutschen Nationalbibliothek

Die Deutsche Nationalbibliothek verzeichnet diese Publikation in der Deutschen Nationalbibliografie. Detaillierte bibliografische Daten sind im Internet über http://dnb.d-nb.de abrufbar.

Für Fragen und Anregungen:
info@rivaverlag.de

Originalausgabe
1. Auflage 2015

Nymphenburger Straße 86
D-80636 München
Tel.: 089 651285-0
Fax: 089 652096

Redaktion: Andreas Klatt, Bielefeld
Umschlaggestaltung: Kristin Hoffmann, München
Umschlagabbildung: unter Verwendung von Shutterstock
Satz: EDV-Fotosatz Huber/Verlagsservice G. Pfeifer, Germering
Druck: CPI books GmbH, Leck
Printed in Germany

Der Skorpion in der Bananenkiste
ISBN Print 978-3-86883-678-3
ISBN E-Book (PDF) 978-3-86413-843-0
ISBN E-Book (EPUB, Mobi) 978-3-86413-844-7

Slenderman und Smile Dog
ISBN Print 978-3-86883-809-1
ISBN E-Book (PDF) 978-3-95971-104-3
ISBN E-Book (EPUB, Mobi) 978-3-95971-105-0

Weitere Informationen zum Verlag finden Sie unter:

www.rivaverlag.de

Beachten Sie auch unsere weiteren Verlage unter www.muenchner-verlagsgruppe.de

Inhalt

Vorwort

Das Lagerfeuer prasselt. Der Rauch brennt in den Augen. Ein kaltes Bier in der Hand. Jemand fängt an zu erzählen: »Ich kenne da eine Geschichte: Ich habe sie von einem Freund gehört. Eine junge Frau. Nachts. Eine dunkle Landstraße. Ihr werdet es mir nicht glauben …«

Schon seit Anbeginn der Menschheit werden solche Geschichten erzählt und verbreitet. Von Feuerplatz zu Feuerpatz. Garantiert wahr. Aus erster Hand. Nun ja, vielleicht nicht ganz. Aber das ist doch eigentlich auch egal. Hauptsache, die Story ist gut!

Die besten Geschichten werden zu modernen Mythen. Fast jeder hat sie schon einmal gehört. Die Spinne in der Yucca-Palme. Der Skorpion in der Bananenkiste. Bei vielen dieser Storys weiß man bis heute nicht, ob sie tatsächlich mal so passiert sind. Irgendwie. Irgendwo. Irgendwann. Viele haben einen wahren Kern. Und wenn es nur eine kollektive Angst ist.

Viele der urbanen Legenden tauchen überall auf der Welt auf. Gleichzeitig. Und bleiben jahrzehntelang am Leben. Alle Jahre wieder kriechen sie im Sommerloch aus der Kanalisation, so wie das Krokodil, das angeblich im Abwassersystem von New York lebt. Das hat es sogar bis zu einer Verfilmung gebracht.

Doch mittlerweile wurde das Internet zum großen Lagerfeuer der Moderne. Hier entstanden ganz neue urbane Mythen. Das Genre hat sogar einen Namen bekommen: Creepypasta. Das Wort setzt sich zusammen aus creepy (»gruslig«) und Pasta (von »paste« für einfügen). Denn im Netz werden die Geschichten besonders schnell und effektiv verbreitet. Sie handeln von furchterregenden Gestalten wie dem Slenderman oder Laughing Jack, deren Existenz alleine schon Unheil verbreiten.

Charakteristisch ist, dass weder die Richtigkeit noch die Quelle der Legende belegt werden kann. Deshalb kommt es auch nur allzu oft vor, dass die Geschichten mit dem typischen »Ein Freund hat mir erzählt …« oder »Weißt Du schon, was dem xy passiert ist?« beginnen.
In diesem Buch werden die neuesten, besten und bekanntesten der Legenden zusammengetragen, denn es wäre zu schade, wenn diese grandiosen Geschichten doch eines Tages in Vergessenheit geraten würden.

Leseempfehlung: am Lagerfeuer oder in einem schummrigen Raum, am besten in Gesellschaft. Ohren auf, Fantasie an – und einem spannenden Abend mit Gänsehautfeeling steht nichts mehr im Wege. Die sensiblen Gemüter lassen die Geschichten unter **DIESEN ÜBERSCHRIFTEN** am besten erst mal aus …

Info: Dieses Buch liegt in den beiden Ausgabe *Der Skorpion in der Bananenkiste* und *Slenderman und Smile Dog* vor.

Moderne Mythen und Klassiker

Die Kuckucksuhr

In dieser Geschichte variieren je nach Herkunftsland, die Gegenstände. Der Hergang an sich wird jedoch fast immer gleich wiedergegeben.

Nach dem Tod meines Großvaters tat mir meine Oma immer sehr leid, wie sie ganz alleine in der Wohnung saß, die die beiden über 50 Jahre lang bewohnt hatten. Sie hatte, wie es schien, zusammen mit meinem Großvater auch ihre Aufgabe im Leben verloren und das merkte man ihr an.
Deshalb entschied ich mich, sie jedes zweite Wochenende zu besuchen. Ich freute mich immer, sie zu sehen, und ließ mich auch zugegebenermaßen immer gerne von ihrer Kochkunst verwöhnen. Und sie war immer ganz aus dem Häuschen, wenn sie mich wiedersah. Es sei für sie jedes Mal wie Weihnachten, wenn ich auftauche, pflegte sie zu sagen. In dem Moment waren ihre Trauer und ihr Unmut verschwunden und sie war wieder der lustige Mensch, den ich aus früheren Tagen kannte.
An einem der besagten Samstagabende fiel ihr auf, dass sie vergessen hatte, das Bier zu kaufen, das ich so gerne trank. Ich versuchte sie zwar davon zu überzeugen, dass das nun wirklich kein Problem sei, aber da es sie froh machte, mich verwöhnen zu können, gab ich irgendwann nach

und ließ sie ziehen. Sie bestand darauf, schnell gegenüber in den kleinen Laden zu gehen, sie wisse ja ganz genau, wo das Bier dort stehe, und sei deshalb auch gleich wieder da.
Kurz nachdem sie die Wohnung verlassen hatte, passierte etwas Merkwürdiges. Die Kuckucksuhr meines Großvaters fiel von der Wand. Ich ging hin und hob sie auf. Es war nichts beschädigt, wobei die Uhr schon lange nicht mehr funktionierte, denn die Uhr war an dem Tag, an dem mein Opa verstorben war, stehen geblieben. Seitdem war sie für meine Großmutter eine Art Gedenkstätte geworden und sie richtete öfter das eine oder andere Wort an die Uhr.
Als sie wieder an der Wand hing und ich mich auf den Weg zurück zum Sofa machte, hörte ich erneut ein lautes Scheppern. Und da lag sie – schon wieder!
Ich überprüfte den Haken und den Nagel, um die Uhr vor einem erneuten Sturz zu bewahren. Doch es passierte genau dasselbe: Kaum hatte ich mich einige Meter entfernt, fiel die Uhr zu Boden. Das ganze Spiel wiederholte sich an die zehn Mal, bis ich begriff, dass es sich um eine Botschaft handeln musste. Ich rannte aus der Wohnung und durch das Treppenhaus und da sah ich sie liegen, meine Großmutter. Sie lag am Fuß der Treppe, ohnmächtig, mit einer kleinen Platzwunde am Kopf.
Die Sanitäter waren sofort vor Ort und versorgten meine Oma, die schon wieder zu sich gekommen war. Als ich ihr von dem Vorfall mit der Uhr erzählte, lief eine kleine Träne über ihre Wange und sie sagte:
»Ja, mein Ludwig hat schon immer auf mich aufgepasst.«

DIE LEICHE IM GARTOPF

In einem kleinen Städtchen in Italien fand beinahe die gesamte Bevölkerung Arbeit in der einzigen Fabrik, die der Ort zu bieten hatte. Jeder war heilfroh über seine Anstellung und deshalb beschwerte sich auch niemand über die teilweise unzumutbaren Arbeitsbedingungen, die dort herrschten. Man akzeptierte es entweder stillschweigend oder unternahm etwas dagegen, wenn es unbemerkt bleiben konnte. So hatte es sich Maria aus der Spätschicht angewöhnt, nach getaner Arbeit und bevor sie nach Hause ging, nicht die für die Angestellten vorgesehenen Duschen im Waschraum zu benutzen. Die Waschräume waren derart dreckig und ekelerregend, dass sie eines Abends beschlossen hatte, in dem riesigen beheizbaren Wurstkessel ein Bad zu nehmen, sobald alle anderen verschwunden waren.

Und das klappte ganz wunderbar. Sie ließ den Kessel mit Wasser volllaufen, stellte die Temperatur ein und genoss so zweimal in der Woche ein kostenloses heißes Entspannungsbad in dem gereinigten Riesentopf.

Doch an einem Abend nahm das Schicksal seinen Lauf, denn der Deckel, den sie nicht gut genug befestigt hatte, schlug zu und verhakte sich in den Schlössern. Maria schrie und versuchte mit aller Kraft, den Deckel zu öffnen. Aber sie hatte keine Chance, er war fest verriegelt.

Am nächsten Morgen kamen die Arbeiter der Frühschicht und machten eine grausige Entdeckung. In dem Wurstkessel der Fabrik trieb eine Leiche. Das Fleisch war über Nacht so lange gekocht worden, dass es sich von den Knochen gelöst hatte und in Fetzen durch die Brühe trieb. Daneben ein Skelett.

Die Gerichtsmediziner sprachen von einem tragischen Unfall, der wahrscheinlich beim Reinigen des Topfes passiert war. Sie gingen davon aus, dass die Person, die später als eine der langjährigen Angestellten identifiziert wurde, langsam und qualvoll erstickt sein musste. Eine Obduktion der Leiche war jedoch auf Grund ihres Zustandes nicht mehr möglich.

Die unsaubere Frisur

Die Geschichte soll sich vor zwei Jahren in Berlin zugetragen haben. Ein junger Mann, der seit Jahren Dreadlocks trug, wunderte sich darüber, dass seine Haare irgendwann anfingen zu stinken. Er wusch sie daraufhin einige dutzend Male, aber es wurde nicht besser. Auch das Wasser verfärbte sich bei jedem Waschgang weiterhin braun.
Nach ein paar Wochen entschied er sich dazu, seine geliebten Haare wohl oder übel abschneiden zu lassen. Was dann zum Vorschein kam, war ekelerregend: In den Haaren befand sich ein großes Nest voller Fliegeneier und Maden.

DER LEIBHAFTIGE

Diese Erzählung räumt auf sehr direkte Art und Weise mit der uralten Angst vor fremden oder andersartigen Menschen und den damit verbundenen Vorurteilen auf. Mythen und Sagen enthalten übrigens recht oft derlei moralische Botschaften.

In einem kleinen Ort in Polen besuchte ein Junge seine neue Schule. Er war mit seinen Eltern von weit her gekommen, aber keiner der Dorfbewohner wagte es, genauer nachzufragen, denn die Familie des Jungen schien in ihren Augen sehr merkwürdig. Der Junge hatte es somit nicht leicht, sich in der neuen Gemeinschaft in seiner Schule einzuleben. Das lag zum einen an dem Argwohn, mit dem die heimischen Familien die Neuankömmlinge betrachteten, und zum anderen an dem Aussehen des Jungen. Er war kleiner als die anderen Kinder in seinem Alter und auf eine gewisse Art und Weise sah er kümmerlich aus. Dazu kam, dass er nicht richtig sprechen konnte. Sobald er den Mund öffnete, um etwas zu sagen, kamen nur Wortfetzen und Stottern heraus. Die Kinder bezeichneten ihn als Spinner und Psychopathen, was dazu führte, dass er bald zum Opfer gemeiner Hänseleien wurde.

Nach einem halben Jahr war es so weit gekommen, dass er nur noch unter dem Druck seiner Eltern zur Schule ging und sich in den Unterrichtspausen sofort vor den anderen Kindern versteckte. Die Lehrer waren ratlos. Mit seinen Eltern konnten sie genauso wenig reden wie mit den Eltern der anderen Schulkinder, die ihn ärgerten. Irgendwann aber hatten sich anscheinend alle mit der Situation abgefunden. Die Jahre vergingen und niemand machte sich mehr Gedanken über den Jungen und sein Leiden. Eines Tages jedoch kam er nicht mehr zur Schule. Er war verschwunden. Selbst seine Eltern hatten keine Ahnung, wo ihr Sohn steckte.

Die Wochen verstrichen und man fand den Junge nicht. Die Suche nach ihm wurde irgendwann eingestellt. Doch eines Tages fanden zwei Bauern des Ortes einige ihrer Tiere tot vor. Sie waren aber nicht eines natürlichen Todes gestorben. Jemand hatte ihnen den Mund zugenäht und den Bauch aufgeschnitten. Um die Kadaver herum waren merkwürdige Zeichen in die Erde geritzt, die keiner zu deuten vermochte.

Die Einwohner des Dorfes riefen also einen Wachtrupp aus, der nachts auf die Tiere der ansässigen Landwirte aufpassen sollte. Im Idealfall könnten sie so den Täter auf frischer Tat ertappen. Aber sie mussten bald feststellen, dass der Plan nicht funktionierte. Im Gegenteil, es kam noch schlimmer. Die Schändungen der Tiere hörten auf, aber dafür wurde eine Woche später einer der Jungen der Gemeinde vermisst.

Der Trupp fand ihn am nächsten Tag auf einer Lichtung. Das Gras um ihn herum war platt getreten. Er lag in einer Pfütze aus Blut – seinem eigenen Blut. Auch ihm hatte jemand den Mund zugenäht und den Bauch aufgeschnitten. Daneben wieder die Zeichen im Boden.

Die Dorfgemeinde war in heller Aufruhr und berief sofort eine Versammlung ein. Es war offensichtlich, dass es sich um einen Täter handelte, der immer nach demselben Schema vorging. Auch die Polizei, die inzwischen vor Ort war, bestätigte die Vermutung. Aber es gab keine Spur, und die Zeichen, die in den Boden geritzt waren, konnte niemand deuten.

Das Morden nahm kein Ende. Kurz nach dem ersten grausigen Fund wurden zwei Kinder tot an einem Waldrand aufgefunden, und auch hier fand man dieselben seltsamen Spuren und Zeichen vor.
Die Menschen des Dorfes waren so verunsichert und die Polizei so ratlos, dass einige den Ort verließen, um ihre Kinder zu schützen. Und diejenigen, die blieben, sollten es am Ende bitter bereuen. Nach einiger Zeit wurden beinahe täglich neue Leichen entdeckt. Allen war der Mund zugenäht und der Bauch aufgeschnitten. Dabei wurden die Positionen, in denen die Toten gefunden wurden, immer grotesker. Manchmal saßen die Opfer aufrecht auf Stühlen, manchmal standen sie an Bäume gelehnt, als würden sie gerade nur eine Pause machen.
Bei einer weiteren Versammlung im evangelischen Pfarrhaus des Ortes sprang eine Frau auf und rief:
»Das ist das Werk des Teufels! Die Zeichen sind die Sprache des Leibhaftigen!«
Der Pfarrer redete beschwichtigend auf die völlig hysterische Frau ein und erklärte ihr, dass das wirklich Unsinn sei. Und dass solche Gedanken der ganzen Unerträglichkeit der schrecklichen Situation geschuldet seien.
Am nächsten Tag war das Kind des Pfarrers verschwunden. Sofort fiel der Verdacht auf die Frau, die am Tag zuvor im Pfarrhaus ausgerastet war. Sie wurde festgenommen und stundenlang verhört. Aber sie schwor, nichts mit all dem zu tun zu haben. Mitten im Verhör kam der Pfarrer in die Polizeistation gestürmt und schrie: »Ich hab ihn! Ich hab den Mörder! Lasst die Frau frei, sie ist unschuldig!«
Die Polizisten stürmten hinter dem Pfarrer her, der sie direkt zu seiner Kirche führte. Was sie dort sahen, war beinahe unbeschreiblich.
Der Sohn des Pfarrers hing im Eingang zur Kirche – tot. Er baumelte kopfüber an einem Seil, das in der Mitte des Türstocks angebracht worden war. Sein Mund war zugenäht, der Bauch aufgeschnitten und man hatte ihm ein Bein an das andere gebunden, sodass eines gestreckt nach oben zeigte, während das andere abgewinkelt zur Seite stand. Die Frau,

die mitgekommen war, starrte die Leiche an und sagte leise: »Das ist das Zeichen Luzifers.«
Unter der Leiche saß im Schneidersitz der seltsame Junge, der seit Monaten als vermisst gegolten hatte. In der einen Hand hielt er Nadel und Faden und mit der anderen ritzte er die Zeichen, die niemand zu deuten vermochte, in den Boden. Dabei murmelte er etwas vor sich hin, und zwar in einer Sprache, die keiner der Anwesenden verstand. Das Einzige, was jedem sofort auffiel, war, dass der Junge mühelos in dieser Sprache reden konnte. Denn anders als sonst brachte er die Worte fließend über die Lippen. Er war völlig vertieft in seine Arbeit und nahm den Tumult, der um ihn herum entstanden war, nicht wahr. Mittlerweile hatte sich der Vorfall im ganzen Dorf herumgesprochen und alle Bewohner standen vor der Kirche und starrten den Jungen mit offenem Mund an.
Nach einigen Minuten der Stille erhob sich das Geschrei des Pfarrers. Er schrie und rannte auf den Jungen zu, der noch immer in seine Arbeit versunken war. Der Pfarrer bäumte sich vor ihm auf und brüllte: »Du hast mir meinen Sohn genommen, Leibhaftiger! Und jetzt verschwinde!«
Bei diesen Worten griff er in seine Tasche, holte ein Kreuz heraus und presste es dem Jungen direkt auf die Stirn.
Der Junge schrie auf, und als er dem Pfarrer in die Augen blickte, sah dieser, dass die Augen des Kindes sich verändert hatten – sie waren rot.
Aus der Kehle des Jungen entstieg ein tiefes Gurgeln und dann fing er an zu brennen. Er brannte, bis nichts mehr außer einem Häufchen Asche von ihm zurückblieb. Als das Feuer erloschen war, kam ein Sturm auf. Er fegte über das Gelände der Kirche und die Asche verschwand.

Die Rache der Ratten

In der Gegend von Lindau hatte ein Bauer eine Rattenplage. Nachdem er alles versucht hatte, der Ratten Herr zu werden, fragte er den benachbarten Bauern, ob er einen Tipp habe, wie er die Schädlinge ein für alle Mal loswerden könne.

Der Nachbar erzählte ihm daraufhin, dass er einmal gehört habe, man könne Ratten nur durch eine zugegebenermaßen grausame, aber dafür umso wirkungsvollere Methode auf Dauer loswerden: Man solle nämlich eine der Ratten fangen, sie festbinden und ihr Hinterteil mit einer brennbaren Flüssigkeit in Brand setzen. Die Schreie der sterbenden Ratte würden die anderen zur Flucht veranlassen und es würde sicher keine mehr zurückkehren.

Warum nicht, dachte der Bauer, fing eine der Ratten und tat, wie ihm geheißen.

Bei der Prozedur fing aber der Strick, mit dem er die Ratte festgebunden hatte, ebenfalls Feuer und riss.

Die Ratte rannte los und flitzte geradewegs in die Scheune. Mit ihrem brennenden Hinterteil entzündete sie in Sekunden das trockene Heu und Stroh.

Das Einzige, was von dem Hof des Bauern am Ende übrig blieb, waren die Kühe, die gerettet werden konnten. Der Rest zerfiel zu Schutt und Asche.

Die Heimsuchung aus dem Fernseher

Diese Geschichte dachten sich wohl besorgte Eltern aus, die auf diese Weise den übermäßigen Fernsehkonsum ihrer Kinder einschränken wollten.

Die kleine Emma hatte einen anstrengenden Schultag hinter sich, weshalb sie zusammen mit ihrer Mutter beschloss, den Tag einfach vor dem Fernseher ausklingen zu lassen. Die Mutter war von ihrem Arbeitstag selbst so gerädert, dass sie dem Bitten ihrer Tochter nachgab. Sie verbrachten also gut zwei Stunden vor dem Fernseher, bis die Mutter entschied, dass es Zeit sei, ins Bett zu gehen. Nach ein paar zögerlichen Protesten gab die Tochter nach und legte sich schlafen.

Sie konnte aber nicht gleich einschlafen, denn die Sendungen, die sie gesehen hatten, brachten sie zum Nachdenken. Also grübelte sie noch eine Weile vor sich hin. Nach einer Weile, es war schon alles still, hörte Emma ein Geräusch aus dem Wohnzimmer. Sie konnte es zuerst nicht deutlich hören, doch dann erklang eine Stimme, die ihr das Blut in den Adern gefrieren ließ.

»Hilfe! Hilfe, Emma! Hol mich hier raus! Bitte!«

Trotz ihrer Panik hatte Emma das Gefühl, zumindest nachsehen zu müssen, denn die Stimme klang zwar unheimlich, aber es hörte sich irgendwie nach einem Mädchen in Emmas Alter an. Nach kurzem Zögern nahm sie also all ihren Mut zusammen und schlich in Richtung Wohnzimmer, aus dem die Stimme eindeutig gekommen war. Sie lugte in den Raum und stellte erschrocken fest, dass der Fernseher, den die Mutter ein paar Stunden zuvor ausgeschaltet hatte, noch lief. Kurz machte sich Erleichterung in ihr breit, denn vielleicht hatte ihre Mutter auch nicht schlafen können und sich so noch einmal vor den Fernseher gesetzt. Aber als Emma in den Raum trat, sah sie, dass niemand außer ihr im Zimmer war. Und schlimmer noch: Der Fernseher zeigte keinen Film, sondern nur ein Störbild. Emma verstand das alles nicht, sie hatte die Stimme doch ganz deutlich gehört. Sie ging zur Fernbedienung und drückte den Schalter, um das Gerät auszumachen. Wahrscheinlich war kurz zuvor noch ein Film gelaufen und deshalb hatte sie die Stimme gehört. Dass sie ihren Namen gehört hatte, mochte ein Zufall gewesen sein. Sie drückte den Knopf und der Fernseher schaltete sich aus. Erleichtert ging sie zur Wohnzimmertüre, um endlich zurück in ihr Bett gehen zu können.

Sie blieb wie angewurzelt stehen, als es hinter ihr auf einmal hell wurde und wieder die Stimme des Mädchens ertönte:
»Aber Emma, so was macht man doch nicht mit Freunden!«
Emma drehte sich um und blickte zum Fernseher. Er hatte sich von selbst wieder eingeschaltet, aber das Störbild war verschwunden. Zu sehen war nun ein Mädchen, das haargenau so aussah wie Emma. Nur die Augen und der Mund waren anders. Das Mädchen hatte schwarze Pupillen und auf ihrem Mund kräuselte sich das boshafte Lächeln eines Dämons.
Weil sie sich nicht anders zu helfen wusste, rannte Emma zu der Zimmerecke, in der sich die Steckdose befand, und zog das Kabel des Fernsehers. Einige Sekunden vergingen und Emma wartete gespannt. Es war dunkel in dieser Ecke schräg hinter dem Fernseher. Alles war still. Gerade in dem Moment, als Emma aufatmen wollte, passierte etwas Unfassbares. Der Fernseher drehte sich mitsamt dem Tischchen, auf dem er stand, ganz langsam um. Bis er wieder genau auf Emma gerichtet war. Das Mädchen im Fernseher grinste boshaft:
»Ts, ts, ts, kleine Emma. Du denkst doch nicht allen Ernstes, dass ich auf Strom angewiesen bin, oder?«
Ihr Kichern war kalt und so unheimlich, dass Emma Mühe hatte, sich nicht auf den Teppich des Wohnzimmers zu erbrechen.
In ihrer Panik rannte Emma in ihr Zimmer, verschloss die Türe und versteckte sich unter der Bettdecke. Der Dämon war ja im Fernseher eingeschlossen, und wenn Emma sich beruhigt hatte, würde sie sofort zu ihrer Mutter laufen und ihr alles berichten.
Plötzlich bemerkte sie, wie sich etwas Schweres auf dem Fußende ihres Bettes niederließ. Es war so schwer, dass es sich anhörte, als würde das Bett jeden Moment unter der Last zusammenbrechen. Konnte das das kleine Mädchen sein? Vielleicht bildete sich Emma das alles aber auch einfach nur ein, und es war nur ihre Mutter, die durch die Geräusche im Haus wach geworden war und nachsehen wollte, ob alles in Ordnung war.
Emma wagte einen Blick unter ihrer Decke hervor, um zu sehen, wer sich auf ihr Bett gesetzt hatte. Und da saß es, am Fußende ihres Bettes: das Mäd-

chen, das ihr so ähnlich sah. Aber sie war viel größer als ein normales Mädchen, vielmehr so groß wie ein ausgewachsener Mann. Boshaft grinste es Emma an. Dann machte es eine schnelle Bewegung und saß auf einmal direkt neben Emmas Gesicht. Das Mädchen beugte sich nach vorne, sodass Emma seinen fauligen Atem riechen konnte. In ihrer Verzweiflung rutschte Emma wieder unter ihre Decke und begann, vor sich hinzumurmeln:
»Ich werde nie wieder fernsehen. Nie wieder.«
In dem Moment war das Monster verschwunden.

Der Hund mit den glühenden Augen

Im Schwarzwald kann man Überreste einer Mauer finden, die zu einem ehemaligen Gasthaus gehören, das bis auf die Grundmauern abgebrannt ist. Keiner, der in dieser Gegend wohnt, sucht den Ort freiwillig auf, schon gar nicht abends oder nachts.
Der vormals wunderschöne, alte Hof, der mitten in dem Waldstück gestanden hatte, wurde von einem Gastronomenpaar gekauft. Mit viel Liebe und Mühe stellten sie das Haus wieder so her, wie es ursprünglich ausgesehen hatte. Danach richteten sie ein Lokal in der alten Scheune ein und waren schon bald für ihre hervorragende Küche bekannt. Die Menschen kamen von weit her, um sich an dem idyllischen Ort lukullischen Genüssen hinzugeben.
Im Laufe der Zeit avancierte das Lokal zu einem der besten Deutschlands und das Paar verdiente sehr gut. Die Mühe hatte sich gelohnt. Sogar ihr Hund, den das Paar aus der Stadt mitgenommen hatte, fühlte sich von Anfang an wohl in seinem neuen Zuhause. Der Hund war groß und rundherum weiß, was ihn irgendwie besonders machte. Viele Gäste waren so angetan von dem Tier, dass die Besitzer ihr Lokal kurzerhand in »Zum weißen Hund« umbenannten.
Leider bekamen auch zwei Einbrecher den Erfolg mit, und so entschieden sie, den Leuten einen Besuch abzustatten. Als sie in dem Waldstück,

wo sich der Hof befand, ankamen, war es schon stockfinster. Die Bewohner schienen schon zu schlafen. Die Verbrecher hatten sich extra den Ruhetag des Lokals ausgesucht, um nicht von späten Gästen überrascht zu werden. Alles lief wie geplant, sie konnten das Haus ohne Zwischenfälle betreten und machten sich sofort über die Kunstsammlung her, von der sie in der Zeitung gelesen hatten. Doch mit einer unvorsichtigen Bewegung stieß einer der Männer an eine Vase, die laut klirrend zu Bruch ging.

Der Hund, der den Krach gehört hatte, weckte seine Besitzer mit lautem Bellen. Der Wirt und seine Frau liefen sofort hinter dem Hund her, der in das Zimmer stürmte, in dem die Einbrecher standen. Sie hatten schon erwartet, dass sie nun ertappt werden würden, und einer der Einbrecher schlug den Hund, der als Erstes ins Zimmer kam, mit einem Kerzenständer bewusstlos. Als das Ehepaar den Raum betrat, ging alles ganz schnell. Die Männer stürzten sich auf sie und warfen sie zu Boden. Anfangs versuchte sich das Paar noch zu wehren, doch dann zog einer der beiden Einbrecher ein Messer und stach zu. Beide starben.

Um ihre Spuren zu verwischen, beschlossen die Diebe, das ganze Haus mitsamt der Leichen einfach anzuzünden. Und so geschah es. Der Hof brannte bis auf die Grundmauern nieder und mit ihm seine Bewohner und der Hund. Er musste bei lebendigem Leib die Qualen des Feuertodes erleben. Die Einbrecher hatten ihm, während er bewusstlos war, die Beine gebrochen, sodass er nicht würde weglaufen können.

Von den Verbrechern fehlt bis heute jede Spur. Aber der Sage nach läuft seit dem Vorfall jede Nacht ein riesiger weißer Hund durch den Wald, dessen Augen in der Nacht wie zwei brennende Kohlestücke glühen. Er zieht heulend seine Kreise und schleicht um den Platz, an dem das Unglück passiert ist. Laut den Einheimischen soll es mehrere Berichte geben, die von dem Verschwinden fremder Wanderer erzählen. Sie hatten sich trotz der Warnungen nachts in den Wald aufgemacht und kehrten nie zurück.

Die morbide Gewürzmischung

Als eines Tages in einem Vorort von Stuttgart die Klingel der Haustüre von Familie Niedermeier schellte, öffnete Frau Niedermeier voller Vorfreude die Türe. Sie hatte den Postboten schon lange erwartet, da sie sich vor einiger Zeit eine spezielle Gewürzmischung für Pasta aus Italien bestellt hatte.

Sie ging sofort ans Werk und bereitete ihr Lieblingsrezept zu, aber dieses Mal mit der so lang ersehnten Mischung aus Italien.

Die Familie genoss das Essen gemeinsam und alle waren sich einig: So gut hatte das Gericht noch nie geschmeckt.

Drei Tage später wurde ein Brief zugestellt, der eigentlich zu der Lieferung der »Gewürzmischung« gehörte, aber anscheinend durch den Transport vom Ausland nach Deutschland verloren gegangen war. Als Frau Niedermeier den Inhalt gelesen hatte, rannte sie in ihr Badezimmer, um sich zu übergeben.

In den Brief stand, dass die Großmutter der Familie vor einigen Wochen im Ausland verstorben sei. In dem Beutel befinde sich die Asche der Frau, sodass den Angehörigen eine Bestattung im Kreise der Familie möglich sei.

Die Gewürzmischung für die Pasta kam bei den Niedermeiers nie an!

DER BLINDE AUF DEM MARKT

Seit einigen Jahren kursiert diese Legende vor allem in Gebieten, die von Armut und Krieg gezeichnet sind.

Eine junge Frau entdeckt auf dem Marktplatz einen hilflos umherwankenden Mann mit einer Sonnenbrille. Er ist offensichtlich blind und hat in dem Getümmel große Schwierigkeiten, seinen Weg zu finden. Die junge Frau bekommt Mitleid und fragt den Mann, ob sie ihm helfen könne. Er ist sichtlich gerührt und antwortet: Vielen Dank, das ist sehr nett von Ihnen! Sie könnten mir allerdings viel mehr helfen, wenn Sie diesen Brief zu der angegebenen Adresse bringen. Er ist sehr wichtig, denn darin geht es um meine einzige Möglichkeit, in Zeiten wie diesen etwas Geld zu verdienen. Die junge Frau willigt ein, zumal sich die angegebene Adresse auch noch auf ihrem Heimweg befindet. Nachdem sich die beiden verabschiedet haben, dreht sie sich noch einmal um, um sicherzugehen, dass der Mann seinen Weg aus dem Getümmel findet. Aber was sie sieht, verschlägt ihr den Atem. Der Mann läuft sicher und schnell, ohne die Sonnenbrille, über den Marktplatz und verschwindet in einer Seitengasse.

Die junge Frau beschließt daraufhin, die Polizei aufzusuchen und den Brief dort abzugeben.

Als die Beamten den Brief öffnen, stoßen sie auf eine Notiz: Das hier ist die Letzte für heute.

Durch die ganze Geschichte neugierig geworden, suchen die Polizisten die angegebene Adresse auf, zu der die junge Frau den Brief bringen sollte.

Als sie die Türe der Wohnung öffnen, stoßen sie auf ein Lager von menschlichem Fleisch, das abgepackt und sortiert zum Kauf bereitliegt.

Die besorgte Mutter

Tom und Sally, ein betagtes Rentnerehepaar, hatten über das Wochenende ihren Sohn mit seiner Familie besucht. Am späten Sonntagnachmittag machten sie sich dann wieder in Richtung Heimat auf. Es war eine längere Fahrt von mehreren Stunden, aber das machte den beiden nichts aus. Sie waren erstaunlich fit für ihr Alter und auf langen Fahrten konnten sie in Erinnerungen schwelgen und sich die schönen Geschichten von den vielen Reisen, die sie früher unternommen hatten, erzählen.

Sie verabschiedeten sich von ihrem Sohn und den Enkeln und fuhren los. Nach einigen Stunden, es war schon dunkel geworden, befanden sie sich

gerade auf einer wenig befahrenen Landstraße, als Tom plötzlich irritiert bremste. Vor ihnen, auf der anderen Seite der Fahrbahn, waren in der Böschung die Lichter eines Autos zu sehen. Es sah schon von Weitem so aus, als ob etwas nicht stimmen konnte. Tom drosselte das Tempo auf Schrittgeschwindigkeit, um besser sehen zu können, was passiert war.
Auf der Gegenfahrbahn, halb im Graben, lag tatsächlich ein Auto und qualmte! Tom und Sally überlegten, was zu tun sei, denn sie hatten auch von den Tricks mancher Betrüger gehört, die eine Panne vortäuschten, um die Hilfsbereitschaft anderer auszunutzen. Aber diese Szene sah einfach zu echt aus, zumal das Auto wirklich in einem Baum hing, völlig zerstört war und dicker schwarzer Rauch aus der Motorhaube quoll. Es musste ein echter Unfall gewesen sein, der gerade erst passiert sein konnte.
Tom steuerte seinen Wagen an den Rand der Fahrbahn und schaltete sofort die Warnblinkanlage ein, damit nicht noch ein anderes Auto in den Unfall verwickelt werden würde. Gerade als das Auto zum Stillstand kam, sah er durch das Seitenfenster eine junge Frau quer über die Straße auf sie zulaufen. Man sah ihr an, dass sie völlig verzweifelt war und Todesängste ausstehen musste. Sie trat an Toms Fenster und klopfte. Tom sah zu Sally herüber und sie nickte. Also ließ er das Fenster herunter, als die Frau hysterisch schrie, er solle mitkommen. Tom versuchte, sie zu beruhigen und zu erfahren, was passiert sei. Aber die Frau war viel zu aufgebracht. Sie sagte nur: »Ich hatte einen Unfall und mein Baby ist noch da drinnen! Ich bekomme es nicht heraus, bitte helfen Sie mir, es wird sonst verbrennen!«
Schockiert sahen Tom und Sally die Frau an und dann hörten sie es auch, aus dem Wagen auf der anderen Seite kam ganz deutlich Babygeschrei. Tom überlegte keine Sekunde mehr – er bat die Frau, sich auf den Rücksitz zu setzen. Sally würde mit ihr im Wagen bleiben und er würde sich um das Baby kümmern. Wimmernd setzte die Frau sich auf die Rückbank und Sally redete beruhigend auf sie ein.
Als er bei dem Unfallwagen ankam, sah er das Baby auf dem Rücksitz, offensichtlich eingeklemmt in dem Kindersitz. Es schrie jämmerlich und

Tom machte sich sofort daran, es zu befreien. Es gelang ihm zum Glück auf Anhieb, er hob das Kind hoch und sah nach, ob es irgendwelche Verletzungen hatte. Aber bis auf ein paar blaue Flecken und Quetschungen war nichts zu entdecken.

Er drückte das Kind behutsam an seine Brust und lief zurück zu seinem Wagen, um den beiden Frauen die frohe Botschaft zu überbringen.

Er öffnete die Fahrertüre seines Autos und sagte freudestrahlend: »Alles ist gut, es ist nichts passiert.«

Aber als er und Sally nach hinten blickten, um zu sehen, wie die Mutter des Kindes reagierte, mussten sie zweimal hinsehen. Denn auf der Rückbank saß niemand. Sie schauten sich entgeistert an und Sally schwor, dass die Frau eben noch da gewesen sei. Tom übergab das Baby Sally und ging noch einmal zurück an die Unfallstelle. Er konnte später nicht erklären, warum er das tat.

»Es war irgendwie ein Instinkt«, sagte er später immer, wenn er die Geschichte erzählte.

Er ging also noch mal zu dem mittlerweile brennenden Auto und da sah er sie, die junge Mutter, die gerade noch in seinem Auto gesessen hatte. Sie saß auf dem Fahrersitz, ihr Gesicht voller Blut. Aber es war eindeutig die Frau. Er versuchte sie aus dem Wagen zu ziehen, schaffte es aber nicht. Sie war eingeklemmt. Das Einzige, was er feststellen konnte, war, dass sie tot war.

Als ein paar Minuten später die Rettungskräfte eintrafen, die Sally mit dem Handy alarmiert hatte, stand Tom einfach nur da und starrte auf das Wrack. Als ihn einer der Sanitäter fragte, ob er ihm helfen solle und ob alles in Ordnung sei, drehte er sich um, die Tränen liefen über sein Gesicht und er sagte: »Glauben Sie an Engel? Ich schon. Seit heute.«

Eine unangenehme Überraschung

Ein Familienvater mittleren Alters saß eines Abends gelangweilt zu Hause. Niemand war da, seine halbwüchsige Tochter verbrachte die Samstagabende schon lange woanders. Er wollte auch gar nicht wissen, wo sie sich herumtrieb. Und seine Frau besuchte mal wieder einen ihrer Kurse. Er nannte sie immer abschätzig die »Midlife-Crisis-Kurse«. Wahrscheinlich war sie mal wieder beim Malen, oder sie las selbstgeschriebene Gedichte in einer Gruppe vor, die in seinen Ohren einfach nur grauenvoll waren.
Gelangweilt und frustriert schaltete er den Fernseher ein. Aber auch hier gab es nichts, was ihn auf andere Gedanken bringen konnte. Immer wieder schweiften seine Gedanken zu seiner Frau ab. Was war nur passiert? Die einstige Liebe, die sie füreinander empfunden hatten, war erloschen. Sie lebten nebeneinander her, in einem Alltag, der keine Spur von Abwechslung bot. Ihr Sexleben verdiente die Bezeichnung nicht mehr, er konnte sich gar nicht daran erinnern, wann sie überhaupt das letzte Mal Sex gehabt hatten. Frustriert holte er sich ein Bier und rief seinen besten Freund an. Er berichtete ihm von seinem tristen Dasein und trank dabei noch zwei Bier. Nach einer Stunde, beide Männer waren schon etwas angeheitert, sagte der Freund zu ihm: »Weißt du was, mir geht es doch genauso. Wir haben genau denselben schnöden Alltag. Aber ich habe etwas gefunden, was mich aufheitert! Du darfst es aber niemandem verraten!«
Der Mann schwor, nichts zu verraten, und wartete gespannt auf die vielleicht heilbringende Lösung seines Freundes.
»Du ziehst dich jetzt um und dann gehst du in den nächsten Puff!«
»Was?« Der Mann konnte nicht fassen, was ihm sein Freund da gerade geraten hatte.
»Doch, glaub mir – ich mach das jetzt schon seit zwei Jahren und es wirkt Wunder! Plötzlich ist es dir nämlich völlig egal, ob deine Frau noch mit dir schläft. Und der Rest wird dadurch auch viel erträglicher.«
Nach einigem Hin und Her lässt der Mann sich überreden. »Warum nicht«, denkt er sich. »Sie wird es ja nicht erfahren und ich hab endlich

mal wieder meinen Spaß.« Er trank noch zwei Bier, bevor er es schaffte, sich wirklich auf den Weg zu machen.
Als er in dem Etablissement ankam, empfand er eine aufregende Mischung aus Angst, Freude und Ekel. Endlich ein Abenteuer!
Die Frau im Eingangsbereich begrüßte ihn freundlich. Er nahm all seinen Mut zusammen und fragte: »Haben Sie denn vielleicht eine Empfehlung für mich? Ich hab das noch nie gemacht.«
»Klar, kein Problem. Ich hätte da eine Dame auf Zimmer vier. Sie ist eine unserer Besten und auch immer nur an den Wochenenden da.«
Der Mann nickt und lässt sich von der Frau zum Zimmer Nummer vier begleiten. Sie öffnet die Türe und dort auf dem Bett, in eindeutiger Pose, liegt sie: seine Tochter!

Der perfekte Selbstmord

Nigel Farmer erlebte die wohl schrecklichste Zeit seines Lebens: Seine Frau hatte ihn verlassen, die beiden gemeinsamen Kinder wollten auch keinen Kontakt mehr zu ihm haben und einen Tag später wurde sein Job gekündigt. Doch als er dachte, schlimmer könne es nicht mehr kommen, wurde er auch noch kurz vor seinem Haus ausgeraubt.
Das war zu viel, er beschloss, sich das Leben zu nehmen. Damit wenigstens bei seinem Suizid alles klappte, ersann er einen todsicheren Plan: Er nahm ein Seil, das er an der einen Seite an seinem Fuß befestigte und an der anderen an einem schweren Stein. So ausgerüstet, wollte er sich von den Klippen in der Nähe seines Heimatortes stürzen. Doch das genügte ihm nicht, bei der Pechsträhne, die ihn verfolgte, ging er auf Nummer sicher, besorgte sich einen Revolver, mit dem er sich während des Falles erschießen wollte, und trank obendrein noch kurz zuvor eine ganze Flasche Schnaps, versetzt mit Schlaftabletten. Nun konnte nichts mehr schiefgehen.
Als er an den Klippen ankam, machte ihm das Schicksal aber wieder einen Strich durch seine Rechnung. Stark alkoholisiert von dem Schnaps,

verlor er das Gleichgewicht und kullerte die Böschung neben den Klippen herunter. Während des Sturzes löste sich ein Schuss aus dem Revolver und durchtrennte dabei das Seil, sodass er nicht unter Wasser gezogen worden wäre. Als er am Ufer ankam, verfing er sich in einem Busch und musste durch das wilde Geschüttel sofort den Alkohol mitsamt den Tabletten erbrechen.

Vier Wochen später gewann Nigel Farmer im Lotto und gründete kurz darauf eine neue Familie.

»DU KENNST DIE WAHRHEIT«

Bei dieser Legende handelt es sich um eine Kettenmail, die weltweit über soziale Netzwerke und per Mail verbreitet wurde. Gibt man den Namen Carmen Winstead in eine Suchmaschine ein, wird man überhäuft von Informationen bezüglich des Schicksals der Schülerin.

Erst in diesem Jahr (2015) kam ein neuer Film zu dem Thema Mobbing an Schulen heraus: Unknown User. Der Film greift den leider immer wieder aktuellen Inhalt der Kettenmails auf, der bereits seit 2006 im Umlauf ist.

Als Carmen 17 Jahre alt war, verlor ihr Vater seinen Job in ihrer Heimatstadt und somit war die Familie gezwungen umzuziehen. Der Vater hatte ein Angebot in einer anderen Stadt. Damit begann für das junge Mädchen eine schreckliche Zeit. Sie musste all ihre Freunde, die sie seit Kindertagen kannte, zurücklassen und war gezwungen, neue Freundschaften zu knüpfen. Das Problem war, dass Carmen relativ schüchtern war. Ihr fiel es generell nicht gerade leicht, neue Menschen kennenzulernen, und dazu kam, dass der Umzug mitten im Schuljahr stattfand. Die Schüler hatten bereits ihre Freunde und Cliquen gebildet und waren nicht erpicht darauf, jemand Neuen kennenzulernen.

Sie war fast immer alleine und kam sich wie eine Außenseiterin vor. Ihre alten Freunde fehlten ihr so sehr, dass sie oft weinend in ihrem Zimmer saß. Manchmal bettelte sie ihre Eltern an, wieder zurückzukehren in ihre Heimatstadt. Aber ihnen waren die Hände gebunden, die Arbeit des Vaters versorgte die ganze Familie. Aber auch sie litten unter der Einsamkeit und Trauer ihrer Tochter und hofften inständig, dass sie bald Freunde finden würde.
Nach ein paar Wochen konnte sie sich tatsächlich einer Gruppe von fünf Mädchen anschließen und hatte endlich das Gefühl, wieder Freunde gefunden zu haben. Es sah so aus, als würde am Ende doch noch alles gut werden für Carmen. Aber es dauerte nicht lange, bis Carmen herausfand, dass die Mädchen gar keine echte Freundschaft im Sinn hatten. Sie erfuhr von Gerüchten, die die fünf über sie in Umlauf gesetzt hatten, und merkte bald, dass die ständig hinter ihrem Rücken tuschelten. Ihre Enttäuschung war groß und deshalb beschloss sie eines Tages, die Mädchen zur Rede zu stellen. Doch der Versuch scheiterte. Im Gegenteil, nachdem die fünf gemerkt hatten, dass Carmen ihnen auf die Schliche gekommen war und wusste, dass diese Freundschaft alles andere als echt war, fingen sie an, sie zu beschimpfen. Für Carmen war klar, dass sie ihnen von nun an am besten aus dem Weg gehen würde. Und wieder war sie unendlich traurig.
Aber die Clique ließ es dabei nicht bewenden, sie fingen an, Carmen zu ärgern und zu mobben, wo es nur ging. So fand sie eines Tages einen Haufen Hundekot in ihrer Schulmappe. An einem anderen Tag waren all ihre Bücher, die sie unter dem Tisch aufbewahrte, mit Ketchup beschmiert worden. Als sie dann auch noch irgendwann sah, dass ihr Schulspind von oben bis unten mit einem wasserfesten Stift mit Schimpfworten beschmiert war, nahm sie sich vor, bei nächster Gelegenheit mit ihrem Lehrer über die Gemeinheiten zu sprechen, die ihr ständig angetan wurden.
An diesem Tag hatten aber auch die fünf Mädchen einen neuen, teuflischen Plan ausgeheckt. Als das Klingelzeichen für die große Pause ertön-

te, machten sie sich daran, Carmen zu bedrängen, bis sie sie genau da hatten, wo sie wollten. Sie hatten das Mädchen bedroht und so bis vor einen der Abwasserschächte des Hofes gedrängt. Als Carmen unmittelbar davor stand, trat eines der Mädchen hervor und schubste sie mit einem Ruck hinunter in den Schacht. Sie war so überrascht von dem Angriff, dass sie sich überhaupt nicht wehren konnte, und stürzte kopfüber in das dunkle Loch.

Danach drehten die Mädchen sich um und schrien in den Pausenhof, sodass jeder es hören konnte: »Wenn jemand Carmen sucht – sie ist genau da, wo sie hingehört! Im Gully!«

Die Mädchen konnten sich vor Lachen kaum halten. Ein paar Schüler, die neugierig geworden waren, kamen näher, um zu sehen, was genau passiert war. Die Mädchenclique berichtete lachend, dass Carmen nun durch Zufall da gelandet sei, wo sie schon immer hingehört hätte. Auf einmal durchbrach ein Schrei das Gemurmel der Menge. Ein Junge stand direkt am Schacht und hatte sich nach vorne gebeugt, um besser sehen zu können. Er schreckte zurück und sagte, das da etwas nicht stimme, Carmen sehe so merkwürdig aus und sie würde sich auch nicht mehr bewegen. Plötzlich war alles still.

Der Lehrer, der von einigen der Schüler gerufen worden war, konnte nichts mehr tun. Carmen war tot. Er war mit einer Leiter in den Schacht gestiegen und hatte sie mithilfe des Hausmeisters geborgen. Sie lag auf dem Boden des Pausenhofes. Ihr Gesicht war zerkratzt und blutete stark. Ihr Kopf hing in einem merkwürdigen Winkel seitlich vom Hals. Der Aufprall hatte ihr Genick gebrochen. Einige der Mädchen fingen an zu weinen. Doch die fünf, die für den Tod Carmens verantwortlich waren, blieben ganz ruhig. Später, als die Polizei die Schüler, die sich in der Nähe des Schachtes aufgehalten hatten, befragte, gaben die fünf einstimmig zu Protokoll, Carmen sei gestolpert und hinuntergefallen.

Somit war für alle Beteiligten klar, dass es sich um einen tragischen Unfall gehandelt hatte. Mit der Zeit vergaßen die Menschen die Geschichte und Carmen galt nur noch als das arme Mädchen, das aus Versehen zu

Tode gestürzt war. Die Monate vergingen, als die fünf Mädchen eines Tages eine Rundmail erhielten. Im Betreff stand: Du kennst die Wahrheit. In der Mail wurden die Mädchen dazu aufgefordert, sich der Polizei zu stellen und die Wahrheit über Carmens Tod zu berichten. Sollte das nicht passieren, würden die Mädchen es nicht überleben. Aber die fünf taten den Brief als Kettenmail ab und löschten ihn.

Eine Woche nachdem die fünf die Mail gelöscht hatten, lag eines der Mädchen gerade in der Badewanne, als sie ein merkwürdiges Geräusch hörte. Es klang wie ein leises Lachen, das aus dem Abfluss der Wanne zu kommen schien. Sie sprang auf und rannte aus dem Zimmer. Als sie sich beruhigt hatte, ging sie zurück ins Bad und ließ das Wasser ab. Alles war in Ordnung. Wahrscheinlich hatte sie sich alles nur eingebildet und in das Gurgeln des Abflusses hineininterpretiert.

Am nächsten Morgen kam ihre Mutter in ihr Zimmer, um sie zu wecken – aber das Mädchen war nicht da. Die Mutter suchte das ganze Haus ab. Ihre Tochter blieb verschwunden. Erst Stunden später fand die Polizei das Mädchen in dem Schacht, in dem Carmen Monate zuvor ums Leben gekommen war. Sie hatte exakt dieselben Kratzer im Gesicht und lag in ebender Position in dem Schacht, wie auch Carmen von dem Lehrer aufgefunden worden war. Ihr Genick war gebrochen. Doch im Unterschied zu Carmen konnte der Gerichtsmediziner zusätzlich feststellen, dass jeder einzelne Knochen im Körper des Mädchens gebrochen war und dass dies geschehen sein musste, bevor sie getötet wurde.

Von diesem Tag an verschwand jeden Tag eines der fünf Mädchen auf dieselbe Weise und wurde in dem Schacht gefunden. Die Polizei stand vor einem Rätsel, denn es war absolut nichts zu finden. Es gab keine Spuren, keine Fingerabdrücke – nichts, was auf den Täter hinweisen könnte.

Aber die Mordreihe brach nicht ab, nachdem auch das letzte der fünf Mädchen gefunden war. Es verschwanden immer mehr Schüler, die einen Tag später in dem Schacht gefunden wurden. Das Einzige, was die Polizei bei ihren Recherchen herausfinden konnte, war, dass jeder der Toten

zuvor die besagte Mail erhalten hatte und dass es sich bei den Betroffenen um ebenjene Schüler handelte, die an ein Fremdverschulden in Carmens Fall geglaubt hatten.
Es heißt, dass sich Carmens Geist jeden holt, der nicht glaubt, dass sie in den Tod getrieben wurde – oder die Mail mit dem Betreff »Du kennst die Wahrheit« nicht weiterleitet, wenn er sie bekommen hat. Sie kommt nachts, wenn ihre Opfer schlafen, durch den Kanal in Waschbecken oder Toiletten. Man wacht plötzlich auf und befindet sich in dem Schacht, in dem sie zu Tode kam. Es ist stockdunkel, und das Einzige, was man hört, ist ihr Lachen, wenn sie damit anfängt, einem einen Knochen nach dem anderen zu brechen.

Der niedliche Welpe

Auf dem Rückweg aus ihrem Sommerurlaub in Kroatien entdeckte ein junges Pärchen einen Lieferwagen am Straßenrand. Der Fahrer winkte ihnen und zeigte auf die geöffneten Türen des Wagens. Neugierig geworden, verlangsamten die beiden ihre Fahrt und sahen in das Innere des Wagens. Sie waren erschüttert und angetan zugleich, denn der gesamte Frachtraum war voll mit niedlichen kleinen Hundewelpen. Sie wussten um die Warnungen und Diskussionen bezüglich solcher Händler und auch, dass man diese auf keinen Fall durch einen Kauf unterstützen durfte.
Dennoch entschieden sie sich nach einiger Zeit dazu, einen Welpen zu kaufen. Sie wollten schon lange einen kleinen vierbeinigen Mitbewohner und außerdem war das der schönste Abschluss ihrer Ferien, den sie sich nur vorstellen konnten.
Also entschieden sie sich für eines der kleinen Fellknäuel und schmuggelten es über die Grenze nach Hause.
Sie hatten viel Spaß mit ihrem neuen Familienmitglied, aber gleichzeitig waren sie auch verunsichert und irritiert. Der Kleine wuchs in rasender

Geschwindigkeit und benötigte Futtermengen, die bald schon das Budget des junges Paares zu sprengen drohten.
Also machten sie sich zum Tierarzt auf, um das Problem zu klären. Der Tierarzt stellte fest, dass sich der Kleine vollkommen normal und artgerecht entwickelte – für einen Braunbären!

DAS VERWUNSCHENE PUZZLE

Eine ältere Dame, die alleine lebte, hatte es sich zum Hobby gemacht, in schlaflosen Nächten Puzzles zu legen. Das war für sie die einzige Möglichkeit, solche Nächte, die bei ihr oft vorkamen, zu überstehen. Sie hatte irgendwann festgestellt, dass sie die Angst, die sie immer nachts alleine in ihrem Haus quälte, am besten in den Griff bekam, wenn sie sich ablenkte. Anfangs hatte sie gelesen, doch das war seit einiger Zeit mit großer Mühe verbunden, denn ihre Augen hatten mit dem Alter immer mehr nachgelassen. Also hatte sie überlegt, was sie noch tun konnte, um die dunklen Stunden besser zu überstehen. Sie stellte schnell fest, dass der Fernseher nicht das Mittel der Wahl war, denn zum einen taten ihr auch hier schnell die Augen weh und zum anderen konnte sie sich einfach nicht mit dem merkwürdigem Programm abfinden, das nachts zu sehen war.
Eines Tages besuchte sie eine Bekannte in einem Altenheim, die ihr von ihrer Puzzleleidenschaft erzählte, und sie war sofort begeistert. Eine sinnvolle und spannende Ablenkung. Sie ging noch am selben Tag in ein Geschäft und deckte sich mit Puzzles ein.
Im Laufe der Zeit entwickelte sie sich zu einem richtigen Puzzlegenie. So musste sie sich oft für einen Abend gleich zwei Puzzles vornehmen, um die Nacht durch beschäftigt zu sein.
Als sie an einem Sonntagabend bereits mit dem ersten Puzzle fertig war, stellte sie fest, dass sie keines mehr hatte. Sie hatte am Samstag vergessen, sich einen »Vorrat« für den Sonntag zu besorgen, und so war sie

gezwungen, doch ins Bett zu gehen. Die Angst überfiel sie in regelmäßigen Schauern, und als sie ein Klopfen an der Haustüre hörte, erstarrte sie. Aber die Minuten verflogen und es war nichts mehr zu hören. Getrieben von ihrer Neugierde, schlich sie in den Flur und spähte durch den Spion der Türe. Aber es war nichts zu sehen. Also öffnete sie die Türe einen Spalt und sah sich um, doch da war niemand. Plötzlich entdeckte sie auf der Fußmatte vor der Türe ein Päckchen, das offensichtlich dort für sie abgelegt worden war. Sie nahm es mit in das Haus und setzte sich ins Wohnzimmer, um es zu öffnen. Obwohl sich ein mulmiges Gefühl in ihr breitmachte, siegte wieder die Neugierde über die Vernunft.

Sie öffnete das Paket und zu ihrer Freude erschien ein Puzzle. Jemand hatte ihr ein Puzzle vor die Türe gelegt! Sofort begann sie, die kleinen Teile auf dem Tisch zu verstreuen und sich ans Werk zu machen. Die Nacht war gerettet. Aber das Puzzle war weitaus schwieriger als alles, was sie bis dahin ausprobiert hatte. Sie grübelte und grübelte, kam aber nur sehr langsam voran.

Ale sie einen Teil endlich zusammenhatte, stutzte sie. Es war ein Raum, den sie da legte. Und dieser Raum ähnelte extrem ihrem eigenen Wohnzimmer, in dem sie sich gerade befand.

Es dauerte noch mehrere Stunden, bis sie beinahe fertig war. Und ihr Hals begann sich langsam zuzuschnüren. Es war nicht nur das Abbild ihres Wohnzimmers, das sich da vor ihr auftat. Je weiter sie dem Ende des Puzzles kam, umso deutlicher wurde ihr, dass sie auch selbst auf dem Bild zu sehen war. Und zwar genau so, wie sie in diesem Moment auf ihrer Couch saß und an dem Puzzle arbeitete. Ein letztes Mal siegte ihre Neugierde, als sie den Rest des Bildes fertigstellte, obwohl ihr inzwischen schon übel war. Als es fertig war, betrachtete sie es und die blanke Angst ließ ihr Herz rasen. Das Bild zeigte sie mit dem Puzzle und hinter ihr einen Mann mit einer Axt in der Hand, der hinter dem Vorhang hervorlugte.

Sie drehte sich um und sah zum Vorhang. Das Letzte, was sie sah, war der Mann, der mit der erhobenen Axt langsam auf sie zukam.

Die perfekte Dekoration

Pünktlich zum Start des Halloweenfestes begannen die Bewohner einer kleinen Stadt in den USA mit der Dekoration ihrer Häuser. Alles sollte bis zum nächsten Tag möglichst gruselig und dabei echt aussehen. Die Menschen schnitzten Fratzen in Kürbisse und verwandelten ihre Vorgärten in schaurige Horrorszenarien. Manche der Gärten glichen einer Fahrt mit der Geisterbahn.

So wunderte sich auch keiner der Anwohner über einen lebensechten Mann, der, an einem Galgen aufgehängt, in einem Baum vor einem kleinen Haus am Rande der Siedlung baumelte.

Als der Erhängte aber mehrere Tage nach dem Fest immer noch an dem Baum hing, begannen sich die Nachbarn Sorgen zu machen, denn auch der Bewohner des Häuschens wurde seit Tagen nicht mehr gesehen.

Als die Polizei ankam, wurde aus der grausigen Vermutung eine Tatsache. Der Besitzer des Hauses hatte sich kurz vor Halloween das Leben genommen, indem er sich in seinem Garten erhängt hatte.

Mad Gasser of Mattoon

Der verrückte Gasvergifter von Mattooon ist eine Legende, bei der bis heute nicht geklärt ist, ob es sich um ein Gerücht oder die Wahrheit handelt. Eine Serie scheinbarer Gasattacken auf Menschen in den USA war der Auslöser für die Geschichte.

Am 31. August 1944 erwachte Mrs Karney in ihrem Haus in Mattoon plötzlich mitten in der Nacht. Ein seltsamer süßlicher Geruch war ihr so intensiv in die Nase gestiegen, dass sie davon aufwachte. Sie überlegte, woher der Geruch stammen könnte, und sah den schon etwas verwelkten Blumenstrauß, der auf dem Tischchen im Schlafzimmer stand. Aber so intensiv konnten die alten Blumen eigentlich gar nicht duften. Um es

zu überprüfen, wollte sie aufstehen und an den Pflanzen riechen. Aber als sie sich umdrehen wollte, bemerkte sie, dass sie ihre Beine und Füße weder spüren noch bewegen konnte. Sie bekam schreckliche Angst. Und weil sie ich nicht bewegen konnte, begann sie in ihrer Angst, so laut zu schreien, wie sie nur konnte. Zum Glück hörten das ihre Nachbarn und verständigten sofort die Polizei. Der Streifenwagen traf nach einigen Minuten ein und die Beamten durchkämmten das ganze Haus und den Garten, aber es war nichts zu finden. Mrs Karney, die sich langsam von den Lähmungserscheinungen erholte, berichtete von dem merkwürdigen Geruch, der sie stark an Gas erinnerte. Doch es war eindeutig nichts zu finden, was auf eine Gasattacke hätte hinweisen können.
Ein paar Stunden später traf Mr Karneys ein. Als der Vorfall passierte, hatte er sich auf dem Weg zu einer Geschäftsreise befunden. Die Nachbarn konnten ihn in seinem Hotel erreichen und er kam sofort zurück nach Hause. Er setzte sich zu seiner Frau auf die Bettkante und ließ sich berichten, was geschehen war. Während seine Frau erzählte, kam es ihm so vor, als stünde eine Gestalt auf dem Balkon. Er sprang auf und rannte auf die Gestalt zu. Aber die Gestalt hatte bemerkt, dass Mr Karney sie gesehen hatte, und sprang vom Balkon. Da sie sich im ersten Stock befanden, dachte Mr Karney nicht lange nach und sprang hinterher. Er nahm die Verfolgung auf, musste aber nach ein paar hundert Metern feststellen, dass das Wesen so schnell war, dass er keine Chance hatte, es einzuholen. Er gab auf und berichtete der Polizei in einem Telefonat von der Verfolgungsjagd. Er konnte die Gestalt auch trotz der Dunkelheit einigermaßen detailliert beschreiben. Diese Beschreibung deckte sich mit denen, die zuvor schon andere Bürger der Stadt beigesteuert hatten. Denn es handelte sich nicht um einen Einzelfall. In der letzten Zeit häuften sich die Anzeigen bei der Polizei, in denen Menschen davon berichteten, dass sie durch einen merkwürdigen Gasgeruch aus dem Schlaf gerissen worden seien. Manche hatten eine hochgewachsene, menschliche Gestalt mit einer eng anliegenden Kappe auf dem Kopf zu Gesicht bekommen. Daraus entstand der Name: der verrückte Gasvergifter von Mattoon.

Die Besuche des Wesens verliefen in allen Fällen gleich. Die Opfer wurden von dem merkwürdigen Geruch geweckt und stellten dann Lähmungserscheinungen in den Beinen fest. Manche klagen auch über Atemprobleme und Schwellungen der Haut im Gesichtsbereich. Doch weder der Polizei noch den Betroffenen erschloss sich das Motiv der Taten. Und es gelang niemandem, den Eindringling zu stellen.

Im September desselben Jahres konnte ein Paar, nachdem es auch durch den Gasgeruch geweckt worden war, ein Tuch auf ihrem Balkon entdecken, das extrem nach Gas roch. Sie übergaben es der Polizei, die es daraufhin zur Untersuchung in ein Labor brachte. Alle erhofften sich durch die Analyse des Gases etwas mehr Aufschluss bezüglich des Motivs oder des Täters. Das Erstaunliche war aber, dass die Untersuchung nichts ergab. Es konnte keine Substanz nachgewiesen werden.

Die Geschichte hatte sich in der Zwischenzeit wie ein Lauffeuer in der Stadt verbreitet. Und die Anrufe bei der Polizei häuften sich derart, dass der Polizeichef E.C. Cole sich irgendwann dazu genötigt sah, das ganze Phänomen als eine Massenhysterie abzutun. In einer Presseversammlung teilte er mit, dass in sämtlichen Fällen keinerlei Beweise hatten gefunden werden können. Außerdem würden sich die Anzeigen mit dem Bekanntheitsgrad der Geschichte immer mehr häufen, sodass von einer Massenhysterie ausgegangen werden könne.

Die Opfer waren empört über das Verhalten der Polizei. Jeder, der das Wesen gesehen hatte, war sich absolut sicher – und die Beschreibungen glichen einander bis ins kleinste Detail.

Der Fall wurde trotzdem eingestellt und bis heute ist nicht geklärt, wer oder was die Gasanschläge verursacht hat.

Nächtlicher Schrecken

Nach ihrer Schicht in einer Kneipe macht sich eine junge Studentin nachts um zwei Uhr auf den Heimweg. Sie steigt in ihr Auto und fährt los. Auf ihrem Weg nach Hause muss sie durch ein bewaldetes Gebiet, denn sie wohnt aufgrund der hohen Mieten in der Stadt etwas außerhalb.
Als sie das Waldgebiet passiert, fällt ihr Blick auf etwas Merkwürdiges am Straßenrand – es sieht aus, als liege da ein Mensch! Doch leider kann sie es nicht genau ausmachen, denn die Nacht ist dunkel und regnerisch. Also beschließt sie, anzuhalten und zu helfen, trotz ihrer Angst.
Mit zitternden Knien nähert sie sich dem »Ding« im Straßengraben, stellt aber bald fest, dass es sich um große schwarze Müllsäcke handelt. Doch ihre Erleichterung schlägt schnell in Panik um, als sie relativ nah Geräusche hört: ein Rascheln. Sie rennt zu ihrem Auto und hört direkt hinter sich Schritte, die immer näher kommen. Hastig steigt sie ein, schlägt die Türe hinter sich zu und fährt, so schnell sie kann, los.
Als sie zu Hause in der Garage aus dem Auto steigt, fällt ihr auf, dass sich an der Türe Blutspuren befinden. Sie bückt sich, um sich die Spuren besser anzusehen, und als sie vor sich auf den Boden schaut, liegt da ein abgetrennter Finger, voll mit Blut. Der Finger war in der Türe eingeklemmt gewesen und beim Öffnen der Tür auf den Boden gefallen.

EINE WAHRE GESCHICHTE

In manchen Fällen kann der Wahrheitsgehalt der modernen Mythen tatsächlich belegt werden. Bei der nächsten Geschichte ist dies der Fall. Vorkommnisse dieser Art sollen sich in verschiedenen Teilen der Welt zugetragen haben.

In einer regnerischen Nacht und nach langer Autofahrt freuen sich George und Annie sehr, als sie endlich in der Nähe von Kansas ein Motel

am Straßenrand entdecken. Das Paar hält an und checkt für die Nacht ein, um erst am nächsten Tag bei besseren Wetterverhältnissen weiterzufahren.
Als sie ihr Zimmer betreten, fällt ihnen sofort der beißende und sehr unangenehme Geruch auf. Doch selbst nachdem sie über eine Stunde lang gelüftet haben, ändert sich nichts an der Intensität des Gestankes. Doch die Erschöpfung und Müdigkeit der beiden sind größer und sie fallen in einen unruhigen Schlaf. Nach einer Stunde wacht Annie auf und ihr wird sofort übel – der Geruch ist so stark geworden, dass sie ihren Mann weckt und ihn bittet, den Mitarbeiter an der Rezeption nach einem anderen Zimmer zu fragen. Der freundliche Angestellte teilt George mit, dass leider alle Zimmer des Motels belegt seien. Aber er würde sich bereiterklären mitzukommen, um dem Ursprung des Geruches auf die Spur zu kommen.
Alle drei stellen gemeinsam das komplette Zimmer auf den Kopf. Aber ohne Erfolg. Nirgendwo lässt sich ein Grund für den Geruch ausmachen. »Das Einzige, was wir noch nicht auseinandergenommen haben, ist das Bett«, sagt der Mitarbeiter der Motelkette. »Danach weiß ich auch nicht mehr weiter…«
Als die drei die Matratze hochheben, schlägt ihnen ein Schwall des süßlichen Geruches direkt in die Gesichter und sie erkennen den Grund. Unter der Matratze, in dem Bettkasten, liegt eine schon zum größten Teil verweste Leiche!

Zugfahrt der Toten

Diese Legende wird vor allem in Gegenden, in denen früher oder auch heute noch Bergbau betrieben wird, erzählt.

Nach dem Ende ihrer Schicht begeben sich zwei Bergleute auf den Heimweg, der sie durch einen Wald entlang einer stillgelegten Bahntras-

se für den Grubenverkehr führt. Es sind einige Kilometer, die die beiden an den Schienen zurücklegen müssen, bevor sie ihren Wohnort erreichen.
Der Stollen, zu dem die Gleise führen, ist schon seit mehreren Jahren stillgelegt, nachdem sich dort ein tragischer Unfall ereignet hatte. Bei dem Einsturz des hinteren Teiles der Grube kamen damals fast alle Bergleute, die vor Ort waren, ums Leben. Bei den tagelangen Such- und Rettungsaktionen konnten nur noch die Leichen der Männer geborgen werden, viele wurden nie gefunden.
Als die beiden also auf den Gleisen im Dunkeln nach Hause gehen, hören sie mit einem Mal das Signal einer kleinen Lokomotive, wie sie früher benutzt wurde, um die Bergleute in die Gruben zu befördern. Sie beachten das Geräusch nicht weiter, denn von dieser Strecke kann es ja schließlich nicht stammen. Doch kurz darauf ist das Pfeifen wieder zu hören und dieses Mal können sie auch vor sich die Lichter der Lokomotive erkennen. Die beiden tauschen verstörte Blicke: Warum sollte auf der stillgelegten Strecke ein Zug in Richtung des ebenfalls stillgelegten Stollens fahren?
Sie beobachten, wie der Zug kurz vor dem alten Stollen anhält und Bergleute mit weißen Gesichtern aussteigen. Für einige Sekunden begegnen sich die Blicke der beiden Männer und derer, die da stehen, in einer endlos wirkenden Reihe stummer Gesichter. Der Anblick ist gespenstisch und die Augen der Bergleute sind schwarz und leer.
Einer der beiden gerät in Panik und rennt los, so schnell er kann. Der andere beobachtet weiter, wie sich der Trupp der Männer mit den weißen Gesichtern in Richtung des stillgelegten Stollens auf den Weg macht.
Als der Bergmann, der weggelaufen war, endlich zu Hause ankommt, entfährt seiner Frau ein Schrei: Der Mann an der Tür ist zwar ihr Ehemann, aber mit einem Mal ist er schlohweiß. Es gelingt ihr tagelang nicht, aus ihm herauszubekommen, was geschehen ist. Er sitzt nur da und spricht kein Wort.

Erst nach zwei Wochen ist er imstande zu berichten, was in der Nacht geschehen war.
Sein Kollege, der nicht weglief, wurde nie wieder gesehen.

Der explodierende Kaktus

Eine weitverbreitete Geschichte, die mittlerweile die Spinne in der Yucca-Palme abgelöst hat.

Betty Smith saß wie jeden Abend in ihrem Wohnzimmer und las. Es war ihr liebstes Ritual, um acht Uhr abends in die Küche zu gehen, sich einen ihrer Lieblingstees aufzubrühen und die folgenden Stunden mit einem guten Buch zu verbringen.
Sie ließ sich in ihrem Lesesessel nieder, den sie ein paar Stunden zuvor neben dem Kaktus aufgestellt hatte, den sie sich erst an diesem Tag gekauft hatte. Irgendwie vermittelte ihr das stachelige Gewächs das Gefühl, im Urlaub zu sein, fernab vom langweiligen Alltag zu Hause. Ein perfekter Platz, um sich in die Phantasiewelt ihrer Bücher zu begeben.
Sie begann zu lesen, doch nach kurzer Zeit hörte sie ein Geräusch. Anfangs konnte sie es nicht zuordnen, deshalb las sie einfach weiter und ging zu später Stunde ins Bett. Am nächsten Abend wiederholte sich das Geschehen. Sie saß in ihrem Sessel und hörte diese komischen Geräusche. Es hörte sich wie ein leises Surren an. Entnervt verließ sie den Stuhl und machte sich auf, dem Geräusch auf die Schliche zu kommen. Nach einer halben Stunde war sie sich endlich sicher, das Geräusch kam aus dem neuen Kaktus. Wie konnte das sein? Sie beruhigte sich selbst, denn wie konnte eine Pflanze derartige Geräusche von sich geben?
Aber es hörte nicht auf, im Gegenteil, das Surren wurde von Tag zu Tag lauter und Betty war am Ende mit ihren Nerven. Eines Abends wurde das Geräusch so laut, dass sie wirklich Angst bekam. Sie beobachtete nervös den Kaktus, der auf seltsame Weise zu zittern schien. Sie alarmier-

te in ihrer Not die Feuerwehr. Als die Männer eintrafen und Betty gerade dabei war zu erklären, was vor sich ging, gab es einen lauten Knall und der Kaktus explodierte vor den Augen aller Anwesenden. Sie konnten nicht fassen, was geschehen war. Die Pflanze war explodiert und aus ihrem Inneren kamen Tausende kleiner Spinnen.

Einer der Feuerwehrmänner, der sich mit Kakteen auskannte, rief: »Los! Schnell weg hier!«

Als alle in Sicherheit waren, erklärte er, dass eine giftige Spinnenart in manchen Ländern ihre Eier in Kakteen lege. Dort würden die Spinnen schlüpfen und wachsen. Nachdem es sich aber immer um derart viele Tiere handelte, würde der Kaktus am Ende bersten und die Spinnen seien befreit.

Sie alarmierten das Tropeninstitut. Die Forscher bestätigten die Erzählung des Feuerwehrmannes und erklärten den anderen, dass er mit diesem Wissen ihr Leben gerettet habe.

Ein ekelhafter Brief

Sarah Donalds arbeitete in einer Poststelle in den Vereinigten Staaten. Ihre Arbeit war so sehr durch Routine geprägt, dass sie eines Tages beschloss, den Ablauf etwas zu verändern. Normalerweise war sie dafür zuständig, fehlerhaft oder gänzlich unverschlossene Kuverts wieder richtig zu verschließen. Dafür stand ihr ein kleines Schwämmchen zur Verfügung, mit dem sie den klebenden Rand des Briefes anfeuchten konnte. Um ihren Arbeitsablauf jedoch wenigstens ein bisschen abzuwandeln, entschied sie sich eines Tages dazu, manche der Briefe mit der Zunge anzufeuchten, um sie dann zuzukleben.

Doch irgendwann schnitt sie sich schmerzhaft und kehrte verärgert wieder zur bewährten Routine zurück. Als sie abends nach Hause kam, war ihre Zunge aber schon so angeschwollen, dass sie weder essen noch sprechen konnte. Am nächsten Tag entschied sie sich, lieber einen Arzt

aufzusuchen. Der stellte eine Entzündung fest und verordnete der jungen Frau Antibiotika.
Doch die Schmerzen ließen nicht nach, im Gegenteil – sie wurden immer schlimmer und auch die Zunge wurde immer noch dicker. Nach vier Tagen suchte Sarah den Arzt aufs Neue auf. Er untersuchte die Zunge und stellte eine Art Geschwulst fest. Er überwies Sarah in ein Krankenhaus, um dort einen Eingriff vornehmen zu lassen, bei dem die Wucherung entfernt werden sollte.
Als die Ärzte dort den ersten Schnitt taten, trauten sie ihren Augen nicht: Aus der Wunde kam ein dicker Wurm gekrochen.
Auf einem der Kuverts, die Sarah abgeleckt hatte, nachdem sie sich in die Zunge geschnitten hatte, hatten sich anscheinend Wurmeier befunden. Die offene Wunde war ein perfekter, warmer und gut durchbluteter Ort für die Eier, um zu gedeihen. Sarah benutzte nach diesem Vorfall nie wieder ihre Zunge, um einen der Briefe zu verschließen.

Wie stoppt man Raser?

Dieser Mythos wird weltweit in verschiedenen Abwandlungen erzählt. Mal handelt es sich um ein brennendes Pärchen, das die Autofahrer verfolgt, mal um die Insassen eines ganzen Busses.

Als Jerry O. eines Abends nach der Arbeit einwilligte, die Kollegen auf einen Absacker zu begleiten, war für ihn klar, dass er keinen Alkohol trinken würde, da er mit dem Auto unterwegs war. Deshalb bot er den anderen an, sie alle nach Hause zu fahren. Der Abend wurde dann aber doch länger als erwartet, und als Jerry den letzten Kollegen abgeliefert hatte, war er nur froh, endlich nach Hause fahren zu dürfen.
Die Fahrt war nicht besonders angenehm, es regnete in Strömen und Jerry hatte Mühe, seine Augen offen zu halten vor Müdigkeit. Er beschloss deshalb, die Musik laut aufzudrehen und endlich mal richtig Gas

zu geben. Die Straße war absolut leer um diese Zeit, er hätte Spaß und wäre zudem schneller zu Hause. Gesagt, getan...eine Zeit lang war Jerry also mit stark überhöhter Geschwindigkeit unterwegs, als ihn plötzlich grelle Lichter von hinten blendeten. Jerry war irritiert, da er ja selbst schon mit sehr hoher Geschwindigkeit unterwegs war, war es merkwürdig, wie rasend schnell sich die Lichter von hinten näherten. Wie konnte das sein? Er sah genauer hin, und was er sah, ließ ihn beinahe von der Straße abkommen: Hinter ihm fuhr kein anderes Auto mit viel zu hoher Geschwindigkeit! Hinter ihm rannten brennende Menschen! Er traute seinen Augen nicht und schaute immer wieder in den Spiegel, doch es war eindeutig, es handelte sich um Menschen, die in Flammen standen. Ein kalter Schauer lief ihm über den Rücken und er wusste nicht, was er tun sollte. Denn eines war ihm völlig klar: Es konnte sich nicht um normale Menschen handeln, die ihm bei dieser Geschwindigkeit folgten und dabei auch noch immer näher kamen.

In völliger Panik beschloss er, Gas zu geben und noch schneller zu werden, um den unheimlichen Verfolgern zu entkommen. Vor lauter Aufregung trat er aber nicht auf das Gaspedal, sondern auf die Bremse!

Das Auto kam nach einigen Metern mit quietschenden Reifen zum Stehen und Jerry konnte nicht fassen, was nun passierte – er konnte direkt in die Gesichter der brennenden Menschen sehen, die nun auf ihn zurasten. Den Anblick sollte er nie mehr in seinem Leben vergessen. Es war das reine Leid und die Verzweiflung, die aus den Gesichtern sprachen.

In dem Moment, als die Körper eigentlich das Auto berührt hätten, lösten sie sich auf. Es war stockdunkel und Jerry saß auf seinem Sitz, unfähig, sich zu bewegen.

Nach einigen Minuten wurde ihm klar, dass er sich mitten auf der Straße befand. Er nahm sich zusammen und fuhr nach Hause. Dort angekommen, begann er, immer noch im Schockzustand, zu recherchieren und stieß schnell auf Informationen.

Die Strecke, die er in dieser Nacht gewählt hatte, war bekannt für etliche Unfälle, die sich im Laufe der Jahre immer wieder aufgrund überhöhter

Geschwindigkeit ereignet hatten. Beinahe alle gingen tödlich aus. Der letzte Unfall war gerade erst ein Jahr her. Die Insassen zweier Autos hatten sich nachts ein Rennen geliefert, wobei eines der beiden Fahrzeuge ins Schleudern geraten war und das andere mit sich gerissen hatte – beide hatten Feuer gefangen. Von den Passagieren hatte keiner überlebt, die Hilfskräfte konnten nur noch die verkohlten Leichen bergen.
Seitdem kursierte die Geschichte, dass die ums Leben gekommenen jeden verfolgen, der sich mit überhöhter Geschwindigkeit auf der Strecke befindet.
Für Jerry war klar, dass ihn nur das versehentliche Betätigen des Bremspedals gerettet hatte. Er fuhr nie wieder schneller als erlaubt.

Der Skorpion in der Bananenkiste

Dass sich immer wieder exotische und giftige Tiere in den Lieferungen von Südfrüchten verstecken, ist tatsächlich kein Mythos. Auch der Skorpion in der Bananenkiste ist eine Tatsache. Was das Ende der Geschichte betrifft, bleibt es auch hier dem Leser überlassen, wie weit er sich in das Reich der Mythen begeben mag. Fest steht, dass es sich zum Teil um wahre Begebenheiten handelt. Es wurden unter anderem auch Filme rund um dieses Thema gedreht.

Als Tim O. wie jeden Morgen zur Großmarkthalle fuhr, hatte er keine Ahnung, wie dieser Tag noch für ihn enden sollte.
Wie gewöhnlich arbeitete er den Einkaufszettel für sein gut laufendes kleines Restaurant ab. Er bestand darauf, immer nur die beste und frischeste Ware anzubieten. Deshalb kam es auch nie für ihn infrage, den Einkauf einem seiner Mitarbeiter zu überlassen. »Bei der Wahl der Zutaten fängt die gute Küche an!« war sein Leitspruch, an den er sich seit Jahren hielt. Und die Treue seiner Kunden bestätigte seinen Anspruch.

Als er an diesem Tag seinen Einkauf erledigt hatte, machte er sich mit dem vollgepackten kleinen Transporter wieder auf den Weg ins Restaurant. Es blieb nicht mehr viel Zeit, die Gäste würden bald zum Mittagsessen erscheinen. Während der Fahrt spürte er plötzlich ein Kitzeln in seinem Nacken. Gedankenverloren wischte er sich über die Haut, um das nervige Kitzeln abzustellen, als er merkte, dass er dabei etwas relativ Großes und Hartes streifte und nicht, wie gedacht, eine lästige Fliege verscheuchte. Doch da war es schon zu spät: Ein heftiger Schmerz durchfuhr Tims Körper, als er den Stachel in seinem Hals spürte. Er sah gerade noch, wie der Skorpion durch seine Wischbewegung auf den Beifahrersitz geschleudert wurde. In dem Moment wurde ihm schon schwarz vor Augen. Er fiel vorn über auf das Lenkrad und raste geradewegs in die Mauer eines Hauses.
Als die Sanitäter später nur noch den Tod feststellen konnten, gingen sie davon aus, dass der Fahrer ohnmächtig geworden sein musste und deshalb die Gewalt über sein Fahrzeug verloren hatte. Der Stich war zwar zu sehen, aber keiner der Helfenden am Unfallort ging davon aus, dass es sich dabei um den Stich eines Skorpions handeln könnte.
Das Tier wurde nie mehr gesehen.

Die Urinprobe

Dieser Mythos hat es sogar bis zur Verfilmung geschafft.

Als der 18-jährige Ralf kurz nach dem Abitur zur Musterung einberufen wird, bekommt er es mit der Angst zu tun. Denn eines stand für ihn schon immer fest: auf keinen Fall zur Bundeswehr! Je näher der Termin zur Untersuchung durch den Amtsarzt rückt, umso panischer wird Ralf. Er fragt jeden, den er kennt, nach Tricks, wie man sich am besten drücken könne. Doch alle Ratschläge, die er bekommt, haben letzten Endes bei keinem seiner Freunde funktioniert. Da er aber selbst keinerlei körperli-

che Gebrechen hat, die ihn vor der Einberufung in die Bundeswehr retten könnten, ist ihm klar, dass er eine zündende Idee braucht.
Und tatsächlich, zwei Tage vor dem Termin kommt ihm der rettende Einfall: Er wird behaupten, an Diabetes zu leiden. Als perfekten Beweis dafür braucht er nur die von ihm verlangte Urinprobe mit der seiner Freundin zu vertauschen, die wirklich an der Krankheit leidet. Gesagt, getan – am Tag der Untersuchung ist es für Ralf ein Leichtes, den mitgebrachten Urin seiner Freundin auf der Toilette in das für ihn vorgesehene Behältnis zu füllen.
Stolz berichtet er seinen Freunden von seiner glorreichen Idee und darüber, wie leicht sie umzusetzen war.
Als sechs Wochen später der Postbote den Brief mit dem Bescheid bringt, kann Ralf sich ein siegessicheres Grinsen nur schwer verkneifen.
Der Brief hatte folgenden Inhalt:

Sehr geehrter Herr …

… wir bedauern, Ihnen mitteilen zu müssen, dass Sie an einer schweren Form des Diabetes Typ I leiden. Des Weiteren wurde im Rahmen der Untersuchungen eine Schwangerschaft festgestellt.
Wir gratulieren Ihnen herzlich und erwarten Sie am … in der Kaserne …, um dort Ihren Dienst anzutreten!

DIE BRAUT, DIE INNERLICH VERKOCHTE

Das Interessante an diesem Mythos ist, dass er sozusagen zu Forschungszwecken ins Leben gerufen wurde. Ein amerikanischer Mythenforscher kreierte die Geschichte im Jahr 1990. Er wollte sehen, wie lange es dauert, bis die Geschichte von Boston bis zur anderen Seite des Landes gelangt ist.
Innerhalb von drei Tagen war die Geschichte in Kalifornien an der Westküste angelangt. Kurz darauf hörte man sie das erste Mal in Deutschland.

Eine Woche vor der Hochzeit stellte eine junge Braut fest, dass sie auf keinen Fall heiraten konnte, bevor nicht wirklich alles an ihr perfekt war. Sie hatte schon eine harte Diätkur hinter sich gebracht und wirklich alles getan, um sich das Aussehen zu verleihen, das sie sich für den wichtigsten Tag ihres Lebens gewünscht hatte. Nur eines war noch nicht zufriedenstellend: ihr Teint.

Sie war von Natur aus eher blass, was in ihren Augen überhaupt nicht zu dem weißen Brautkleid passte.

Also suchte sie ein Sonnenstudio auf und legte sich gleich mehrere Male auf die Bräunungsbank. Als sie wieder zu der Mitarbeiterin am Empfang trat und eine weitere halbe Stunde verlangte, lehnte diese verantwortungsbewusst ab. Sie erklärte der Frau, dass es in hohem Masse ungesund sei, was sie da veranstalte. Sie solle nach Hause gehen und ihrer Haut eine Pause gönnen.

Aber die Braut war wie besessen von dem Gedanken und fuhr kurzer Hand zum nächsten Sonnenstudio. Dort wiederholte sie die ganze Prozedur von Neuem.

Als sie abends auf der Couch saß, fiel ihr ein merkwürdiger Geruch auf, der von ihr auszugehen schien. Der Geruch wurde immer stärker. Sie ging drei-, viermal unter die Dusche, aber der Geruch schwoll an. Sie bekam es mit der Angst zu tun und fuhr in das nahe gelegene Krankenhaus.

Der Arzt, der aufgrund der Untersuchungen und der Vorgeschichte der Frau zu einem klaren Ergebnis gekommen war, konnte seine Diagnose selbst kaum glauben. Er zog einen Kollegen zurate, der aber alles bestätigte.

Sie teilten der Braut mit, dass sich durch den exzessiven Aufenthalt im Sonnenstudio die inneren Organe so erhitzt hatten, dass sie sozusagen verkocht waren. Ihr blieben nur noch wenige Stunden bis zum Tod.

Willkommen im Klub

Diese urbanen Geschichten gehören leider seit den Zeiten von HIV auch zu den weitverbreitetsten und sollen deshalb nicht ausgelassen werden. Die gute Nachricht ist aber, dass noch nie eine der »Willkommen im Klub«-Geschichten bestätigt werden konnte. Und selbst der Versuch würde zu nichts führen, da eine Ansteckung mit der Krankheit unter diesen Umständen medizinisch höchst unwahrscheinlich ist.

Ein junges Pärchen beschließt eines Abends, ins Kino zu gehen. Beide freuen sich auf die Zeit, die sie zusammen genießen können.
Als sie ihre Plätze im Saal gefunden haben, lassen sie sich nebeneinander in die Sitze fallen. Das Mädchen spürt dabei einen kurzen Stich, aber macht sich keine weiteren Gedanken, denn der Film startet und der Schmerz war nur kurz.
Nachdem der Film beendet ist und die Lichter angehen, stehen die beiden auf, um nach Hause zu gehen. Dabei fällt der Blick des Jungen auf den Sitz des Mädchens, auf dem sich ein Zettel befindet.
Darauf steht:
Willkommen im Klub! Du hast Dich gerade mit Aids angesteckt!
Die beiden schauen sich an und beginnen zu lachen – ein ausgemachter Blödsinn! Aber dann erinnert sich das Mädchen an den kleinen Stich zu Beginn der Vorstellung. Sie untersucht die Sitzfläche und entdeckt die Spitze einer Nadel, die durch das Polster ragt.

Ein ungewolltes Mitbringsel

Eine der beliebtesten Arten moderner Mythen. Die Urform sind die Spinneneier unter der Haut. Seitdem entstehen immer neue Geschichten rund um die ungewollten Mitbringsel aus fernen

Ländern. Zum Teil steckt aber eine wahre Geschichte dahinter. Es gibt Berichte von Menschen, die wirklich wochenlang einen Parasiten in ihrem Körper getragen haben, ohne es zu wissen.

Ein Archäologiestudent machte sich im Winter 2011 wieder einmal auf, fremde Länder zu erkunden. Er arbeitete das ganze Semester hart, um sich in den Ferien die Fernreisen leisten zu können, von denen er schon immer geträumt hatte. Und endlich war es wieder so weit. Während seine Kommilitonen dem kalten Winter in Deutschland trotzen mussten, packte er seine Sachen für die Dschungelexpedition, auf die er schon so lange gewartet hatte.

Die Reise verlief genau so, wie er sie sich immer vorgestellt hatte. Er hatte einen erfahrenen Führer zur Seite und kampierte drei Wochen lang im Regenwald. Er war fasziniert und manchmal auch erschrocken über die Artenvielfalt der Tiere, die dort lebten.

Als er wieder zu Hause ankam, hatte ihn schon die ganze Zeit während des Fluges sein Ohr fürchterlich gejuckt. Er dachte, es habe vielleicht etwas mit dem Druckausgleich in der Kabine zu tun, und schenkte dem Ganzen keine Aufmerksamkeit. Aber das Jucken wurde von Tag zu Tag schlimmer. Als nach ein paar Tagen auch noch ein merkwürdiges Geräusch dazukam, entschloss er sich, einen Arzt aufzusuchen.

Er berichtete dem Mediziner von dem Jucken und von dem Geräusch, das sich anhörte, als würde etwas auf seinem Trommelfell kratzen. Der Arzt stellte schnell fest, woher die Probleme kamen. In dem Gehörgang des Studenten saß eine Spinne, die wahrscheinlich in einer der Nächte im Zelt dort hineingelangt war. Er schwemmte das Insekt aus dem Ohr und der Student war erlöst.

Das Schlüsselloch

Mitten in der Nacht hält eine junge Frau ein Taxi an und erklärt dem Fahrer, sie wolle nach Hause. Dabei nennt sie ihm aber keine Adresse, sondern dirigiert ihn durch die Stadt, bis sie diese verlassen und sich nach einer halben Stunde weit außerhalb befinden. »Die nächste rechts bitte...«, und sie biegen auf eine kleine Straße ab, die einen steilen Hügel hinaufführt.

Während der gesamten Fahrt versucht der Taxifahrer, einen Blick auf die Frau zu erhaschen. Alles, was er durch seinen Rückspiegel sehen kann, sind wunderbar glänzende Haare – sie scheint insgesamt auffällig schön zu sein. Doch er kann nie in ihre Augen sehen, da sie ihren Blick während der ganzen Fahrt auf den Boden gerichtet hält.

An der Spitze des Hügels angekommen, zeichnet sich plötzlich die Silhouette eines Hauses ab. Es ist windschief, extrem alt und heruntergekommen. Die junge Frau sagt, er könne nun anhalten, denn sie sei jetzt zu Hause. Mit fragendem Blick kassiert er ab und sieht zu, wie sie das Auto verlässt und tatsächlich in das Haus geht.

Einige Minuten lang sitzt er einfach nur da und fragt sich, was eine junge, schöne Frau vollkommen alleine in dieser Ruine abseits jeglicher Zivilisation macht. Und dann beschließt er, seiner Neugierde nachzugeben. Er geht zum Haus und versucht, einen Blick durch die Fenster zu erhaschen. Aber überall sind die Vorhänge zugezogen, es bietet sich keine Möglichkeit. Wie besessen von dem Gedanken, endlich das ganze Gesicht der Frau sehen zu wollen, pirscht der Taxifahrer mehrmals um das unheimliche Haus, bis ihm das Schlüsselloch in der Haustüre auffällt. Es ist groß genug, um einen Blick ins Innere zu werfen. Als er sich hinhockt, das Gesicht an die Türe gedrückt, und durch das Schlüsselloch späht, kann er es nicht verstehen: Er sieht nur Rot. Alles ist einfach rot. Keine Möbel, keine Menschen – nichts außer der Farbe Rot.

Nach einigen Minuten beschließt er zu fahren. Es wäre ihm doch zu peinlich, wenn ihn jemand erwischen würde. Aber irgendwie lässt ihn der

Gedanke an die junge Frau in dem Haus nicht los. Deshalb beschließt er auf dem Weg zurück in die Stadt, in einem Restaurant einzukehren, das nicht weit entfernt ist. Hier könnte er eine Kleinigkeit zu sich nehmen und dabei vielleicht auch noch etwas über die junge Frau herausfinden.
Er erzählt dem Ober von der merkwürdigen Fahrt und auch, dass er am Ende durch das Schlüsselloch geschaut hat. »Aber komisch war, dass ich rein gar nichts erkennen konnte außer Rot. Alles war einfach rot!«
Daraufhin sagte der Ober mit verzerrtem Gesicht: »Sie müssen wissen, dass die Frau, die dort lebt, eine merkwürdige Krankheit hat. Ihre beiden Augen sind blutrot.«

Eine Nacht im Kühlwagen

Am Ende seiner Schicht fällt einem Bahnarbeiter ein Waggon auf, den er noch nicht kontrolliert hat. Die Tür des Wagens steht offen, deshalb klettert er hinein, um nach dem Rechten zu sehen. Gerade als er im Waggon steht, hört er, wie die Tür zufällt und verriegelt wird. Er schreit nach Leibeskräften und hämmert gegen die Tür. Aber seine Kollegen sind schon alle gegangen. Ihm wird klar, dass er die Nacht in dem Wagen verbringen muss, bis am nächsten Tag die Kollegen kämen.
Aber nachdem er den Waggon näher inspiziert hat, sieht er, dass es sich um einen Kühlwagen handelt. Ihm wird klar, dass er die Nacht nicht überleben wird. In seiner Tasche findet er einen Kugelschreiber und einen Block und er beschließt, seinen Weg in den Erfrierungstod zu dokumentieren. Nach circa drei Stunden beschreibt er die ersten Erfrierungserscheinungen. Er dokumentiert, wie seine Hände und Füße langsam taub werden und wie schwer es ihm fällt, den Stift zu halten. Einige Stunden später ist es ihm kaum mehr möglich, einen klaren Gedanken zu fassen, die Notizen werden wirr.
Am nächsten Morgen finden ihn die Kollegen der Frühschicht. Er ist tot. Sein Block ist über und über mit den Notizen der Nacht beschrieben.

Aber als die Kollegen den Wagen überprüfen, stellen sie fest, dass das Kühlaggregat gar nicht angestellt war.

Paddy Ahern

Der Ursprung dieser Geschichte findet sich in einem irischen Märchen. Es hat aber nie an Aktualität verloren und wird nach wie vor auf der ganzen Welt erzählt.

Der junge Paddy Ahern war betrübt, denn zu seiner Zeit erzählte man sich abends, wenn man beisammensaß, Geschichten. Aber Paddy hatte ein Problem, er kannte keine einzige Geschichte und aus diesem Grund war er auch nicht sonderlich beliebt. Er arbeitete für die Bauern in der Gegend von Limerick und im Grunde machte er alles richtig. Er war fleißig und ehrlich und jeder nahm seine Dienste gern in Anspruch. Aber wenn er abends in den Gasthäusern einkehrte, nahm niemand Notiz von ihm. Er saß alleine in einer Ecke und lauschte den anderen, die immer tolle Geschichten erzählen konnten. Die Leute erwarteten von den Knechten wie Paddy, die viel herumkamen, dass sie auch etwas zu erzählen hätten und damit die Abende füllten. Dass Paddy keine einzige Geschichte kannte, machte ihn zum Außenseiter. Aber was sollte er tun? Er konnte ja nicht einfach etwas erfinden, denn dazu war er einfach zu ehrlich.
An diesem Abend hatte er noch keine Bleibe gefunden und es graute ihm davor, wieder alleine im Eck einer Schänke zu sitzen, während die anderen sich amüsierten. Aber so war es eben. Er marschierte weiter und war schließlich doch froh, ein Licht zu entdecken, denn inzwischen war die Nacht hereingebrochen. Er ging auf das Licht zu, bis er erkennen konnte, dass es sich um ein Haus handelte, das mitten im Feld stand. Es sah merkwürdig aus, aber ihm blieb nichts anderes übrig, es war schon zu spät und er war von der Arbeit auf dem Feld erschöpft.

Er klopfte an die Tür und ein Mann öffnete. Der Mann war genauso merkwürdig wie das Haus, riesig und irgendwie dunkel. Paddy konnte zwar nicht greifen, was das Merkwürdige war, aber er fühlte sich unbehaglich. Trotzdem trat er ein. Der Mann sagte:
»Willkommen, Paddy Ahern!«
Paddy wunderte sich, woher der Mann seinen Name kannte, aber er dachte nicht länger darüber nach, sein Hunger war zu groß. Außerdem sprach sich in der Gegend vieles herum, warum dann nicht auch sein Name. Der Mann bereitete das Abendessen zu. Schweigend aßen sie gemeinsam. Dann stand der Mann auf und zeigte Paddy seinen Schlafplatz. Paddy zog sich aus und legte sich auf das Bett. Ein paar Minuten lang dachte er noch über diesen merkwürdigen Ort nach, aber dann übermannte ihn der Schlaf.
Nach ein paar Stunden wurde er unsanft geweckt, als die Haustüre aufflog und drei Männer eintraten. Sie hatten schwer zu schleppen, und als Paddy sah, was die Last war, erschrak er. Es war ein Sarg. Ängstlich schaute er sich um und suchte seinen Gastgeber, aber der schien verschwunden zu sein. Da polterte einer der Männer:
»Wer hilft uns denn jetzt, den Sarg zu tragen?«
»Paddy Ahern natürlich, wer denn sonst?«, antworteten die beiden anderen im Chor. Paddy musste sich anziehen und zu dem Mann am Fußende des Sarges gehen. Und dann gingen sie los. Es ging stundenlang über Felder und Wiesen, bergauf und bergab. Paddy war am Ende seiner Kräfte. Schweißgebadet stolperte er immer wieder und fiel beinahe hin. Die Männer lachten ihn aus und schubsten ihn weiter. Er wusste nicht, wie lange er das noch durchhalten konnte.
Endlich erreichten sie eine Mauer. Sie war genauso groß und dunkel wie sein Gastgeber und dessen Haus.
»Wer hebt jetzt den Sarg über die Mauer?«, fragte einer der Männer
»Paddy Ahern – wer sonst?«, antworteten die beiden anderen.
Paddy brach beinahe zusammen bei dem Versuch, den schweren Sarg über die riesige Mauer zu wuchten. Die Männer lachten ihn aus und

schubsten ihn immer wieder. Als er es endlich geschafft hatte, war er sich sicher zusammenzubrechen. Aber die drei schubsten ihn auf die andere Seite der Mauer. Als er wieder auf dem Boden stand, wurde ihm klar, wo er war, auf einem Friedhof. Ihn schauderte – das war alles zu unheimlich.
»Wer schaufelt nun das Grab?«, fragte einer.
»Paddy Ahern – wer sonst?«, war die Antwort.
Sie drückten Paddy einen Spaten in die Hand und er begann zu schaufeln. Als er das Grab ausgehoben hatte, fragte wieder einer der Männer:
»Wer öffnet nun den Sarg?«
»Paddy Ahern – wer sonst?« Und diese Antwort ließ Paddy das Blut in den Adern gefrieren. Aber was blieb ihm anderes übrig, alleine mit den drei Männern auf einem Friedhof. Schaudernd öffnete er den Sarg. Kurz bevor er den Deckel hochhob, wurde ihm so schlecht, dass er sich beinahe übergeben musste. Doch als er ihn vom unteren Teil des Sarges geschoben hatte, staunte er. Der Sarg, den vier Männer tragen mussten, weil er so schwer war – er war leer!
»Und wer legt sich nun in den Sarg?«
»Paddy Ahern – wer sonst?«
In dem Moment packte Paddy die nackte Panik, er drehte sich um und stürzte los. Mit einem Satz war er über die Mauer des Friedhofes gesprungen und rannte um sein Leben. Die Männer waren ihm dicht auf den Fersen. Immer wieder kam einer der Verfolger so nahe, dass er Paddy beinahe zu fassen bekam. Aber die Angst beflügelte ihn, sodass er jedes Mal im letzten Moment entkam. Er wusste nicht, wie lange seine Kraft noch reichen würde, und er hoffte inständig, bald in die Nähe eines Dorfes zu kommen, um sich Hilfe zu holen.
Und dann endlich sah er es: ein Licht geradeaus vor ihm! Er sammelte seine letzten Kräfte und rannte auf den Schein im Dunkeln zu. Schon von Weitem schrie er:
»Macht auf! Bitte macht auf – sie wollen mich töten!«
Die Türe schwang genau in dem Moment auf, in dem Paddy mit der letzten Kraft zum Sprung ansetzte. Endlich war er in Sicherheit. Aber als

er sich umdrehte, um zu sehen, wer ihn eingelassen hatte, stockte ihm der Atem: Es war der große Mann vom Abend zuvor. Das alles war zu viel für Paddy, er brach zusammen.

Erst am nächsten Morgen öffnete er die Augen. Er lag auf dem Bett, in dem er am Abend zuvor eingeschlafen war, und der große Mann stand in der Küche. Er war damit beschäftigt, das Frühstück zuzubereiten. Von den anderen Männern fehlte jede Spur.

»Guten Morgen, Paddy. Hast du gut geschlafen?«, wollte der Mann wissen.

Paddy konnte es nicht fassen, dass der Fremde einfach so tat, als wäre nichts geschehen. Zornig antwortete er: »Es geht mir gar nicht gut! Und das ist kein Wunder nach der letzten Nacht! Ich werde jetzt sofort gehen.«

Er stand auf und nahm seine Kleider von dem Hocker, auf dem er sie am Abend zuvor abgelegt hatte. Aber sie waren seltsamerweise vollkommen sauber. Nichts wies auf seine nächtlichen Torturen oder auf die wilde Verfolgungsjagd hin, bei der er einige Male gestürzt war. Paddy stutzte. Trotzdem wollte er so schnell wie möglich fort von diesem Ort. Er hastete zur Türe, als der Mann sagte:

»Weißt du, Paddy, du hast mir einfach leidgetan. Immer so alleine. Und das nur, weil du keine Geschichte hattest, die du erzählen konntest. Jetzt hast du eine!«

Paddy antwortete nicht mehr, er verließ das merkwürdige Haus und ging schnellen Schrittes zurück auf den Weg, von dem er am Tag zuvor gekommen war. Erst nachdem er ein paar hundert Meter von dem Haus entfernt war, drehte er sich noch einmal um.

Aber das Haus war verschwunden. Da war nichts außer einer Weide, auf der die Kühe grasten.

Das Weihnachtsgeschenk

Als ihr Vater endlich von einer langen Geschäftsreise aus der Türkei zurückkam, freute sich die kleine Melanie sehr, ihn nun endlich für ein paar Tage bei sich zu haben. Die Freude wurde noch viel größer, als er ihr das Geschenk gab, das er für sie auf einem der Märkte in den Gassen von Ankara erstanden hatte. Es handelte sich um eine niedliche Puppe, die Messer und Gabel in den Händen hielt. Melanie war entzückt und brachte ihr neues Spielzeug gleich auf ihr Zimmer.

Als das Mädchen am nächsten Morgen zum Frühstück kommt, fällt ihrer Mutter auf, dass sie auf einmal lauter Kratzer im Gesicht hat. Besorgt fragt sie Melanie, was denn in der Nacht geschehen sei, doch das Mädchen hat keine Antwort darauf. Das Gleiche ereignete sich an den darauffolgenden Tagen, nur dass die Kratzer im Gesicht immer tiefer wurden.

Beunruhigt ging die Mutter in das Zimmer ihrer Tochter, um zu sehen ob sich hier eine Erklärung für die Wunden finde ließe. Sie suchte das Bett ab in der Hoffnung, etwas zu entdecken, was die Kratzer im Gesicht würde erklären können. Aber vergebens. Erst als sie das Zimmer schon wieder verlassen wollte, fiel ihr Blick auf die mitgebrachte Puppe, die im Regal saß. Was sie sah, ließ ihr den Atem stocken: Messer und Gabel der Puppe waren über und über mit Blut verschmiert und kleine Hautfetzen hingen zwischen den Zinken.

Die Mutter nahm die Puppe und warf sie in den Mülleimer.

Am nächsten Tag fand einer der Müllmänner die nette Puppe, die doch noch völlig in Ordnung schien, und nahm sie mit nach Hause, um sie seiner kleinen Nichte zu schenken.

DIE WARNUNG

Ein junges Paar verbrachte seine Ferien in Frankreich. Sie hatten ein Wohnmobil gemietet und fuhren die Küste entlang. Immer wenn sie sich wohlfühlten, schlugen sie ihr Lager auf und verbrachten einige Tage an dem Ort. Nachdem sie gerade eine ganze Woche auf einem Campingplatz in der Nähe von Nizza haltgemacht hatten, beschlossen sie, ihre Reise fortzusetzen und den Rest der Küste zu erkunden.

Sie fuhren erst relativ spät los, weil sie den Tag noch mit ihren neu gewonnenen Freunde verbringen wollten. Deshalb kamen sie auch nicht so weit wie erhofft und entschieden sich, in einer Parkbucht in einem Wäldchen haltzumachen, um erst am nächsten Tag weiterzufahren. Sie hatten ja keinen Zeitdruck und so konnten sie sich eine Nacht Schlaf gönnen, bevor sie weiterfuhren. Doch nach kurzer Zeit klopfte es an der Tür des Wohnmobils. Überrascht darüber, dass sich in dieser Einöde jemand zu ihnen verirrt hatte, öffneten sie. Vor ihnen stand eine ältere Frau. Sie war seltsam gekleidet, als sei sie einem Film über die Jahrhundertwende entsprungen. Ihr Blick war eigenartig trüb und ihre Stimme verzerrt. Sie sah die beiden aufmerksam an und sagte: »Ihr dürft auf keinen Fall in diesem Wald übernachten. Das werdet ihr nicht überleben. Packt eure Sachen und verschwindet!«

Das war alles. Sie wartete keine Antwort ab, sondern drehte sich um und verschwand im Wald. Das Pärchen begann zu diskutieren. Die junge Frau wollte sofort aufbrechen, denn die Begegnung war zu unheimlich gewesen. Aber ihr Freund beruhigte sie und erklärte ihr, dass es sich bestimmt nur um eine verrückte Alte handelte, die ihr Revier mit keinen Fremden teilen wolle. »Und wenn ihre Drohung ernst gemeint war – was soll uns diese alte Frau schon tun?«, schloss er. Nach einigem Hin und Her willigte seine Freundin ein. Denn die Frau war wirklich zu alt und gebrechlich, um es mit zwei jungen Menschen aufnehmen zu können. Sie bereiteten sich ihr Abendessen zu und gingen dann relativ früh ins Bett, um früh am nächsten Morgen den unheimlichen Ort zu verlassen. Denn ganz geheuer war die Sache keinem der beiden.

Als sie schliefen, wurden sie mitten in der Nacht von einem Poltern geweckt. Irgendetwas rüttelte mit aller Kraft an der Türe des Wohnmobils. Zum Glück hatten sie nach der Warnung der Frau alles fest verschlossen. Aber das Rütteln wurde immer stärker, bis das ganze Fahrzeug wackelte. Die Freundin stieß einen leisen Schrei aus, als eine Stimme von draußen erklang. Es war die Stimme einer Frau, einer jungen Frau. Sie bettelte darum, eingelassen zu werden, denn der Teufel sei hinter ihr her. Das Pärchen zögerte kurz, aber dann entschieden sie sich dazu, nicht zu öffnen. Die Warnungen waren ihnen noch viel zu gut in Erinnerung. Aber das Rütteln wurde immer stärker und schließlich begann die Frau vor dem Wohnmobil zu schreien. Das Paar begann sich in der Aufregung zu streiten, denn der Mann war der Meinung, er müsse sofort nachsehen, was sich draußen abspiele, und im Zweifelsfall auch helfen. Die Frau beharrte dagegen auf den Warnungen des Vorabends. Sie war sich sicher, dass es sich um eine Falle handelte, zumal man nicht sehen konnte, was vor sich ging.
In dem Moment, als der Streit zwischen den beiden seinen Höhepunkt erreicht hatte, klirrten die Scheiben im Führerhaus des Fahrzeuges. Der Mann schrie: »Jetzt reicht es mir aber!«
Er nahm einen Hammer aus dem Werkzeugkasten, um sich zu bewaffnen, und trat vor die Türe. Auf sein Geheiß hin schloss seine Freundin hinter ihm die Tür und verriegelte, damit ihr niemand etwas antun konnte. Sie verkroch sich in einer Ecke und begann zu weinen. Der Lärm von draußen schwoll an. Sie hörte verzerrte Stimmen und Schreie. Aber sie saß in der Ecke und war wie gelähmt. Weitere Scheiben zerbarsten und Schläge dröhnten auf dem Blech der Motorhaube.
Sie verlor jegliches Zeitgefühl, zog sich eine Decke über den Kopf und wartete wimmernd ab.
Als nach ungefähr einer Stunde der Morgen dämmerte und mit ihm der Krach um das Wohnmobil herum erstarb, wartete die Frau noch einige Zeit ab. Dann entschied sie sich nachzusehen, was in der letzten Nacht passiert war. Das Tageslicht und die Ruhe machten ihr Mut. Denn das

einzige Geräusch, das seit Anbruch der Dämmerung zu hören war, war eine Art Schlurfen, das vom Dach des Fahrzeuges zu kommen schien. Aber nach dem, was sie in den Stunden zuvor gehört hatte, machte ihr dieses Geräusch keine Angst mehr.

Sie öffnete die Türe des Wohnmobils und trat in die Morgensonne. Der Platz um sie herum sah aus, als habe man ihn verwüstet. Tiefe Spuren und Kratzer waren in dem sandigen Boden zu erkennen. Äste und Buschwerk waren ausgerissen und lagen überall verstreut umher. Sie fragte sich, ob es nicht wilde Tiere gewesen sein könnten, die hinter der armen Frau her gewesen waren. Und in dem Moment überfiel sie eine panische Angst – wo war ihr Freund? Die ganze Zeit zuvor war sie in einer Art Schockzustand gewesen, der ihr keinen klaren Gedanken erlaubt hatte. Sie hatte nur gebetet, dass die Sonne aufgehen und der Albtraum ein Ende haben möge. Sie suchte alles rund um das Wohnmobil ab, aber sie konnte ihn nirgendwo finden. Es gab keine Spur von ihm.

Als sie dastand, in ihre Gedanken vertieft, was sie nun tun solle, wurde sie wieder auf das schabende Geräusch aufmerksam. Sie drehte sich um, denn aus der Entfernung, in der sie jetzt zu dem Wohnmobil stand, konnte sie auch auf das Dach sehen. Und dann wusste sie, wo ihr Freund war.

Er hing erdrosselt und furchtbar zugerichtet an einem Strick in dem Baum, dessen Äste über das Wohnmobil ragten. Seine Füße schliffen über das Dach, sobald der Wind die Äste streifte.

Dann hörte sie die Stimme der alten Frau hinter sich: »Und jetzt bist du dran.«

Eine unfreiwillige Dusche

Diese Legende gehört zu den beliebtesten, die in der Bundeswehr erzählt werden. Aber auch im zivilen Leben gibt es verschiedene Geschichten, die sich mit dem gleichen Thema beschäftigen. Hier sind es meistens Katzen, die das Schicksal ereilt, aber der Kern bleibt der gleiche.

In einer Kaserne irgendwo in Deutschland gab es eine Kompanie, die regelmäßig von ihrem Feldwebel schikaniert wurde. Es war also nicht verwunderlich, dass der Mann überall sehr unbeliebt war. Er lebte mehr oder weniger immer auf dem Gelände der Kaserne, denn er betrachtete seine Arbeit und die Bundeswehr als seine Familie. In Ermangelung einer richtigen Familie hatte er sich irgendwann einen Hund zugelegt. Er ließ keine Gelegenheit aus, seinen Rekruten klarzumachen, dass ein wahrer Mann sowieso nicht mehr brauche als die Kameraden und einen treuen Begleiter.

Er ließ aber auch keine Gelegenheit aus, die Soldaten mithilfe seines Hundes zu schikanieren. Der Hund war bissig und aggressiv und es kam häufig vor, dass einer der Männer von ihm gebissen wurde. Der Feldwebel tat es als Schwäche ab, wenn man ihm die Bisswunde zeigte. Einige erzählten sogar davon, dass sie nachts beobachtet hätten, wie der Feldwebel den Hund mit Absicht scharf machte und auf die Soldaten abrichtete. Außerdem ließ er keine Gelegenheit aus, seine Männer zu bestrafen, indem sie die Haufen des Hundes mit den Händen fortschaffen mussten. Immer wenn der Feldwebel das Kasernengelände verließ, wurden zwei Rekruten befehligt, auf das Tier aufzupassen. So auch an einem Tag im August. Als er ein paar Stunden später wieder zurückkam, fragte er die beiden, wo sein Hund sei. Sie teilten ihm mit, dass sie ihn bereits in das Zimmer des Feldwebels gebracht hätten. Als er sein Zimmer betrat, sah er an seinem Schrank einen Kleiderbügel baumeln. An ihm hing das Fell des Hundes. Darunter war auf einem Zettel zu lesen: »Mir war so heiß, ich bin nur mal kurz duschen.«

Der Rest von dem Hund wurde nie gefunden.

Sessellift der Toten

Ein Paar aus dem Norden freute sich schon seit Monaten auf den bereits gebuchten Urlaub in den Schweizer Alpen. Sie hatten extra einen Skikurs gebucht und sich perfekt ausgestattet, um in dieser Wintersaison endlich Skifahren zu lernen. Und dann war es so weit, sie brachen auf in Richtung Alpen. Dort angekommen, begrüßte sie ihr Skilehrer, den sie für die kommenden Tage gebucht hatten. Nach einer kurzen Einführung ging es auch schon los, hinauf auf den Berg. Er benutzte mit den unerfahrenen Skiläufern extra den Sessellift, damit die beiden unversehrt ihre ersten Erfahrungen auf der Piste sammeln konnten.

Sie machten recht gute Fortschritte und schafften bereits nach dem ersten Tag ein paar Schwünge die Piste hinab. Die Frau war aber nach der ungewohnten körperlichen Anstrengung so erschöpft, dass sie beschloss, den restlichen Tag auf der Hütte in der Sonne zu verbringen. Am Ende würde sie dann ganz gemütlich mit dem Sessellift ins Tal fahren. Ihr Mann übte noch weiter und sagte ihr am Nachmittag, sie solle den Lift ins Tal nehmen. Er würde gemeinsam mit dem Skilehrer eine Abfahrt wagen. Sie willigte ein, und als die Pisten langsam leer wurden, machte sie sich auf den Weg zum Lift.

In der Station war niemand mehr zu sehen, aber sie wusste ja nun, wie das Liftfahren funktionierte, also nahm sie in einem der herannahenden Sessel Platz und ließ sich mitnehmen. Ihr Mann war bereits an der Talstation angekommen und wartete. Aber nachdem über eine Stunde vergangen und von seiner Frau immer noch nichts zu sehen war, begann er, sich Sorgen zu machen. Es war spät und außerdem zog ein unwetterartiger Schneesturm auf. Er beschloss, zurück in ihr Hotel zu gehen, denn dort hatte er sein Handy vergessen, und sie anzurufen. Als er aber in dem Hotelzimmer ankam, stellte er zu seinem Entsetzen fest, dass das Handy seiner Frau auf ihrem Bett lag.

Er fuhr, so schnell er konnte, zurück zur Talstation, es war inzwischen über eine Stunde vergangen. Die Lifte standen schon längst still und der

Schneesturm fegte so gnadenlos über das Gelände, dass der Mann Mühe hatte, in die nächste Bergrettungsstation zu kommen. Dort angekommen, berichtete er von seiner Sorge. Er hatte Angst, da sich seine Frau noch irgendwo auf dem Berg befinden musste. Denn wenn das nicht der Fall wäre, hätte sie ihn schon längst kontaktiert oder wäre in ihr Hotel gefahren.

Die Männer der Rettung verstanden sofort, worum es ging. Sie sagten dem Mann, er solle in der Station warten, sie würde ihn sofort informieren, wenn sie etwas erfuhren. Die Stunden vergingen und der Mann war kurz davor, die Nerven zu verlieren. Wo war seine Frau? War es seine Schuld, weil er sie alleine zurückgelassen hatte? Das Warten wurde zur reinen Qual. Und endlich, nach vier Stunden, kehrten zwei der Männer der Bergwacht zurück. Der Mann sah den Ausdruck in ihren Gesichtern und ihm war klar, dass sie keine gute Nachricht überbringen würden.

Sie erzählten ihm, dass sie zuerst alle Wirte der Hütten kontaktiert hätten, um zu fragen, ob die Frau noch in einer der Wirtschaften sei. Doch vergebens. Danach fuhren sie mit Pistenraupen alle Hänge ab, denn die Lifte standen zu diesem Zeitpunkt schon und die Sicht war zu schlecht, um sich mit Skiern auf den Weg zu machen. Aber sie fanden nichts, die Frau war spurlos verschwunden. Erst nach drei Stunden der Suche hatte einer der Männer eine Idee. Was wäre, wenn die Frau im Lift vergessen worden war? Normalerweise konnte das nicht passieren, da sowohl in der Berg- als auch in der Talstation genau geprüft wurde, ob sich noch jemand in der Anlage befindet, bevor sie abgestellt wurde. Aber in diesem Fall war genau das passiert. Als die Frau alleine in der Bergstation in den Lift stieg, war der Liftwart gerade nach seiner letzten Runde auf dem Weg, um den Lift abzustellen. Dazu kam das unglückliche Wetter – niemand konnte die Frau sehen oder hören, als sie weit oben im Lift schrie, nachdem sie gemerkt hatte, dass er zum Stillstand gekommen war. Der Schneesturm nahm jegliche Sicht und hören konnte man einen anderen im Grunde nur, wenn er direkt neben einem stand.

Das Ende war gleichermaßen traurig wie auch unheimlich. Denn später, als der Mann mit dem Leichnam seiner Frau in die Klinik gebracht wurde, waren sich die Bergleute einig, dass es nur gut war, dass der Mann nicht sehen musste, was sie ein paar Stunden zuvor hatten sehen müssen.
Es war eine gespenstische Szene, als der Sessel, in dem die Frau saß, in die Talstation einfuhr. Sie war in dem eisigen Wind in der Höhe erfroren. Sie saß dort auf dem Sessel, mit weit aufgerissenem Mund und Augen. Die Panik war ihr ins Gesicht geschrieben und durch die Erfrierungen auf unheimliche Weise festgehalten.

Eine teure Hochzeit

Diese Geschichte soll sich in den USA wirklich so zugetragen haben!

Es war eine wunderschöne Feier, als sich Adrian und Diana das Jawort gaben. Der Bräutigam hatte für eine Feier gesorgt, die so schnell niemand vergessen sollte. Er hatte alle, die jemals etwas mit ihm oder seiner zukünftigen Frau zu tun gehabt hatten, eingeladen. Das kleine Schloss, auf dem die Feier stattfand, war märchenhaft und die Speisen, die gereicht wurden, fanden keinen Vergleich.
Er hatte eine Band organisiert, die normalerweise keine Auftritte auf Hochzeiten annahm, aber es war die Lieblingsband der Braut. Das gesamte Fest konnte in nichts übertroffen werden.
Doch Adrian ließ es sich nicht nehmen, sich selbst um alles zu kümmern. Nachdem die Hochzeitsgesellschaft die ganze Nacht ausgiebig gefeiert hatte und Unmengen von Champagner die durstigen Gäste in Hochstimmung versetzt hatten, betrat der Bräutigam die Bühne und hielt eine Rede. Er bedankte sich für das Erscheinen der Gäste und dafür, dass sie alle die Feier in vollen Zügen genossen hatten. Auch seinem Schwiegervater dankte er besonders für die große Geste, das gesamte Fest zu fi-

nanzieren. Dann erklärte er, dass sich unter jedem Stuhl ein kleines Kuvert befinde, und es sei jetzt an der Zeit, dass jeder seinen Brief öffne. Darin sei ein spezielles Geschenk nur von ihm an alle, die da waren.
In dem Kuvert befand sich ein Foto von seinem Trauzeugen, während er Sex hatte – mit der Braut! Adrian war einige Monate vor der Hochzeit misstrauisch geworden und hatte einen Privatdetektiv angeheuert, der diese Aufnahme machte.
Er stand auf der Bühne und beobachtete die verstörten und entsetzten Gesichter, als die Briefe geöffnet wurden. Dann drehte er sich zu Diane und seinem Trauzeugen um und sagte: »Viel Spaß, ihr zwei« – und ging.
Am Montag nach der Feier ließ er die Hochzeit annullieren und schickte seinem Exschwiegervater die Rechnung der wahrscheinlich teuersten Hochzeit aller Zeiten.

Der kopflose Geist von Berrimas

Ungefähr 160 Kilometer südlich von Sydney befindet sich die kleine Stadt Berrimas. Am 22. Oktober 1842 wurde die Wirtin Lucretia Dunkley im örtlichen Gefängnis erhängt, weil sie einen ihrer Gäste bestohlen und ermordet hatte. Ihr Wirtshaus trug den eigenartigen Namen: »Zum dreibeinigen Mann«. Nachdem Lucretia enthauptet worden war, stellte man ihren Kopf der Wissenschaft zur Verfügung. Seitdem, so erzählt man sich, irrt der kopflose Körper der Wirtin jede Nacht um die Pinien, die um das Gebäude wuchsen. Jahrzehntelang haben immer wieder Menschen von dem Geist der Frau berichtet. Als eines Tages die Bäume gefällt wurden, hörte auch der Spuk auf.
Die Bewohner der kleinen Stadt dachten, dass der Geist der Frau mit dem Fällen der Bäume auch endlich seine Ruhe gefunden habe. An Ostern 1961 tauchte sie dann aber doch wieder auf. Zwei Studenten hatten ihr Lager in der Nähe der alten Mauern des Wirtshauses aufgeschlagen. Sie wurden von einem Schluchzen geweckt, das so klang, als würde

jemand um Luft ringen. Als sie dem Geräusch nachgingen, sahen sie den Geist der Frau auf den Ruinen des Hauses umherirren.
Sie waren so erschrocken von dem Bild, das sich ihnen bot, dass sie alles stehen und liegen ließen und davonliefen.

Echte Bodenhaltung

Als eine Frau ihre neue Wohnung in einem Mietshaus bezieht, stellt sie nach einigen Wochen fest, dass die Decke in ihrem Wohnzimmer Flecken hat, die immer größer werden. Am Anfang denkt sie sich nicht viel dabei, aber weil die Flecken von Woche zu Woche größer werden, beschließt sie, ihrem Nachbarn, der über ihr wohnt, einen Besuch abzustatten. Er müsste schließlich etwas davon mitbekommen, denn sein Wohnzimmer befindet sich genau über ihrem.
Als sie bei ihm klingelt, öffnet er die Tür und fragt mürrisch, was sie wolle. Sie erklärt ihm das Phänomen an ihrer Decke und fragt, ob er wisse, woher die Flecken kommen könnten.
Aber der Mann wird nur noch unfreundlicher und teilt ihr mit, dass er keine Ahnung habe, wovon sie spreche, und dass er keine Zeit für so etwas habe.
Unverrichteter Dinge geht die Frau nach Hause. Eine Woche später entschließt sie sich, das Problem ihrem Vermieter mitzuteilen, da die Flecken mittlerweile bedrohliche Ausmaße annehmen. Ihren Nachbarn hatte sie seit ihrem Besuch nicht mehr gesehen und er hatte auch nie wieder die Tür geöffnet.
Der Vermieter erklärt sich bereit, der Wohnung des Nachbarn einen Besuch abzustatten, nachdem er die Flecken an der Decke gesehen hat. Auch bei ihm zeigt sich der Mann aus der oberen Wohnung nicht gerade kooperativ. Aber der Vermieter lässt sich nicht abwimmeln und besteht auf einem Termin. Als er das Wohnzimmer betritt, traut er seinen Augen nicht: Anstelle des Teppichs befindet sich auf dem Boden ein

echter Rasen, auf dem Hühner umherlaufen und freudig in der Erde scharren!

Ein Schnäppchen

Als Peter Wolf die Annonce in der Zeitung sah, traute er seinen Augen kaum. Im Automobilteil prangte eine Anzeige für einen beinahe neuen Sportwagen der Extraklasse für sagenhafte zehn Dollar. Belustigt über den offensichtlichen Druckfehler, nahm er den Hörer in die Hand und wählte die angegebene Nummer. Aber die Frau am anderen Ende der Leitung versicherte ihm, dass es sich hier keineswegs um einen Fehler handele. Der Wagen habe nur wenige Kilometer auf dem Tacho und sei dazu beinahe neuwertig.

Peter konnte sein Glück nicht fassen. Er vereinbarte sofort einen Termin mit der Dame und versicherte ihr, dass er das Auto auf jeden Fall kaufen würde. Er fuhr noch am selben Tag auf das Anwesen, das ihm die Frau als Adresse genannt hatte. Und da stand er, ein im Grunde neuer Sportwagen der Luxusklasse. Verunsichert und misstrauisch geworden, überprüfte Peter alles aufs Genaueste. Doch er konnte keinen Haken finden, das Auto war in einem Topzustand und alle Papiere in Ordnung.

Schlussendlich willigte er ein und gab der Frau die zehn Dollar. Als das Geschäft getätigt war, fragte er endlich die ältere Dame: »Aber warum haben Sie denn dieses Auto nur so billig verkauft?«

Die Frau lächelte und antwortete: »Mein Mann ist gestorben und in seinem Testament stand, dass dieses Auto verkauft werden soll. Und dass der Erlös davon an seine ehemalige Sekretärin gezahlt werden soll. Ich habe vor ein paar Wochen alle Briefe, die sich die beiden in den letzten 20 Jahren geschrieben haben, entdeckt. Sie waren ein Liebespaar!«

DER ANONYME ANRUFER

Auch diese Geschichte zählt mittlerweile zu den absoluten Klassikern. Sie ist weltweit bekannt und hat in den USA für einige Zeit Furore gemacht.

Eine Schülerin wollte sich in den Sommerferien etwas Taschengeld dazuverdienen und hatte sich deshalb bei einer Agentur gemeldet, die Babysitter vermittelte. Und es dauerte nicht lange, bis sie an eine Familie ganz in ihrer Nähe vermittelt wurde.

Als sie dort ankam, zeigten ihr die Eltern der Zwillinge, die sie betreuen sollte, wie alles funktionierte. Das Mädchen war froh, denn sie kannte die Familie vom Sehen und wusste, dass ihre Mutter mit der Mutter der Kleinen schon öfter Tennis gespielt hatte. Außerdem war das Paar sehr nett, genauso wie die Zwillinge. Das Ehepaar erklärte ihr, dass sie eingeladen seien und nicht wüssten, wann sie zurückkommen würden. Aber sie könne es sich selbstverständlich, sobald die Kinder schliefen, vor dem Fernseher bequem machen. Für das leibliche Wohl war ebenso gesorgt.

Nachdem die Eltern das Haus verlassen hatten, spielte das Mädchen ausgelassen mit den Zwillingen, bis es Zeit war, zu Bett zu gehen. Aber selbst das war kein Problem, die beiden waren gut erzogen und schlüpften sofort unter ihre Decken. Als sie nach einer Gutenachtgeschichte auch schon eingeschlafen waren, machte sich das Mädchen auf, um es sich mit dem vorgekochten Essen der Mutter vor dem Fernseher bequem zu machen.

Nach ungefähr einer Stunde läutete das Telefon. Die Eltern der Zwillinge hatten das Mädchen darum gebeten, Anrufe entgegenzunehmen. So könnten sie, falls es eine Verzögerung geben sollte, anrufen und Bescheid geben. Aber als sie den Hörer abnahm, hörte sie nur merkwürdige Atemgeräusche. Sie legte wieder auf und ging davon aus, dass sich jemand verwählt haben musste. Aber nur einige Minuten später klingelte der Apparat erneut. Sie hob wieder ab und wieder war nur das Atmen zu hören. Da erinnerte sie sich daran, dass ihre Mutter am Tag zuvor etwas von einem irren Massenmörder gelesen hatte, der aus einer Anstalt entflohen sei. Und plötzlich bekam sie Angst. Kurz entschlossen wählte sie die Nummer der Polizei und teilte der Dame, die den Notruf annahm, mit, was gerade passiert war. Die Frau am anderen Ende der Leitung teilte ihr mit, dass eine Streife bereits auf dem Weg zu ihr sei. Sie solle niemanden hereinlassen und am Telefon warten.

Die Minuten vergingen schrecklich langsam für das Mädchen, das nun angsterfüllt neben dem Telefon saß. Und dann klingelte es wieder. Sie nahm sofort den Hörer zur Hand in der Hoffnung, die Frau aus der Notrufzentrale würde sie nochmals kontaktieren. Aber da hörte sie es wieder, das Atmen. Und dann sprach eine leise kichernde Stimme: »Willst du denn nicht endlich mal sehen, wie es den Kleinen geht?«

In dem Moment traf die Polizei ein. Das Mädchen berichtete von den Vorfällen und die Beamten stürmten nach oben zu den Kinderzimmern. Aber sie konnten die Kinder nicht mehr retten. Sie lagen ermordet in ihren Betten. Die Polizisten mussten das völlig hysterische Mädchen beruhigen und erklärten ihr, dass es sich bei dem Mörder um den entlaufenen Häftling handele. Er habe in derselben Nacht schon zweimal zugeschlagen.

Eine flüchtige Bekanntschaft

Sabine und Lisa freuten sich auf ihren gemeinsamen Abend. Sie kannten sich seit der Schulzeit und hatten sich seit Monaten nicht mehr gesehen. Ihre früheren Treffen, die über die Jahre zur Routine geworden waren, fanden mittlerweile viel zu selten statt, weil der Alltag mit Kindern und Arbeit die beiden fest im Griff hatte. Umso größer war die Freude, als sie es endlich einmal wieder geschafft hatten, einen gemeinsamen Besuch in der Disco zu vereinbaren.

Die beiden waren gerade mitten auf der Tanzfläche, als Lisa von einem Mann angesprochen wurde. Schnell war klar, dass die beiden sich sehr anziehend fanden. Sie tanzten eng umschlungen und nach relativ kurzer

Zeit verschwanden sie. Auf dem uneinsichtigen Parkplatz, versteckt hinter den Autos, ließen sie ihrer Lust freien Lauf.
Als die Diskothek schloss, schlug der Mann Lisa vor, sie könne gern noch mit ihm nach Hause kommen. Doch sie lehnte ab, denn sie wollte mit Sabine noch einen gemeinsamen Kaffee trinken und damit den Morgen einläuten.
Einige Tage später bekam Lisa einen merkwürdigen Ausschlag am ganzen Körper. Sie ging zum Arzt, der sie merkwürdig ansah und ihr Medikamente verschrieb.
Nachdem eine weitere Woche verstrichen war, erhielt Lisa einen Anruf von der Polizei, sie solle bitte auf das nahe gelegene Präsidium kommen. Dort erklärten die Polizisten ihr, sie hätten bei der Zusammenarbeit mit einem ansässigen Arzt einen Hinweis bekommen. Sie hatten sie eingeladen, um eine Gegenüberstellung durchzuführen. Denn einige Tage zuvor sei ein Mann inhaftiert worden, in dessen Keller man die Leichen zweier Frauen gefunden habe. Zudem litt er an einem schlimmen Ausschlag, den der Mediziner als Leichenfäule diagnostiziert hatte.
Es war der gleiche Ausschlag, an dem Lisa litt, seitdem sie den Fremden in der Disco kennenlernt hatte.

DER FALSCHE FREUND

In den 80er-Jahren stürzte ein Flugzeug über einer einsamen Gegend in Peru ab. Drei der Passagiere überlebten den Absturz wie durch ein Wunder. Sie waren Freunde, die sich auf den Weg in einen Abenteuerurlaub gemacht hatten. Nachdem eines der beiden Triebwerke Feuer gefangen hatte, war das kleine Flugzeug in einem Waldgebiet heruntergekommen. Nachdem sie den ersten Schock überstanden hatten, harrten sie aus, in der Hoffnung, entdeckt zu werden.
Nach drei Tagen verließ sie der Mut und sie waren kurz davor zu verhungern. Also beschlossen sie, dass zwei von ihnen sich aufmachen und nach

etwas Essbarem suchen mussten. Der Dritte sollte an der Absturzstelle bleiben, um ein Feuer vorzubereiten. Nach mehreren Stunden kam endlich einer der beiden zurück. Aber er war alleine. Sein Freund fragte ihn, was mit dem anderen passiert sei.

»Es war schrecklich, er wurde von einem wilden Tier getötet. Ich konnte nichts machen und hatte unfassbares Glück zu entkommen. Ich habe die Überreste im Wald begraben und mich dann auf die Suche nach etwas zu essen gemacht.«

Das war seine Antwort, als er dem Freund, der das Feuer bewacht hatte, ein großes Stück blutendes Fleisch vor die Füße warf. Er habe, nachdem er den Freund zu Grabe getragen hatte, ein Wildpferd getötet. Die beiden aßen das Fleisch. Es reichte sogar für zwei Tage und das war ihre Rettung. Denn am dritten Tag kam endlich Hilfe.

Einige Zeit später geht der Freund, der damals das Feuer bewacht hatte, in ein Restaurant und bestellt Pferdefleisch. Es war eine Vermutung, die ihn dorthin getrieben hatte. Als er den Teller mit dem Pferdefleisch aufgegessen hat, war die grausame Vermutung allerdings zur Gewissheit geworden. Denn das Fleisch, das er in dem Lokal gegessen hatte, hatte absolut gar nichts mit dem Fleisch zu tun, das er damals kurz vor dem Verhungern in sich hineingeschlungen hatte. Jetzt war ihm klar: Der andere Überlebende hatte seinen Freund ermordet und behauptet, er wäre von einem wilden Tier getötet worden. Also handelte es sich bei dem Fleisch, das sie damals gegessen hatten, um die Überreste von dem Freund, der nie zurückkam.

Er fuhr nach Hause, holte sein Gewehr und fuhr zu dem Freund, der in seinen Augen keiner mehr war. Er war ein Mörder. Als er an der Türe klingelte, öffnete ihm der vermeintliche Freund freudestrahlend. Aber er konnte nichts mehr sagen, denn bevor er den Mund geöffnet hatte, hatte ihn die Kugel schon mitten ins Gesicht getroffen.

DER BLUTIGE GRUSS

Einige Zeit nachdem ihr Mann verstorben war, hielt es die wohlhabende Witwe Deborah Huston nicht mehr alleine in der großen Villa aus. Freunde und Verwandte rieten ihr dazu, sie solle doch das riesige Haus verkaufen und in die Stadt unter Menschen ziehen. Doch das brachte sie nicht übers Herz – all die Erinnerungen der ganzen 50 Jahre, die sie dort mit ihrem Mann verbracht hatte, steckten in jedem einzelnen Möbelstück. Und das Haus an sich war die einzige verbliebene Festung in ihrem Leben. Also entschied sie sich eines Tages dazu, sich einen Hund anzuschaffen. Das war die perfekte Lösung, sie hätte Gesellschaft und noch dazu einen Aufpasser. Gesagt, getan – schon nach einer Woche konnte sich Deborah ein Leben ohne ihren neuen treuen Freund nicht mehr vorstellen. Der Hund hatte es sich nämlich zur Gewohnheit gemacht, nachts neben dem Bett seines neuen Frauchens zu liegen und ihre Hand abzulecken, wann immer sie diese aus dem Bett hielt. Für Deborah war das ein Segen, denn sie wusste, wenn sie Angst bekam, brauchte sie nur ihre Hand nach unten zu halten und ihr treuer Freund würde ihr durch das Lecken signalisieren, dass alles in Ordnung war.

Eines Nachts wurde sie von merkwürdigen Geräuschen im Haus geweckt. Unter anderem von einem stetigen tropf, tropf, tropf – und sie bekam Angst. Schnell ließ sie ihre Hand nach unten hängen und stellte erleichtert fest, dass ihr treuer Freund ihr wie gewohnt mit der warmen, feuchten Zunge über den Handrücken leckte. Sie war beruhigt, aber das Geräusch war immer noch zu hören: tropf, tropf, tropf…

Es hallte durch die großen Räume des Hauses und wurde nach einiger Zeit so eindringlich, dass Deborah beschloss, der Sache auf den Grund zu gehen. Verängstigt ging sie von Raum zu Raum, bis das Tropfen immer lauter wurde – da war es! Im Badezimmer… sie machte das Licht an und sah ihren Hund, der mit aufgeschlitztem Bauch über der Badewanne hing. Die Wanne war voll Blut und an der Wand darüber stand mit blutigen Lettern: Auch Mörder können lecken!

Das war das Letzte, was Deborah sah, bevor ihr ein heißer Schmerz durch die Kehle fuhr.

Rückkehr in die Gegenwart

Eines Morgens sagte die Mutter zu ihrer Tochter: »Heute musst du alleine in die Schule gehen. Ich habe einen wichtigen Termin. Aber wir haben es ja schon oft geübt. Pass bitte an der Straße auf, so wie ich es dir beigebracht habe.«
Das Mädchen war stolz und sicher, dass sie diese Aufgabe alleine meistern könne. Als sie an der Straße, von der die Mutter gesprochen hatte, angekommen war, machte sie alles richtig. Sie blickte nach links und rechts und ging dann langsam los. Sie konnte nicht wissen, dass in diesem Moment ein Fahrer mit überhöhter Geschwindigkeit um die Ecke biegen würde, dem es unmöglich war, auf der vom Regen nassen und rutschigen Fahrbahn rechtzeitig zu bremsen.
Er erfasste das Mädchen, sie war sofort tot. Die Mutter verfiel über mehrere Jahre in eine heftige Depression, in die ihre Schuldgefühle sie getrieben hatten. Ihre Ehe zerbrach an dem Unglück und dessen Folgen, es dauerte Jahre, bis sie sich wieder gefangen hatte. Dann lernte sie einen neuen Mann kennen und sie wagte es doch noch einmal, von vorne anzufangen und eine Familie zu gründen.
Ein Jahr später gebar sie ein Mädchen, das ihrer verstorbenen Tochter verblüffend ähnelte.
Als es so weit war und das Mädchen in die Schule kam, schwor sich die Mutter, sie jeden Tag in die Schule zu begleiten. Sie standen an der ersten Straße und die Mutter wollte ihrer Tochter gerade erklären, was sie zu tun hatte. Da sah das Mädchen ihre Mutter an und sagte: »Bitte pass auf mich auf. Das letzte Mal wurde ich überfahren.«

Tödlicher Proviant

Nach einem heftigen Streit mit ihrem Mann setzt sich eine junge Frau in ihr Auto und fährt zu ihrer Mutter. Die Fahrt dauert lange, da die Mutter weit außerhalb der Stadt wohnt. Deshalb beschließt die junge Frau, den Tramper, der am Straßenrand steht, mitzunehmen. Er sieht ordentlich aus und ein wenig Unterhaltung würde ihr nach dem Streit sicher guttun.
Doch der Mitreisende entpuppt sich als wenig unterhaltsam und schweigt fortwährend. Irgendwann wird es der Frau zu langweilig und sie schaltet das Radio ein, als in diesem Moment ein Aufruf der Polizei gesendet wird. Ein mehrfach verurteilter Mörder sei aus dem Gefängnis ausgebrochen, zuletzt wurde er in der Nähe des Waldstückes gesehen, in dem die Frau den Anhalter mitgenommen hatte.
Verunsichert schaut sie den Mann an. Der grinst und sagt: »Na, dann brauch ich mich ja nicht mal mehr vorzustellen.« Er zückt eine Waffe und befiehlt der jungen Frau, weiter bis in das nächste Waldgebiet zu fahren. Währenddessen macht er sich seelenruhig über ihren Proviant her. Gelähmt vor Angst und zu keinem weiteren Gedanken fähig, fährt die Frau weiter, als der Mann plötzlich die Waffe fallen lässt und vornüberkippt. Er ist tot!
In der Hand hält er das halb aufgegessene Brot, das der Ehemann seiner Frau mit auf den Weg gegeben hatte.

DAS BLUTIGE SKELETT

Ein Mann war eines Abends mit dem Fahrrad unterwegs durch ein Gebiet am Waldrand in der Nähe von Koblenz, als er einen auffälligen Zettel an einem der Bäume hängen sah. Neugierig hielt er an und las, was darauf stand: »Bitte helfen Sie uns! Unser Sohn ist vor fünf Jahren in diesem Waldstück verschwunden. Wir geben die Hoffnung nicht auf, dass er doch noch auftaucht. Wenn Sie etwas beobachten sollten, was helfen könnte, melden Sie sich bitte unter folgender Nummer: …

Der Mann fuhr nachdenklich weiter. Nach ein paar hundert Metern sah er eine Gestalt am Rande des Weges in den Büschen stehen. Er fuhr darauf zu und war sich sicher, dass es sich um den vermissten Jungen handeln musste. Aber je näher er kam, umso merkwürdiger sah die Gestalt aus. Schließlich hielt der Mann an. Denn das, was er dann sah, war unfassbar. Vor ihm stand ein Skelett von der Größe eines Jungen. Es war vollkommen bekleidet, bestand aber ansonsten nur aus Knochen. Ein Skelett voll mit Blut! Der Mann war wie gelähmt, er konnte nichts anderes tun, als das Wesen anzustarren, während es mit langsamen Schritten auf ihn zukam. Und dann ging alles ganz schnell, das Skelett machte einen Satz auf den Mann zu und riss ihm mit einer Bewegung den Kopf von den Schultern.

Am nächsten Tag fand man das Fahrrad des Mannes. Er selbst war verschwunden. Es heißt, dass der Zettel immer nur dann im Wald hängt, wenn der Geist des Jungen ein neues Opfer sucht.

Die Diättablette

Auch hier soll es Belege dafür geben, dass eine dubiose Firma tatsächlich für diesen Mythos verantwortlich ist.

Anna war am Ende mit ihrem Latein. Sie hatte seit Jahren alles versucht, um endlich die Pfunde, die sich während der Schwangerschaft hartnäckig an ihren Hüften festgesetzt hatten, loszuwerden. Der einzige Effekt war, dass sie jedes Mal nach einer Diät nur noch mehr an Gewicht zugenommen hatte. Als sie eines Tages eine Annonce in einer Zeitung las, konnte sie ihr Glück kaum fassen. Der Hersteller einer Diättablette versprach hundertprozentigen Erfolg bei der Abnahme des Gewichts, mit Geld-zurück-Garantie. Warum nicht, dachte Anna sich. Es konnte ja nichts schiefgehen … eine einzige Tablette einzunehmen war keine Anstrengung. Vor allem nicht im Vergleich zu den unzähligen Sportkursen, die sie bis dahin

schon besucht hatte. Und wenn es nicht klappen sollte, würde sie sogar ihr Geld zurückbekommen.
Sie bestellt die Wundertablette sofort und konnte es kaum erwarten, sie einzunehmen. Dabei wurde ihre Geduld aber auf eine harte Probe gestellt. Die Tablette wurde aus dem Ausland geliefert und es dauerte mehrere Wochen, bis sie eines Abends endlich per Kurier zugestellt wurde. Jetzt hieß es nur noch eine Nacht schlafen, denn die Einnahme sollte morgens vor dem Frühstück stattfinden. Anna legte die Tablette auf den Tisch in ihrer Küche. Doch als sie da lag, traute sie ihren Augen nicht: Die Tablette fing an, sich zu bewegen!
Am nächsten Tag ließ sie das unheimliche Medikament untersuchen. Es stellte sich heraus, dass es sich nicht um eine kleine weiße Tablette handelte, sondern um den Kopf eines Bandwurmes!

Mehr als Pech

Eine vierköpfige Familie macht sich im Urlaub auf nach Italien. Nach langer Fahrt und einigen Stunden im Stau kommen sie erschöpft an ihrem Hotel an. Vor dem Hotel wartet ein freundlicher Page, der anbietet, das Auto zu parken und das Gepäck gleich auf die Zimmer zu bringen. Die Familie ist nach der anstrengenden Anreise froh über jede Hilfe und nimmt den Service dankend an.
Als der Vater dem Rezeptionisten mitteilt, dass der Page ja die Gepäckstücke auf die Zimmer und das Auto in die Garage bringen würde, staunt dieser. Er erklärt dem Vater, dass dieses Hotel keinen Pagen angestellt habe. Nach einigen Sekunden wird dem Mann klar, was gerade passiert ist. Das Auto inklusive Gepäck ist verschwunden. Der Mann an der Rezeption verständigt sofort die Polizei. Als die Beamten eintreffen, erzählen sie resigniert von den Trickbetrügerfällen, die sich seit Wochen häufen. Bis jetzt ist es noch nicht gelungen, auch nur eines der auf diese Weise geklauten Fahrzeuge zu finden.

Frustriert und enttäuscht fährt die Familie mit dem Zug nach Hause. Ein paar Tage später erhalten sie Post von dem Hotel, in dem sie ausgeraubt wurden. In dem Brief findet sich ein Angebot für eine Woche kostenlosen Urlaub inklusive Anreise als Wiedergutmachung für das Erlebte. Die Familie setzt sich zusammen und überlegt, ob sie das Angebot wirklich annehmen soll. Am Ende sind alle dafür, denn so ein Angebot sollte man nutzen. Gesagt, getan: Am übernächsten Morgen sitzt die Familie wieder im Zug auf dem Weg nach Italien.

Als sie freudestrahlend vor dem Mann an der Rezeption stehen, der ihnen ein paar Tage zuvor mitgeteilt hatte, dass sie wahrscheinlich ausgeraubt worden seien, sieht er sie verblüfft an. Und als der Familienvater ihm von dem Gutschein berichtet, antwortet er noch verblüffter, dass dieser Gutschein nicht von diesem Hotel sein könne. Das sei zum einen nicht Usus und zum anderen sei das Hotel bis weit über das Ende der Saison hinaus komplett ausgebucht. Die Familie kann nicht fassen, was ihr da berichtet wird. Wutentbrannt kehrt sie zurück zum Bahnhof und tritt ein letztes Mal ihre Reise an.

Zu Hause angekommen, öffnen sie die Türe und stellen fest, dass das gesamte Haus leer ist. In der Zeit, in der sie unterwegs gewesen waren, hatten die Diebe freie Hand.

Das Vorstellungsgespräch

Kurz nach dem Schulabschluss machte sich Thomas fit für die Bewerbungsgespräche, die nun auf ihn zukamen. Er war ein sehr pflichtbewusster und ordentlicher junger Bursche und deshalb war es für ihn selbstverständlich, wie immer alles möglichst perfekt zu lösen. Er verwendete viel Zeit darauf, ein Vorstellungsgespräch bis ins letzte Detail zu üben. Eines Tages meldete er sich sogar für ein Seminar an, bei dem ihm die besten Taktiken beigebracht wurden. Und endlich fühlte er sich bereit. Er kaufte sich noch einen schicken Anzug – jetzt konnte wirklich nichts mehr schiefgehen.

An einem Samstagnachmittag schlenderte er durch seinen Heimatort, als er an der Schreinerei, in der er schon immer seine Ausbildung als Schreinerlehrling beginnen wollte, einen Aushang sah. Gesucht wurde tatsächlich ein Lehrling, der noch in diesem Monat mit der Ausbildung beginnen konnte. Euphorisch kam er bei seinen Eltern an und teilte ihnen mit, dass am nächsten Tag die Vorstellungsgespräche für die Ausbildung stattfinden würden. Er war sich absolut sicher, dass er den Job schon in der Tasche hatte, denn ihm konnte sicher keiner der anderen Mitbewerber das Wasser reichen, wenn es um ein perfektes Bewerbungsgespräch ging.
Am nächsten Morgen warnte ihn sein Vater, bevor er das Haus verließ, er solle nicht zu überheblich wirken, das wäre sicher in keinem Bewerbungsgespräch hilfreich. Thomas konnte darüber nur milde lächeln und machte sich auf den Weg.
Als er vor dem Büro des Inhabers der Schreinerei saß, wurde er immer selbstsicherer. Denn einer nach dem anderen verließ das Büro mit trauriger Miene. Es war klar, dass bis jetzt keiner den Ausbildungsplatz ergattert hatte. Im Grunde war es jetzt schon klar: Er würde hier seine Ausbildung starten.
Dann war er endlich an der Reihe. Er stand auf, zupfte noch ein letztes Mal seinen Anzug zurecht und schritt selbstbewusst durch die Tür. Hinter einem großen Schreibtisch saß der Chef der Schreinerei. Er war leger gekleidet und hatte ein freundliches Lächeln auf den Lippen.
»Komm nur herein. Ich freue mich, dich kennenzulernen. Und nimm doch bitte Platz.«
Mit diesen Worten deutete er auf ein paar Bretter, die am Boden verstreut lagen. Daneben waren auf einem Tischchen alle Werkzeuge aufgereiht, die man braucht, um einen Stuhl zu bauen.
Thomas drehte sich um und verließ das Zimmer. Schweigend, mit einem traurigen Blick.

Drogen machen krank

Dominik war jedes Wochenende in seiner Stammdisco unterwegs und verdiente sich durch den Verkauf von Partydrogen seinen Lebensunterhalt. Eines Tages beschloss er, seine Strategie zu ändern. Denn wenn er es irgendwie schaffen konnte, mehr von dem mit LSD getränkten Löschpapier nach drinnen zu schmuggeln, würde damit natürlich auch sein Verdienst sprunghaft ansteigen. Nach langem Grübeln kam ihm der zündende Gedanke. Er würde einfach ein ganzes DIN-A4-Blatt mit der Droge tränken und sich dieses auf den Rücken kleben. Es war beinahe schon lächerlich einfach.

Am darauffolgenden Freitag setzte er seinen Plan in die Tat um. Er klebte das Papier mit der Droge auf seinen Rücken und passierte die nichtsahnenden Türsteher. Dabei musste er grinsen, es konnte gar nicht wahr sein, wie einfach das ging.

Kurze Zeit später brach Dominik an der Bar zusammen. Er wurde sofort wiederbelebt und hat nur knapp überlebt. Es stellte sich heraus, dass das gesamte LSD in seine Haut eingedrungen und damit in seinen Blutkreislauf gelangt war, während er das Blatt auf dem Rücken trug.

Er konnte zwar wiederbelebt werden, doch seine Psyche hatte einen dauerhaften Schaden davongetragen. Er blieb »hängen«. Seitdem lebt er in der geschlossenen Abteilung einer Psychiatrie.

Scheintot

Auch diese Legende hat es bis zur Verfilmung gebracht.

Eine Gruppe Holländer machte Urlaub in Australien. Sie mieteten sich ein Wohnmobil und erkundeten das Land. Nach ein paar Tagen waren sie gerade in einer verlassenen Gegend unterwegs, als ihnen urplötzlich ein Känguru vor das Fahrzeug sprang. Es ging so schnell, dass der Fahrer keine Chance mehr hatte, das schwerfällige Wohnmobil rechtzeitig zum Stehen zu bringen. Er rammte das Tier seitlich, wobei es von der Straße geschleudert wurde. Als das Wohnmobil endlich zum Stillstand kam, sprangen die Freunde heraus und liefen sofort zu dem angefahrenen Tier. Aber es lag einfach nur da, völlig bewegungslos. Also beschloss die Gruppe, in das nächste Dorf zu fahren und den Unfall dort zu melden, so wie es in Holland üblich war, wenn man ein Wildtier angefahren hatte.

Aber laut Karte war der nächste Ort fast 200 km weit entfernt. Deshalb machten sie bei der ersten Farm, die sie auf der Strecke fanden, halt und berichteten dem Farmer von dem Unfall und dem toten Känguru. Der lachte nur und sagte:

»Wir haben hier so viele Kängurus, das macht nichts, wenn eines bei einem Verkehrsunfall ums Leben kommt.«

Er beruhigte die Freunde und erklärte ihnen, dass es kein Problem sei, solange das Tier nicht auf der Straße liege und damit andere Autofahrer behindere.

Froh über die Aufklärung, machten sich die Freunde wieder auf den Weg. Aber bevor sie losfuhren, überlegten sie sich, dass es doch für ein Erinnerungsfoto wichtig wäre, noch einmal zurückzufahren und das tote Känguru aufzunehmen.

Dort angekommen, lag das Tier immer noch an derselben Stelle, wo sie es zurückgelassen hatten. Einer der Freunde kam auf die Idee, ihm seine Jacke anzuziehen und es dann an einen Baum zu lehnen. Das wäre ein Schnappschuss der Extraklasse! Die anderen waren begeistert. Sie zogen dem Känguru die Jacke an und lehnten es gegen einen Baum. Als sie das Foto machten, konnten sie sich vor Lachen kaum halten.

Aber nach ein paar Sekunden öffnete das Känguru seine Augen, schüttelte sich und sprang in großen Sätzen davon.

In der Jacke befanden sich der Geldbeutel und sämtliche Papiere des Mannes.

Die Pistenrally

Eine Frau und ihr Ehemann machten in diesen Weihnachtsferien Urlaub in den Bergen. Es herrschten die perfekten Bedingungen zum Skifahren. Der Neuschnee glitzerte in der Sonne, als die beiden den Lift bestiegen, um den Tag auf den wunderbaren Pisten unter ihnen zu genießen.
Als der Lift circa die Hälfte seines Weges zurückgelegt hatte, bemerkte die Frau, dass sie vor der Abreise im Hotel ihren obligatorischen Gang zur Toilette vergessen hatte. Da es aber in diesem Moment im Sessellift definitiv keine Möglichkeit zur Erleichterung gab, tröstete ihr Mann sie damit, dass es bestimmt am Ende der Liftstrecke eine Toilette in der Bergstation geben würde.
Oben angekommen, musste das Paar aber feststellen, dass die einzige Toilette, die sich in der Station befand, defekt war. Es bleib ihnen also nichts anderes übrig, als mit der Abfahrt zu beginnen und auf eine weitere Bergstation ein Stück den Hang hinab zu hoffen. Leider hofften sie vergebens. Der Mann machte seiner Frau einen folgenschweren Vorschlag: Sie könne genauso gut in eines der Waldstücke abseits der Pisten fahren und sich dort endlich Erleichterung verschaffen.
In ihrer Not willigte sie ein. Sie fuhr langsam in ein kleines Waldstück neben der Piste. Gerade in dem Moment, als sie ihre Notdurft verrichtete, rutschte einer der Skier weg. Sie hatte die Skier nicht abgeschnallt, das Ganze sollte ja nur ein paar Minuten dauern …
Doch als der eine Ski wegrutschte, verlor sie die Kontrolle und fuhr rückwärts schlingernd aus dem Wald zurück auf die Piste. Sie war keine geübte Skifahrerin und so gelang es ihr gerade, das Gleichgewicht zu halten, nicht aber, sich in die richtige Richtung zurückzudrehen.
Ihr Mann beobachtete, wie sie, immer schneller werdend, rückwärts den Hang hinunter fuhr – mit nacktem Hinterteil! Die Hose hing immer noch zwischen ihren Füßen.
Kurz vor der Talstation prallte sie an einen Baum und brach sich dabei ihren Arm. Dadurch war es ihr selbst dann nicht möglich, endlich ihre

Hose nach oben zu ziehen. Erst als ihr Mann ankam, konnte er die unfreiwillige und peinliche Show beenden.
Die Frau wurde in ein nahe gelegenes Krankenhaus gebracht, damit der gebrochene Arm versorgt werden konnte.
Im Wartebereich lag sie auf einer Trage, neben ihr ein Mann, auch im Skianzug und mit gebrochenem Arm. Um das Erlebte schnell zu vergessen und sich die Wartezeit zu verkürzen, fragte sie den Leidensgenossen, wie er sich denn den Arm gebrochen habe.
Er erwiderte: »Das werden Sie mir nicht glauben! Ich saß im Sessellift, als ich eine Frau sah, die rückwärts und mit nacktem Hintern die Piste runterraste! So was hab ich noch nie gesehen! Dabei habe ich mich wohl zu weit nach vorne gelehnt und bin aus dem Lift gefallen.
Und Sie? Wie ist es bei Ihnen passiert?«

Eine peinliche Begegnung

In einer Nacht im Oktober war ein Mann in seinem Lieferwagen unterwegs, als es plötzlich und völlig unerwartet zu schneien begann. Der Oktober war verhältnismäßig kalt ausgefallen, sodass auch der Schneefall früher einsetzte als normalerweise. Vorsichtig tastete sich der Fahrer die Straße entlang, denn er hatte noch Sommerreifen auf dem Lieferwagen. Als er im Schneckentempo Meter für Meter vorankam, sah er im Straßengraben einen Motorradfahrer. Dieser winkte und bedeutete, dass er Hilfe benötigte. Der Fahrer des Lieferwagens hielt an, um zu sehen, was er tun konnte.
Der Motorradfahrer war mit Helm und Anzug so dick vermummt, dass man ihn kaum verstehen konnte. Er bedeutete dem Fahrer des Lieferwagens, dass ihm der Sprit ausgegangen sei. Sie versuchten, den Tankdeckel des Motorrads aufzuschrauben, um etwas aus dem Ersatzkanister, den der Fahrer des Lieferwagens immer im Gepäck hatte, in den Tank zu füllen. Aber der Deckel bewegte sich keinen Millimeter. Er war festgefro-

ren. Nach kurzem Zögern sagte der Fahrer des Lieferwagens: »Das macht gar nichts. Ich kenne da einen Trick, der funktioniert immer!«
Mit einem Grinsen öffnete er seine Hose und pinkelte auf den Tankdeckel. Und es funktionierte: Der Deckel war nun wieder ganz leicht zu öffnen. Stolz goss der Fahrer des Lieferwagens genug Benzin in den Tank, damit der Motorradfahrer den nächsten Ort erreichen konnte. Der bedankte sich überschwänglich durch Gesten und dann fuhren beide ihres Weges.
Als der Fahrer des Lieferwagens am nächsten Morgen die Gärtnerei betrat, für die er die Lieferungen ausfuhr, bat ihn der Chef in sein Büro. Dem Fahrer wurde schon etwas mulmig zumute, denn das hieß meistens nichts Gutes. Aber als er seinem Chef gegenüberstand, ergriff der seine Hand, um sie kräftig zu schütteln. Er grinste und sagte: »Danke, dass Sie meiner Tochter gestern aus ihrer misslichen Lage geholfen haben!«

Happy new year!

Eine Gruppe Studenten hatte die Idee, den Jahreswechsel mit ihren Freunden zu Hause zu verbringen. Sie luden alle ein, einen gemütlichen Fondueabend zu genießen. Der Abend war ein voller Erfolg, und als der letzte Gast gegangen war, entschieden sich die drei Gastgeber, wenigstens noch das alte Fett und den übriggebliebenen Spiritus zu entsorgen. So würden sie am nächsten Morgen nicht mit dem unangenehmen Geruch in der Nase aufwachen müssen.
Leider bekam das der Vierte im Bunde nicht mit, weil er gerade den letzten Gast zum Taxi begleitete. Als er zurück in die Wohnung kam, ging er auf die Toilette und zündete sich eine Zigarette an. Als er sie fertig geraucht hatte, ließ er sie in die Toilettenschüssel fallen. Das Öl-Spiritus-Gemisch entzündete sich sofort und versengte dem Studenten das Hinterteil.
Als die Sanitäter eintrafen und ihn zur Behandlung im Krankenhaus mit der Trage in Richtung Rettungsauto trugen, fragten sie nach, wie das denn überhaupt passiert sei.

Als sie die Geschichte hörten, mussten sie so lachen, dass sie die Rettungstrage fallen ließen. Der Student fiel dabei so unglücklich auf die Kante der obersten Treppenstufe, dass er sich zu allem Unglück auch noch das Bein brach.

Ekelzahnbürsten

Ein frisch verheiratetes Paar macht sich auf den Weg in die Flitterwochen. Die beiden hatten sich zwei Jahre zuvor auf einem Campingplatz am Gardasee kennengelernt. Deshalb hielten sie es für eine romantische Idee, ihren Honeymoon auf ebendiesem Campingplatz zu verbringen.
Dort angekommen, schwelgen die beiden in Erinnerungen, wie alles begonnen hatte. Sie bekommen sofort einen Platz zugewiesen und haben auch noch Glück, denn es war die letzte freie Stelle. Aber das Glück hält nicht allzu lange vor, denn neben ihnen hat sich eine Truppe halbwüchsiger Kerle niedergelassen. Sie fangen schon um die Mittagszeit an, sich Unmengen Dosenbier einzuverleiben, und dem Paar wird schnell klar, dass die Nacht bestimmt anstrengend wird.
Und genau so kommt es, die Jungs von nebenan werden immer lauter, sodass an Schlafen gar nicht zu denken ist. So hatten sich die beiden ihre Flitterwochen nicht vorgestellt. Gegen drei Uhr wird es dem Bräutigam zu bunt und sie gehen gemeinsam zur Rezeption, um sich zu beschweren.
Der freundliche Mann dort versteht das Problem sofort und entschuldigt sich, dass so etwas leider immer wieder vorkomme. Aber er könne den beiden auch keinen anderen Platz anbieten, weil wirklich alles belegt sei. Er würde aber sofort mitkommen und den Rowdies klarmachen, dass jetzt Schluss sei und dass sie morgen auch gleich den Campingplatz verlassen müssten.
Gesagt, getan, nach anfänglichem Streit geben die unerwünschten Gäste nach und es wird endlich ruhig.

Am nächsten Morgen kümmert sich der Mann von der Rezeption noch einmal selbst darum, dass die Truppe den Campingplatz auch wirklich verlässt. Böse Blicke treffen das Pärchen und auch manche Beschimpfungen müssen sie über sich ergehen lassen, während die Jungs einpacken. Deshalb beschließen sie, an den Strand zu gehen. Aber auf halbem Weg fällt ihnen ein, dass sie ihren Fotoapparat vergessen haben. Also kehrt der Mann zurück zum Zelt und ist erleichtert, als er sieht, dass der Apparat noch da und die Partytruppe endlich weg ist. Endlich steht einem schönen Urlaub nichts mehr im Wege. Und den haben die beiden auch. Sie verbringen zwei wunderschöne Wochen auf dem Campingplatz und vergessen auch schon bald die anfänglichen Schwierigkeiten.

Als sie zu Hause ankommen, lassen sie als Erstes die Fotos entwickeln, die sie während des Aufenthalts in Italien gemacht haben. Auf dem ersten Bild sind die Rowdies zu erkennen, wie sie fröhlich während des Zeltabbaus in die Kamera winken. Auf dem zweiten sieht man zwei ihrer entblößten Hinterteile, in denen die Zahnbürsten des Paares stecken – mit dem Kopf voraus.

DER VAMPIR IM TAXI

Diese Geschichte wurde vornehmlich unter Taxifahrern in New York erzählt. Nachdem sie aber auch an einige der Fahrgäste weitergetragen worden ist, entwickelte auch sie sich zu einer der weltweit bekannten Mythen.

Alan Burke hatte die Nachtschicht in seinem Taxi angetreten. Er stand auf seiner Position am Hauptbahnhof, war hundemüde und gerade dabei einzuschlafen. In dieser Nacht war nicht gerade viel los. Als er seine Augen schloss, um dem Drang nach Schlaf wenigstens kurz nachzugeben, wurde die hintere Türe des Taxis geöffnet. Er schreckte hoch, als ein großer hagerer Mann auf den Rücksitz glitt. Alan drehte sich zu ihm um und fragte: »Na, wohin soll die Reise denn gehen?«

Der Mann antwortete mit leiser Stimme: »Zum Nordfriedhof.«

Alan hatte ein komisches Gefühl. Sowohl sein Fahrgast als auch das Ziel mitten in der Nacht waren nicht gerade das, was er sich gewünscht hatte. Aber er ignorierte das Gefühl, in der Nacht hatte er bis dahin überhaupt nur eine Fahrt gehabt und das war eindeutig zu wenig.

Am Friedhof angekommen, stieg der seltsame Mann aus dem Wagen und verschwand im Dunkeln zwischen den Grabsteinen. Bevor er ging, wies er Alan an, er solle warten.

Die Minuten verstrichen und Alan fühlte sich alles andere als wohl mitten in der Nacht allein vor einem Friedhof. Nach etwa zehn Minuten beschloss er, noch genau fünf Minuten zu warten. Danach würde er wieder zurück zum Bahnhof fahren und auf bessere Kundschaft warten.

Doch in dem Moment, als er den Motor starten wollte, kam der Mann vom Friedhof zurück. Alan starrte ihn an: Seine Beine waren bis zu den Knien mit Blut beschmiert. Er setzte sich auf den Rücksitz und sagte: »Ich hatte Ihnen doch gesagt, dass Sie warten sollen. Jetzt zum Westfriedhof...«

Alan wurde es abwechselnd heiß und kalt. Aber er traute sich nicht, auch nur einen Ton von sich zu geben. Der Mann starrte aus dem Fenster und sprach kein Wort. Als sie am Westfriedhof ankamen, wiederholte sich der Vorgang ein zweites Mal. Alan spielte kurz mit dem Gedanken, einfach schnell wegzufahren, solange der Mann weg war. Aber irgendetwas machte es ihm unmöglich. Jedes Mal, wenn er darüber nachdachte, überfiel ihn ein derart kaltes Grauen, dass er an Ort und Stelle blieb. Wieder dauerte es beinahe 20 Minuten, bis der Mann wieder auftauchte. Dieses Mal reichte das Blut an seinen Beinen bis zur Hüfte. Er lächelte Alan milde an und sagte: »Ich sehe, du hast verstanden. Sehr schön. Dann bitte weiter zum Ostfriedhof.«

Und so ging es den Rest der Nacht weiter. Am Ende waren sie auf jedem Friedhof gewesen, den die Stadt zu bieten hatte, und Alan saß starr vor Angst hinter seinem Lenkrad. Der Mann war jedes Mal, wenn er zurück-

kehrte, noch mehr mit Blut besudelt, bis er schließlich über und über voll davon war. Schließlich sagte er: »Jetzt kannst du mich zurück zum Bahnhof bringen.«
Da nahm Alan allen Mut zusammen und fragte: »Was haben Sie denn eigentlich die ganze Nacht auf den Friedhöfen gemacht?«
Dieser lächelte und antwortete: »Na endlich, ich dachte schon, du fragst nie. Ich zeig es dir…«
Mit diesen Worten hatte er Alan schon gepackt und ihm seine messerscharfen Zähne in den Hals gerammt.

Superman(n)

Ein Ehepaar, dessen Sexleben im Laufe der Jahre etwas eingerostet war, kam auf die Idee, die Sache wieder aufpeppen zu wollen. Anfangs waren sie sich nicht sicher, wie, denn alles, was im Internet geboten wurde, entsprach gar nicht ihrem Geschmack. Aber irgendwann stieß der Mann bei seiner Recherche auf eine Seite, die Rollenspiele mit den passenden Kostümen dazu empfahl. Die beiden waren begeistert.
Gleich am nächsten Tag machten sie sich auf in einen Kostümverleih. Da die Frau noch etwas schüchterner war, was die neue Leidenschaft betraf, entschieden sie, dass zuerst nur der Mann ein Kostüm bekommen sollte. Was die Auswahl betraf, waren sie sich sehr schnell einig. Er sollte ein Supermankostüm tragen. Zu Hause angekommen, konnten sie es kaum erwarten. Der Mann schlüpfte in sein Kostüm und das Schauspiel ging los. Er rettete seine Frau mindestens viermal vor drohenden Gefahren. Dann hob er sie hoch und trug sie in das Ehebett. Die beiden waren so euphorisiert von dem neuen Spiel, dass der Mann auf die Idee kam, nicht einfach zu seiner Frau ins Bett zu steigen. Er wollte fliegen! Und sie war begeistert von ihrem Superhelden.
Er kletterte auf den Schrank, der neben dem Bett stand, und ließ sich mit lautem Gebrüll herunterfallen. Nur leider landete er nicht auf dem Bett.

Er landete ein kleines Stück daneben auf dem Boden. Mit schmerzverzerrtem Gesicht wies er seine Frau an, sie solle bitte den Krankenwagen verständigen. Er konnte sich nicht mehr bewegen. So, wie es aussah, war wieder eine seiner Bandscheiben in Mitleidenschaft gezogen worden. Seine Frau rührte ihn nicht an, damit nicht noch mehr passieren würde, und rief sofort die Rettung an.

Die Sanitäter, die wenig später das Schlafzimmer betraten, mussten sich beherrschen, um nicht in schallendes Gelächter auszubrechen, als sie den gestrandeten Superhelden neben dem Bett liegen sahen. Und auch die Nachbarn, die durch das Kampfgebrüll des Mannes neugierig geworden waren, standen mit aufgerissenen Augen im Treppenhaus, als der verhinderte Superman(n) auf einer Trage nach unten getragen wurde. Und in den kommenden Tagen fanden auch die ansässigen Medien großes Gefallen an der Story.

Das Ehepaar zog, nachdem der Mann wieder aus dem Krankenhaus gekommen war, in eine andere Stadt.

Ein unglücklicher Zufall

Ein Mann, der beruflich viel unterwegs war, kehrte eines Tages etwas früher als geplant nach Hause zurück. Als er seinen Wagen in der Einfahrt zu seinem Haus parkte, sah er ein Cabrio direkt vor der Garage stehen. Zuerst war er ganz entzückt, denn es handelte sich um sein absolutes Traumauto. Die Marke und sogar die Ausstattung waren genau so, wie er sie sich immer erträumt hatte.

Doch dann überkam ihn ein komisches Gefühl. Wem zur Hölle gehörte dieses Traumauto?

Da er ganz am Anfang der Auffahrt geparkt hatte, konnte im Haus keiner sehen, dass er schon angekommen war. Also schlich er sich geduckt zum Fenster des Wohnzimmers und spähte durch die Scheibe. Und da sah er genau das, was er vermutet hatte: Seine Frau saß zusammen mit einem

fremden Mann am Esstisch, Sie unterhielten sich und lachten. Dann stand sie auf und holte auch noch eine Flasche Champagner aus dem Kühlschrank.
Das war zu viel, der Mann schlich zu seinem Auto zurück und fuhr los. Zuerst wusste er in seinem Zorn und in der Enttäuschung gar nicht, wo er hinsollte. Deshalb fuhr er einige Zeit ohne Ziel durch die Gegend. Er konnte es einfach nicht fassen, dass ihm seine Frau so etwas antun konnte – es war doch alles in Ordnung in ihrer Beziehung!
Während er so vor sich hinfuhr, wuchs seine Wut ins Unermessliche. Als er an der Baufirma eines guten Freundes vorbeikam, hatte er die zündende Idee. Er klingelte bei seinem Bekannten und erklärte ihm seinen Plan. Der Freund konnte die Enttäuschung gut verstehen und willigte ein, ihn zu unterstützen.
Eine halbe Stunde später wurden die Ehefrau und der fremde Mann aus ihrem Gespräch gerissen, als der wutschnaubende Mann mit einem Betonmischer in die Einfahrt fuhr. Sie konnten erst nicht glauben, was sie da sahen: Der Mann war neben das Cabrio gefahren und lud die gesamte Ladung Beton in das offene Auto ab.
Die Frau rannte vor die Tür und schrie ihren Mann an, ob er denn jetzt völlig verrückt geworden sei. Ihr Mann antwortete nur, dass er sich dasselbe über sie gedacht habe. Erst als der fremde Mann dazukam und dem rasenden Ehemann erklärte, dass er der Angestellte eines Autohauses sei und dass er gerade den Neuwagen geliefert habe, den seine Frau bestellt hatte, kehrte betretene Ruhe ein.

NEUGIERDE TUT SELTEN GUT

Eine ältere Frau machte wie jeden Abend eine letzte kleine Runde im Ort mit ihrem Dackel. Aber alle Bewohner des Ortes wussten, dass der Hund nur ein Vorwand für die krankhafte Neugierde der Frau war. Sie nutzte die Spaziergänge einzig und allein dafür, ihre Nase in Angelegenheiten zu stecken, die sie nichts angingen. Manchmal kam es sogar vor, dass sie den Hund mit Absicht in einen der Vorgärten lockte, um besser durch die Fenster der Häuser sehen zu können.

An diesem Abend machte sie eine folgenschwere Entdeckung: An einem der Zäune der Häuser hing ein Zettel, auf dem stand: *Geh ja nicht um Mitternacht ins alte Hotel*!

Sie dachte nach, das alte Hotel war ihr bekannt. Es handelte sich um ein verwittertes altes Haus abseits der Ortschaft. Vor Jahrzehnten war es das einzige Hotel in der Umgebung gewesen, bis es dann eines Tages mangels Gästen geschlossen werden musste. Seitdem hatte sich niemand mehr um das Gebäude gekümmert und es alterte vor sich hin. Im Laufe der Jahre hatten sich immer mehr Spukgeschichten um die Ruine gerankt, bis die Einwohner fest davon überzeugt waren, dass es wirklich Geister in dem alten Gemäuer geben musste. Das war auch der Grund, warum sich kaum einer der Bewohner je dem Haus näherte.

Es war fast selbstverständlich, dass genau diese Warnung die Neugierde der Frau ins Unermessliche trieb. Also ging sie noch in derselben Nacht um kurz vor Mitternacht los, um auch zum rechten Zeitpunkt an der Ruine sein zu können. Am Ende würde sie noch etwas verpassen, wenn sie zu spät käme. Als sie im Stockfinsteren vor dem Haus angekommen war, sah sie einen weiteren Zettel an dem verrosteten Gartentor hängen. Er war mit derselben Schrift geschrieben wie der, den sie ein paar Stunden zuvor entdeckt hatte. Auf dem Zettel am Gartentor stand: *Geh auf keinen Fall einen Schritt weiter*!

Ein Lächeln kräuselte ihre Lippen: Das war genau das, was sie liebte. Der Dackel fing an, kläglich zu wimmern. Er hatte im Gegensatz zu seinem Frauchen wirklich Angst. Die Frau zerrte ihn an seiner Leine hinter sich her und schimpfte: »Du Feigling, mach endlich, dass du weiterkommst!«

Die Türe des Hauses stand offen, die Frau trat ein und sah etwas am Absatz der Treppe schimmern, die in den ersten Stock führte. Sie hastete darauf zu und schleifte den Dackel hinter sich her. Sie war so aufgeregt und voller Vorfreude, ein Geheimnis zu entdecken, dass sie fast schon hysterisch war.

An der Treppe hing ein weiterer Zettel: *Wir haben dich gewarnt, wenn du die Treppe hinaufgehst, wirst du dein blaues Wunder erleben!*

Aber das war die schönste Einladung, die sich die alte Frau nur vorstellen konnte: ihr blaues Wunder! Endlich! Sie rannte beinahe die Stufen nach oben, der Hund jaulend hinter ihr her.

Oben angekommen, leuchtete ein weiterer Zettel im fahlen Licht: *Wenn du das Zimmer betrittst, wirst du sterben*!

Sie lachte auf und stürzte in den Raum. Anfangs konnte sie nichts erkennen, weil es so dunkel war, doch als sich ihre Augen an die Umgebung gewöhnt hatten, sah sie ihn. Mitten im Zimmer stand ein großer schwarzer Sarg. Bei der Vorstellung, wie sie am nächsten Tag in ihrer Caférunde von ihrer neuen Entdeckung erzählen würde, machte ihr Herz einen Satz vor Freude. Sie merkte nicht, wie ihr Hund neben ihr zu zittern begann und verstummte.

Langsam ging sie auf den Sarg zu, sie wollte den Moment der Spannung, so lange es ging, genießen. Sie strich mit der Hand über das glatt polierte Holz und malte sich aus, wen sie gleich zu Gesicht bekommen würde, wenn sie den Deckel öffnete. Dann endlich trat sie an die Seite, von der aus man den schweren Deckel heben konnte, und stemmte ihn auf.

Ihre Enttäuschung war so groß, als sie in das Innere des Sarges sah, dass sie Mühe hatte, einen wütenden Schrei zu unterdrücken. Denn der Sarg war leer.

Aber als sie genauer hinsah, bemerkte sie einen kleinen Zettel, der am Futter des Sarges befestigt war. Sie beugte sich tief hinein, um zu entziffern, was darauf geschrieben stand: *Neugierde tut selten gut*!, war dort in roten Lettern zu lesen. Noch bevor sie wusste, was geschah, jaulte der Hund auf und sie spürte einen harten Stoß, der sie direkt in den Sarg beförderte. Danach hörte sie nur noch, wie der Deckel geschlossen und vernagelt wurde.

Ihre Leiche wurde erst Wochen später gefunden. Keiner hatte sie vermisst. Der kleine Dackel fand ein neues Zuhause – dort, wo der erste Zettel in jener Nacht am Gartenzaun gehangen hatte.

Der Pizzabelag

Dieser Mythos gehört auch in die Kategorie der Klassiker. Es gibt viele Abwandlungen, die sich der jeweiligen Kultur angepasst haben.

Als der alleinstehende Markus eines Abends vor dem Fernseher saß und ihn ein riesiges Hungergefühl überkam, entschied er sich, eine Pizza zu bestellen. Er hatte nichts Essbares im Haus und wusste die Annehmlichkeiten einer Lieferung seit jeher zu schätzen.
Dieses Mal entschied er sich für einen neuen Lieferservice, dessen Werbeflyer er in seinem Briefkasten entdeckt hatte. Doch seine Euphorie schwand, als er nach über 30 Minuten immer noch keine Lieferung erhalten hatte. Der Hunger nagte unaufhörlich an seinen Eingeweiden und machte ihn immer mürrischer. Nach fast einer Stunde ohne die erhoffte Pizza rief er wutentbrannt bei dem Lieferservice an und machte seiner Wut Luft. Er hatte den Chef des Lokals am Telefon, der sich entschuldigte und ihm versicherte, dass die Lieferung innerhalb der nächsten 15 Minuten eintreffen werde.
Anscheinend hatte die Beschwerde ihre Wirkung, denn die Pizza war in der angegebenen Zeit da. Und Markus konnte sich endlich entspannt vor den Fernseher begeben und dabei seine Pizza genießen.
Als er am nächsten Tag aufwachte, stellte er einen schmerzhaften Ausschlag in seinem Mund fest. Es hatten sich große rote Geschwüre in seinem Mund entzündet, die für die heftigen Schmerzen verantwortlich waren.
Der Arzt teilte ihm mit, dass es sich bei den Entzündungen in seinem Mund um Symptome der Syphilis handele. Markus konnte sich das nicht

erklären, bis er auf die Idee kam, das letzte Stück Pizza, das noch vom Vorabend übrig geblieben war, der Polizei zur Untersuchung zu bringen. Es stellte sich heraus, dass sich auf dem Belag der Pizza das Sperma von drei verschiedenen Männern befand, von denen einer an der Krankheit litt.

Markus bestellte nie wieder eine Pizza bei einem Lieferdienst.

DANKE FÜRS MITNEHMEN

Patty Allen war eine erfolgreiche Immobilienmaklerin in Los Angeles. An einem wunderschönen Mittwochabend war sie endlich fertig mit den Besichtigungen weit außerhalb der Stadt. Sie rief ihren Mann an, dass sie nun auf dem Weg nach Hause sei und er mit dem Essen doch warten solle. Sie freute sich auf einen entspannten Abend mit ihrem Mann. Er stimmte zu und sie fuhr eilig los, um möglichst keine Zeit mehr zu verlieren. Es wurde schon dunkel und der Tag war lang und anstrengend gewesen. Sie beantwortete auf der Fahrt noch sämtliche Anrufe, die sie im Laufe des Tages verpasst hatte. Und dabei geschah es: Sie blickte für eine Sekunde nach unten auf ihr Handy, um eine Nummer zu suchen, und übersah einen Tramper, der am Straßenrand stand. Er trug eine gelbe Regenjacke und ein Schild um den Hals mit der Aufschrift *LA*.

Sie erfasste ihn seitlich und er wurde von der Wucht des Aufpralls in die Luft geschleudert, um wenige Meter weiter am Fahrbahnrand liegen zu bleiben.

Vielleicht war es der Schock, der Patty zu dem veranlasste, was sie dann tat. Denn sie unternahm nichts. Sie blieb kurz stehen und sah im Rückspiegel, dass der Mann sich nicht mehr bewegte. Die gelbe Jacke schimmerte in der Dämmerung und sie drehte sich um und drückte aufs Gas. Sie raste mehrere Kilometer vor sich hin, nicht fähig, einen klaren Gedanken zu fassen. Sätze wie »Das war Fahrerflucht. Es war Mord!« schossen ihr durch den Kopf. Sie wusste nicht mehr, was sie tun sollte.

Als sie auf eine kurvenreiche Strecke gelangt war, beschloss sie, ihren Mann anzurufen und ihm alles zu erzählen. Aber in dem Moment, als sie um eine der Kurven schoss, sah sie ihn wieder. Der Anhalter. Er stand direkt vor ihrem Auto, das Gesicht voll Blut. Er sah ihr direkt in die Augen und sagte: »Danke fürs Mitnehmen.«
Das Groteske daran war, dass sie normalerweise gar nicht hätte verstehen dürfen, was er sagte. Aber sie tat es. Es war, als hätte er es direkt in ihr Ohr geflüstert. Sie konnte gar nichts mehr tun, sie starrte in die blutunterlaufenen Augen des Mannes und fuhr geradewegs auf ihn zu. Wieder schleuderte der Aufprall den Tramper in hohem Bogen von der Straße.
Patty schrie. Sie schrie mehrere Minuten lang und gab noch mehr Gas. Hysterisch suchte sie in voller Fahrt nach ihrem Handy. Sie rief ihren Mann an und brüllte ihm alles, was passiert war, ohne eine Pause zu machen, entgegen. Er beruhigte sie und sagte: »Schatz, bitte bleib jetzt einfach da, wo du gerade bist, stehen. Ich komme sofort.«
»Nein, ich bin nicht mehr weit von zu Hause entfernt. Ich komme.«
Er war einverstanden und wartete. Aber es dauerte eine gefühlte Ewigkeit. Als er es nicht mehr aushielt, rief er sie nochmals an. Aber ihr Handy war anscheinend ausgeschaltet, er konnte sie nicht mehr erreichen. Das versetzte ihn nach all dem, was passiert war, in Panik. Er setzte sich sofort in sein Auto und fuhr los.
Was er nicht wusste, war, dass Patty inzwischen dem Anhalter schon wieder begegnet war. Er stand, kurz nachdem sie aufgelegt hatte, wieder aus heiterem Himmel mitten auf der Fahrbahn. Sie hatte keine Chance zu reagieren. Wieder starrte er sie an, dieses Mal waren auch seine Arme und Beine auf eine merkwürdige Weise verdreht und hingen schlaff am Körper herab. Sein Gesicht war inzwischen so entstellt, dass man die Kieferknochen unter der aufgerissenen Haut sehen konnte. Und wieder hörte sie seine Stimme direkt in ihrem Ohr, als er sagte: »Danke fürs Mitnehmen.«
Doch im gleichen Moment hatte ihr Auto ihn schon wieder erfasst und er wurde so hart von der Motorhaube getroffen, dass sie nicht mehr erkennen konnte, wohin er geschleudert wurde.

Sie war völlig von Sinnen und tastete nach ihrem Handy. Aber sie bekam es nicht zu fassen. Es war durch den Aufprall unter den Sitz geschleudert worden. Was sie nicht sah, war, dass dabei der Deckel abgesprungen war und die SIM-Karte einige Zentimeter vom Handy entfernt ebenfalls unter dem Sitz lag. Das war der Grund, warum ihr Mann sie nicht erreichen konnte.
Sie raste schluchzend auf ihr Haus zu und fuhr in die Garage. Als ihr klar wurde, dass das Auto ihres Mannes nicht da war, sank sie auf ihrem Sitz zusammen und ließ ihren Tränen freien Lauf. In dem Moment wurde die Fahrertür aufgerissen. Vor ihr stand der Tramper, oder besser das, was von ihm übrig war. Er sah sie an und sagte: »Danke fürs Mitnehmen.«
Dann packte er sie am Hals und zog sie aus dem Wagen.
Pattys Mann war inzwischen die Stecke abgefahren, auf der er sie vermutet hatte. Aber er konnte sie nicht finden. Sie hatte in ihrer Panik eine andere Strecke genommen, die etwas länger dauerte.
Er alarmierte die Polizei und kehrte um, dabei hoffte er inständig, dass sie auf ihn warten würde, wenn er zu Hause ankommen würde.
Die Polizei war schon vor Ort, als er vor seiner Garage parkte. Die Beamten wollten ihn davon abhalten, in die Garage zu gehen, aber er schrie, dass er sehen wolle, was passiert sei. Er betrat die Garage und sah Patty. Sie lag in einer Blutlache am Boden. Die Angst war ihr mit einer verzerrten Fratze ins Gesicht geschrieben. Um ihren Hals hing ein Schild mit der Aufschrift: *LA*. Darunter war mit Blut geschrieben: Danke fürs Mitnehmen.
Die Polizei fand am nächsten Tag die Leiche des Anhalters in einem Straßengraben. Er war völlig entstellt und trug kein Schild mehr um den Hals.

Das Zimmer Nr. 11

Der Job als Vertreter war nicht gerade das, was sich Tim Broderick ausgemalt hatte, wenn er früher an seine Zukunft gedacht hatte. Aber zumindest hielt ihn die Arbeit so lange über Wasser, bis er etwas Neues und Besseres gefunden hatte.

So lange musste er noch durchhalten und befand sich deshalb einmal mehr auf den Straßen im mittleren Süden. Es war schon Nacht und er hielt Ausschau nach einem Motel, um endlich schlafen zu können. Nachdem er beinahe schon die Hoffnung auf ein ordentliches Bett aufgegeben und sich damit abgefunden hatte, dass er eine weitere Nacht auf dem Rücksitz seines Wagens schlafen würde, tauchten die Lichter eines kleinen Motels direkt an der Straße auf. Erleichtert steuerte Tim seinen Wagen auf den Parkplatz vor dem Haus und ging direkt zur Rezeption, um zu fragen, ob noch ein Zimmer frei wäre. Die Dame an der Theke antwortete: »Wir haben nur noch ein Zimmer, es liegt leider direkt neben Zimmer Nr. 11. Sie müssen wissen, in diesem Zimmer spukt es ...«
Tim, der schon so viele Anekdoten über Motels und deren Besucher gehört hatte, antwortete, dass er damit überhaupt kein Problem habe und sich sehr auf ein Bett freue.

Später in der Nacht wurde er von einem Geräusch geweckt, das er anfangs nicht einordnen konnte. Es klang wie Getrappel, aber es war eigentlich viel zu schnell, als dass es von einem Menschen oder einem Tier hätte sein können. An Schlafen war nicht mehr zu denken, das Getrappel ging mit kurzen Zwischenpausen in einem fort. Also beschloss Tim, der Sache auf den Grund zu gehen. Als er vor seinem Zimmer auf dem Gang stand, bemerkte er, dass das Geräusch eindeutig aus dem Zimmer neben ihm stammte. Dem Zimmer Nr. 11. Dabei fiel ihm wieder die Spukgeschichte der Dame vom Empfang ein. Er hatte sie für einen kleinen Werbegag gehalten, denn es gab durchaus Menschen, die aufgrund solcher Geschichten unbedingt eine Nacht an solchen Orten verbringen wollten.

Aber es war nicht von der Hand zu weisen, das Geräusch kam aus Nr. 11.

Leise schlich Tim sich an die Türe, um besser zu hören. Und da war es wieder, dieses rasend schnelle Getrappel. Er bückte sich, um einen Blick durch das Schlüsselloch werfen zu können. Es handelte sich um ein sehr altes Zimmer, man sah, dass es wirklich seit mindestens 20 Jahren nicht

mehr betreten worden war. Der Boden lag unter einer dicken Staubschicht verborgen und die Möbel stammten aus vergangenen Tagen.
Und dann passierte es: Während Tim durch das Schlüsselloch spähte, bewegte sich etwas in rasender Geschwindigkeit von der einen Seite des Zimmers zur anderen. Tim erschrak so, dass er einen Satz nach hinten machte. Er konnte nicht sagen, um was es sich dabei gehandelt hatte, es war viel zu schnell gewesen. Dann kehrte wieder Stille ein. Er wog ab, ob er schnell das Weite suchen sollte, aber am Ende siegte die Neugierde über die Angst. Also stellte er sich wieder an die Tür und beobachtete das Zimmer.
Nach einigen Minuten kam es wieder, erst das Geräusch, dann die Bewegung. Und dieses Mal konnte Tim erkennen, was dort mit unnatürlicher Geschwindigkeit im Zimmer hin und her rannte: Es war eine Frau! Sie war vollkommen nackt und spindeldürr. Sie rannte in gebückter Haltung. Gerade, als Tim klar wurde, was er da gesehen hatte, und er noch immer wie versteinert am Schlüsselloch stand, gab es einen ohrenbetäubenden Knall an der Tür. Sie bebte, als würde sie gleich aus den Angeln gehoben. Und er sah direkt in das Gesicht der Frau, die genau vor ihm stand. Sie sah ihn mit weit aufgerissenen, panischen Augen an – die Pupillen waren schwarz und blaue Äderchen durchzogen die Haut.
Tim stieß einen Schrei aus und rannte los. Er lief in sein Zimmer, ließ alles stehen und liegen, schnappte sich den Autoschlüssel und stürzte zum Parkplatz.
Erst nach zwei Stunden Fahrt konnte er sein Tempo verlangsamen und wieder zur Ruhe kommen.
Am nächsten Tag erzählte er die Geschichte einem Kollegen. Der war nicht sonderlich überrascht und erklärte Tim, dass jeder der Handlungsreisenden die Geschichte von Zimmer Nr. 11 kenne. Aber keiner habe sich je getraut, in diesem Motel zu übernachten. Es hieß, die Frau sei vor 20 Jahren in diesem Zimmer wochenlang gefangen gehalten worden, bis man sie am Ende grausam ermordet auffand. Seitdem spuke sie dort.
Das viel Interessantere sei jedoch, dass das Motel selbst gar nicht wirklich existiere!

El Chupacapra

Diese Legende hat ihren Ursprung in Puerto Rico in den 1990er-Jahren. Sie handelt von einem Wesen, das mittlerweile in ganz Süd- und Mittelamerika bekannt ist. Es zieht umher und tötet das Nutzvieh der Bauern. Das Phänomen schlug sogar weltweit in der Presse Wellen, als sich die mysteriösen Fälle über alle Kontinente hinweg häuften.

Das Wesen wurde dabei aber immer auf sehr ähnliche Art beschrieben: Etwa einen Meter groß, soll es sich auf zwei Beinen fortbewegen. Die Haut ähnele der eines Reptils, wobei der Körperbau eher an einen Hund erinnere. Große Stacheln seien auf dem Rücken zu erkennen. Die Augen seien von einem so stechenden Rot, dass es aussehe, als würden die Augäpfel glühen.

Fall Nr. 1

Ein Bauer, der in einem Dorf in der Nähe von Mexiko lebte, ging am frühen Morgen in den Stall, um seine Ziegen auf die Weide zu treiben. Er öffnete die Türen des Verschlages und konnte zuerst nicht glauben, was er sah. Alle elf Ziegen lagen verstreut auf dem Boden. Sie waren tot. Als er sie näher betrachtete, stellte er fest, dass sie alle vollkommen blutleer waren. Sie waren wie ausgesaugt. Später sah er, dass jede von ihnen dieselben Bissspuren am Hals aufwies: zwei kleine Löcher, direkt neben der Kehle.

Fall Nr. 2

Ein Rancher in den Südstaaten der USA entdeckte einen seiner Zuchthengste auf der Weide. Er lag regungslos mit seltsam angewinkelten Beinen im Gras. Als er den Tierarzt zurate zog, stellte er fest, dass der Hengst keinen Tropfen Blut mehr im Körper hatte. Seine Beine waren gebrochen und die Ohren abgebissen. Er wies am Hals dieselben

Male auf wie die Ziegen in Mexiko. Der Vorfall geschah, nur einige Monate, nachdem die Ziegen des mexikanischen Bauern gefunden worden waren.

Fall Nr. 3

In einer Kaninchenzucht in Puerto Rico wurden etwa um dieselbe Zeit, also im Jahr 2005, ein Dutzend tote Kaninchen gefunden. Das Rätselhafte an diesem Fall war, dass alle Tiere tot in ihren Ställen lagen. Die Türen der Ställe waren aber genauso verschlossen, wie der Züchter sie am Tag zuvor hinterlassen hatte. Auch diese Tiere waren komplett ausgeblutet und wiesen die Male am Hals auf. Zusätzlich waren sie gehäutet und lagen ohne Fell in ihren Stallungen. Die Felle sind nie aufgetaucht.

Fälle dieser Art häufen sich weltweit. Jedoch konnte bis heute nicht geklärt werden, welches Wesen dafür verantwortlich gemacht werden kann. Die Menschen sprechen deshalb von El Chupacapra – dem Ziegenblutsauger.

Die toten Taucher

Diese Legende existiert auch in verschiedenen Varianten. Aber sie hält sich so hartnäckig, dass schon einige Fernsehsendungen, die sich mit unaufgeklärten Mysterien beschäftigen, darüber berichtet haben.

Als die USA vor einigen Jahren von schweren Waldbränden betroffen waren, entschieden die Verantwortlichen, einen dem Brand nahe liegenden See mit den Löschflugzeugen anzufliegen. Es war die pragmatischste Lösung. Der See bot sich aufgrund seiner Größe an, um die Flugzeuge dort mit frischem Wasser zu befüllen. Außerdem war die dadurch gewonnene Zeitersparnis immens wichtig.

Den Löschkräften gelang es schließlich nach tagelangem Kampf gegen die Flammen, das verheerende Feuer zu löschen. Bei den Besichtigungen, die im Anschluss in dem verwüsteten Gebiet stattfanden, entdeckten die Mitarbeiter der Forstbehörde etwas Seltsames. Man fand ganz in der Nähe des Sees, aus dem die Löschflugzeuge ihre Tanks aufgefüllt hatten, zwei Taucher. Einer der beiden hing in voller Tauchermontur in einem Baum. Der andere lag ein paar hundert Meter weiter weg im Gras.
Die Behörden konnten sich zuerst keinen Reim auf den skurrilen Fund machen. Bei den Nachforschungen in der Umgebung stellte sich aber bald heraus, dass es sich bei den beiden um Vater und Sohn handelte. Sie waren in dem See tauchen, um für den bevorstehenden Urlaub zu üben. Das Einzige, was am Ende den seltsamen Fund erklärte, war, dass eines der Löschflugzeuge die beiden erwischt und ein paar hundert Meter weit mitgeschleift haben musste, als es dabei war, seinen Tank aufzufüllen. Dann hatten sie sich durch die Erschütterungen gelöst und fielen zu Boden. Der Aufprall, so viel war klar, hatte beide sofort das Leben gekostet. Der Vater, der in dem Baum gefunden wurde, erlag einem Genickbruch, als er an einem der Äste aufschlug.

Das wählerische Auto

Eine Familie in den Vereinigten Staaten hatte sich vor Kurzem ein neues Auto geleistet. Es war ein Chrysler, der groß genug für die vierköpfige Familie war. Alle waren stolz und froh über die Neuanschaffung. Aber nach kurzer Zeit stellte sich ein Problem mit dem Wagen ein, das die neuen Besitzer selbst zuerst nicht glauben konnten. Die Familie hatte die Tradition, dass nach jedem Abendessen einer der vier wählen durfte, welche Eissorte als Dessert gegessen werden sollte. Diese Eissorte wurde dann in einem relativ nahe gelegenen kleinen Supermarkt besorgt. Doch für die Besorgung benötigte man ein Auto. Das an sich stellte kein Problem dar – das eigentliche Problem entstand erst mit der Neuanschaffung des Chryslers. Denn das Auto mochte offensichtlich kein Schokoladeneis. Wenn die Familie losfuhr und eine andere Sorte Eis aus dem Geschäft holte, verlief alles ganz normal. Aber jedes Mal, wenn das Schokoladeneis besorgt werden sollte, sprang das Auto nicht mehr an.

Am Anfang dachte die Familie, es sei nur Zufall. Aber nach ein paar Wochen war es ganz offensichtlich: Das Auto verweigerte seinen Dienst, sobald das Schokoladeneis an Bord war. Um der Sache auf den Grund zu gehen, schrieb der Vater eines Tages den Hersteller des Wagens an und erläuterte das Problem.

Obwohl die Mitarbeiter von Chrysler große Zweifel hatten, ob es sich bei der Geschichte nicht um eine Lüge oder eine Art von Betrug handelte, schickten sie einen Techniker zu der Familie. Er ließ sich den Effekt mehrere Male vorführen und konnte es anfangs selbst nicht glauben. Aber es war wahr: Bei allen anderen Eissorten, die die Familie kaufte, war alles in Ordnung. Doch wenn es um die Schokoladenvariante ging, streikte der Motor.

Der Techniker war verblüfft und gleichzeitig wuchs seine Neugierde. Also machte er mit der Familie aus, dass er ein paar Tage bei ihnen bleiben würde. Denn nur so konnte er dem Geheimnis des wählerischen Autos auf die Spur kommen. Er durchlebte den Alltag der Familie und machte sich akribisch Notizen in der Hoffnung, dadurch einen Hinweis zu erhalten. Und tatsächlich, nach vier Tagen verkündete er, dass er glaube, die Lösung des Problems gefunden zu haben.

Er hatte herausgefunden, dass die Besorgung des Schokoladeneises nicht so viel Zeit in Anspruch nahm wie die der anderen Sorten. Denn der Laden, in dem die Familie das Eis kaufte, war relativ klein und verwinkelt. Irgendwann hatte sich der Eigentümer dazu entschieden, das Schokoladeneis direkt an der Kasse in einer kleinen Tiefkühltruhe aufzubewahren. Denn Schokolade war die beliebteste Sorte und um den meisten seiner Kunden den mühsamen Weg durch den engen Laden zu ersparen, lagerte er es gleich an der Kasse. Somit dauerte der Einkauf für alle anderen Sorten Eis länger. In der kurzen Zeitspanne, die man benötigte, um das

Schokoladeneis zu kaufen, bildete sich im heißen Motor eine Benzindampfblase in der Benzinpumpe. Sie verschwand erst, wenn der Motor ausreichend abgekühlt war. Wenn also das Auto sehr bald nach dem Ausstellen wieder gestartet werden sollte, gelang das aufgrund der Blase nicht. Wenn aber genügend Zeit verstrichen war, startete der Wagen problemlos. Das heißt, die Dauer des Einkaufes war für die Funktion des Autos verantwortlich. Und die Zeit, die man benötigte, um das Schokoladeneis zu besorgen, war schlichtweg zu kurz.

Falscher Verdacht

Anton war ein junger Mann vom Land, der sich seit Jahren in den Kopf gesetzt hatte, in seine Traumstadt Neapel zu reisen. Als er nach langem Sparen endlich das Geld zusammenhatte, buchte er ein schönes Hotel mitten in der Altstadt und machte sich auf den Weg.

In Neapel angekommen, konnte er sein Glück gar nicht fassen: Die Stadt war genauso schön, wie er sie sich immer vorgestellt hatte. Er konnte gar nicht genug von dem regen Treiben auf den kleinen Sträßchen bekommen. Deshalb entschied er auch eines Abends, noch einen kleinen Spaziergang durch das nächtliche Neapel zu unternehmen.

Natürlich hatte er sämtliche Warnungen seines Reiseführers im Kopf und er wusste, dass man in dieser Stadt jederzeit und vor allem nachts Opfer eines Diebstahls werden konnte. Er beschloss deshalb, nichts außer seinem Geldbeutel mitzunehmen. Und auf den würde er ganz besonders aufpassen.

Er ließ sich treiben und genoss den nächtlichen Tumult auf den Straßen, der beinahe genauso intensiv war wie am Tag. Aber irgendwann spürte er eine merkwürdige Berührung an der Seite, wo sich sein Geldbeutel befand. Er tastete danach und dieser war verschwunden. Sofort bemerkte er einen Mann, der sich schnell von ihm wegbewegte und den Geldbeutel noch in der Hand hielt. Ohne lange nachzudenken, stürzte er

nach vorne, packte den Mann am Arm und schrie ihn an, er solle sofort den Geldbeutel hergeben. Der Mann sah ihn mit einer Mischung aus Angst und Wut an, dann rückte er das Portemonnaie ohne Widerstand heraus.
Anton war stolz auf sich, wie er die Situation gemeistert hatte. Aber die Lust auf einen Ausflug in das Nachtleben Neapels war ihm jetzt trotzdem gründlich vergangen. Er ging zurück in sein Hotel, um sich auszuruhen. Als er die Tür aufgesperrt hatte und auf die kleine Ablage unter dem Spiegel im Eingangsbereich schaute, musste er sich erst einmal setzen. Denn da lag sein Geldbeutel. Er hatte ihn vergessen mitzunehmen und einen fremden Menschen auf öffentlicher Straße beraubt.

Der Liebesbaum

Tim und Abbey sind seit Jahren verheiratet und im Grunde führen sie eine ganz normale Ehe. Doch eines Tages kommt Abbey früher aus der Arbeit und erwischt Tim mit einer anderen Frau in ihrem Bett. Krank vor Zorn und Eifersucht, rennt sie auf die Kommode zu, in der sich Tims Waffe befindet, und schießt. Aber sie verfehlt ihr Ziel und Tim kann den Moment nutzen und sich auf sie stürzen. Im Gerangel löst sich ein Schuss und Abbey sinkt tot zu Boden.
Tim wird in der anschließenden Gerichtsverhandlung nicht verurteilt. Der Richter entscheidet, dass es sich in diesem Fall um Notwehr gehandelt habe. Doch eine der besten Freundinnen Abbeys, die im Haus nebenan wohnt, kann das Urteil nicht verstehen und es tatenlos hinnehmen. Also schleicht sie einige Wochen später mit der Waffe ihres Mannes am Gartenzaun entlang. Tim ist gerade dabei, den Rasen zu mähen, als sie hinter dem Zaun hervorspringt und die Waffe auf ihn richtet. Sie drückt ab, aber verfehlt ihn. Die Kugel trifft einen Baum direkt neben Tim. Es ist der Baum, in den er und Abbey vor vielen Jahren ihre Initialen ritzten, um ihre Liebe zu besiegeln.

Die Nachbarin drückt noch dreimal ab, aber nichts passiert. Im Magazin der Waffe war nur eine Kugel. Tim rennt sofort los, überwältigt sie und ruft die Polizei.

Jahre später, als Tim wieder eine neue Frau gefunden hat und zum zweiten Mal verheiratet ist, bittet sie ihn darum, den Liebesbaum doch endlich zu fällen. Sie fühle sich unwohl, immer mit der Gegenwart des alten Liebesbeweises leben zu müssen. Tim ist einverstanden, weil auch er die Vergangenheit endlich ruhen lassen möchte. Er holt seine Kettensäge aus der Garage und setzt sie am Stamm des Baumes an. Wie es der unglückliche Zufall will, trifft er genau die Kugel der Waffe, die der Baum damals abgefangen hatte. Sie wird von dem Sägeblatt mit einer derartigen Geschwindigkeit aus der Rinde geschleudert, dass sie Tim trifft. Er fällt um und ist tot – die Kugel hat ihn mitten ins Herz getroffen.

Der Clown

Tammy verdiente sich ihr Taschengeld mit Babysitten. Als sie eines Tages eine Stelle bei einer sehr wohlhabenden Familie bekam, war sie glücklich. Sie sollte den ganzen Sommer über die beiden Kinder der Familie immer abends betreuen, wenn die Eltern ausgingen. Und das kam häufig vor, denn die beiden waren in diversen Wohltätigkeitsvereinen tätig, die mit häufigen Besuchen auf abendlichen Veranstaltungen verbunden waren. Für Tammy bedeutete das, dass sie keinen weiteren Job annehmen musste. Sie war selig. Denn im letzten Sommer hatte sie für die gleiche Summe drei Jobs annehmen müssen. Außerdem hatte sie auf diese Weise auch noch tagsüber frei.

Als sie am ersten Abend in dem riesigen Haus der Familie ankam, staunte sie über die Anzahl der Zimmer. Sie hatte beinahe Angst, sich zu verlaufen. Der Vater der beiden Kleinen führte sie durch den ersten Stock des Hauses und erklärte ihr, dass sie den Rest des Hauses gar nicht kennen müsse. Die Zimmer der Kinder befanden sich hier, genauso wie

das Zimmer mit dem Fernseher, in das sie sich, wenn die beiden zu Bett gegangen waren, zurückziehen konnte. Es sei ihm auch generell lieber, wenn sie sich nur in diesem Bereich aufhalten würde, denn seine Privatsphäre liege ihm sehr am Herzen.
Als die Eltern gegangen waren, brachte Tammy die beiden Kinder ins Bett. Sie stellten sich als sehr zugänglich und gut erzogen heraus, sodass einem gemütlichen Fernsehabend nichts mehr im Wege stand.
Tammy zog sich in das Zimmer zurück, in dem der Fernseher stand, und ließ sich auf die Couch fallen. Das Einzige, was sie nach einer gewissen Zeit wirklich störte, war eine Clownsstatue. Sie stand neben dem Fernseher in der Ecke und grinste Tammy mit einer abscheulichen Fratze an. Das Gefühl, von der Staue angegrinst zu werden, wurde so unerträglich, dass Tammy beschloss, den Vater der Kinder anzurufen, um zu fragen, ob sie sich vielleicht auch in ein anderes Zimmer zurückziehen könne.
Gesagt, getan: »Hallo, hier ist Tammy! Wäre es in Ordnung, wenn ich in einem anderen Zimmer fernsehen würde? Diese Clownsstatue hier macht mir furchtbare Angst!«
Der Vater antwortete ruhig, aber sehr bestimmt: »Nimm die Kinder, geh in das Zimmer gegenüber und ruf die Polizei.«
Tammy wollte wissen, warum sie das tun solle, aber der Vater sagte nur: »Tu bitte, was ich dir sage. Wenn du die Polizei angerufen hast, melde dich bitte noch einmal.«
Sie tat wie ihr geheißen, und nachdem die Polizei bestätigt hatte, dass in wenigen Minuten zwei Streifenwagen eintreffen würden, rief sie den Vater zurück: »Was ist denn nur los? Warum sollte ich die Polizei rufen?«
Der Vater sagte: »Weil wir keine Clownsstatue besitzen!«
Er erzählte ihr, dass die beiden Kinder seit Tagen behaupteten, sie würden nachts von einem Clown mit einer hässlichen Fratze beobachtet werden, der in ihrem Zimmer stehe. Die Eltern hatten das Ganze als Phantasiegeschichte der beiden abgetan und nicht weiter darüber nachgedacht.
Die Beamten konnten im ganzen Haus keine Clownsstatue finden!

Eine andere Variante erzählt von einem kleinwüchsigen Mann, der im Zuge der polizeilichen Durchsuchung in dem Haus dingfest gemacht werden kann. Es handelt sich dabei um einen Landstreicher, der, als Clown verkleidet, bereits mehrere Wochen in dem Anwesen lebte. Immer wenn die Kinder ihn entdeckten, stellte er sich stumm in eine Ecke und tat so, als wäre er eine Statue.

Go down, Lady

Bei dieser Legende handelt es sich um einen Klassiker, der immer wieder zum Schmunzeln anregt. Sie wird mit verschiedenen Prominenten erzählt und spielt auf die Furcht mancher Amerikaner vor afroamerikanischen Männern an.

In einem Hotel in den USA betritt eine ängstliche ältere Frau den Aufzug. Kurz bevor sich die Türen schließen, springt noch ein Mann mit in die Kabine. Er ist groß und dunkelhäutig und führt einen riesigen schwarzen Hund mit sich. Die Frau bekommt ein mulmiges Gefühl und stellt sich in die hinterste Ecke des Aufzuges. Noch bevor sich der Aufzug in Bewegung setzt, sagt der Mann in einem scharfen Ton: »Go down, Lady!«
Die Frau wirft sich sofort auf den Boden, in der Hoffnung, dann nicht angegriffen zu werden. Der Mann sieht zu ihr herunter und kann sich ein Lachen nicht verkneifen. Er erklärt ihr, dass sein Hund Lady heiße und dass er ihr den Befehl gegeben habe, sich hinzulegen. Erleichtert steht sie wieder auf und beginnt, sich mit ihm zu unterhalten. Bei dem Gespräch erfährt sie, dass es sich um niemand anderen als Denzel Washington handelt, den sie für einen Verbrecher gehalten hatte.
Er war so amüsiert und zugleich beschämt über den Vorfall, dass er die Hotelrechnung der alten Dame übernahm, als Wiedergutmachung für den Schock.

Der Mottenmann

Richtige »Berühmtheit« erlangte diese Geschichte durch den gleichnamigen Film, der 2002 mit Richard Gere in der Hauptrolle in die Kinos kam. In den 60er-Jahren erschienen mehrere Zeitungsartikel zu dem Thema, als verschiede Zeugen den geflügelten Halbmenschen, der als Vorbote für großes Unglück gilt, gesehen haben wollen.

Am 15. November 1966 sahen Roger Scarberry, seine Frau und zwei weitere Personen die unheimliche Erscheinung in der Nähe von West Virginia. Sie fuhren mit ihrem Auto direkt auf ein Wesen zu, das sie durch sein Aussehen erschaudern ließ. Es handelte sich um eine menschenähnliche Gestalt. Sie war groß, an die zwei Meter, und hatte ein Paar riesige Flügel auf dem Rücken gefaltet. Das Wesen schimmerte in einem unheimlichen Grau und seine Augen leuchteten feuerrot in der Nacht. Der Kopf schien auf merkwürdige Weise direkt in den Körper überzugehen, ein Hals war nicht zu erkennen. Es starrte Roger und die anderen Mitfahrer direkt an. Roger riss das Lenkrad herum, wendete und beschleunigte das Auto auf beinahe 180 km/h. Das Wesen breitete seine Flügel aus und hob ab. Das Verblüffendende war, so der Bericht der Insassen des Autos, dass es anscheinend keinerlei Anstrengung für die Gestalt bedeutete, in derselben Geschwindigkeit zu folgen. Sie raste hinter dem Auto her und stieß dabei immer wieder gellende Schreie aus.
Nach einiger Zeit jedoch war das Wesen plötzlich wieder verschwunden. Roger und die anderen fuhren sofort zur örtlichen Polizeistation und berichteten von dem Vorfall. Aufgrund der Anzahl der Zeugen machten sich die diensthabenden Polizisten sofort auf den Weg zu der Stelle, wo die Gestalt aufgetaucht war. Aber sie konnten nichts finden. Sie fuhren extra die ganze Strecke ab, die Roger ihnen genannt hatte – aber blieben erfolglos. Doch Roger und die anderen drei, die in dem Auto saßen, waren nicht die Einzigen, die der Polizei von West Virginia von

dem unheimlichen Wesen berichteten. Schon fünf Jahre zuvor hatte ein Pärchen eine Zeugenaussage abgegeben, in der sie berichteten, dass ihnen auf dem Heimweg ein Wesen erschienen sei. Es stand mitten auf der Fahrbahn, habe ihnen direkt in die Augen gesehen und plötzlich die Flügel ausgebreitet. Es war riesig und hob mit einem Satz ab. Dann schien es bewegungslos in der Luft zu schweben.

Die Berichte der Begegnungen fanden ihren Weg in die Presse. Von dem Moment an war nur noch die Rede vom »Mottenmann«. Als die Öffentlichkeit von den Vorfällen erfuhr, gingen über 200 Berichte von Augenzeugen ein, die den Mottenmann in derselben Gegend gesehen hatten.

Im Jahr 1967 gab es einen letzten Bericht über eine Zusammenkunft mit dem unheimlichen Wesen. Danach verschwand es anscheinend genauso rätselhaft, wie es gekommen war.

Doch anscheinend war das Wesen ein Vorbote des Unglücks. Denn zu der Zeit, als sich die Sichtungen der Gestalt häuften, geschahen merkwürdige Dinge in der Gegend. Viele der Anwohner berichteten von Ufos, die sie gesehen haben wollten, und schwarz gekleideten Männern, die zu ihnen nach Hause kamen und merkwürdige Fragen stellten. Die Tiere der Bauern wurden oft auf grausame Weise hingerichtet aufgefunden.

Den Höhepunkt erreichten die rätselhaften Vorkommnisse mit dem Unglück am Ohio River. Am 15. Dezember 1967 stürzte die Silver Bridge, die beide Ufer miteinander verband, ein. Sie riss 46 Menschen in den Tod.

Auch aus anderen Teilen der Welt sind Berichte über den Mottenmann bekannt, die immer in Zusammenhang mit schweren Unglücken stehen.

Alt und reich

Ein weltweit verbreiteter Mythos ist der von dem Streit um einen Parkplatz. Auch er wurde in mehreren Filmszenen verwendet.

Ein älterer Herr findet nach langem Suchen einen Parkplatz in der Innenstadt. Er versucht mehrere Minuten lang, in die relativ enge Lücke zu kommen. Sein Wagen, eine große Limousine einer luxuriösen Marke, macht ihm sein Vorhaben nicht gerade leichter. Auf einmal kommt von hinten ein junger Mann in einem Sportwagen. Er parkt einfach vorwärts in die Lücke ein, um die sich der ältere Herr schon so lange bemüht.

Zu allem Überfluss steigt der Jüngling aus seinem Flitzer, geht zum Auto des alten Mannes und klopft auf dessen Dach. Der Mann öffnet die Scheibe, neugierig, was ihm der dreiste Parkplatzräuber mitzuteilen hat. Da sagt der junge Kerl mit einem siegessicheren Grinsen im Gesicht: »Tja, jung und fit müsste man sein!«

Es vergehen ein paar Sekunden, bis sich der ältere Herr wieder gefasst hat. Er schaut den anderen an, legt den Rückwärtsgang ein und tritt aufs Gas. Die Motorhaube des Sportwagens wird beinahe bis zur Hälfte zusammengeschoben!

Der Fahrer der Limousine öffnet die Tür, steigt aus und klopft im Vorbeigehen die Schulter des Besitzers des demolierten Sportwagens. Dabei grinst er ihn an und sagt: »Ich bin lieber alt und reich!«

CHUCKYS SCHWESTER

Dank des Filmes über Chucky, die Mörderpuppe, ist der Mythos der mordenden Puppe weltweit bekannt geworden. Im Laufe der Jahre haben sich immer wieder neue Geschichten rund um Chucky gebildet. Der Film umfasst inzwischen sechs Teile. In einer der Fortsetzungen bekommt Chucky sogar eine Braut. Dieser Teil kommt der folgenden Geschichte am nächsten, die es zwar nicht zur Verfilmung geschafft hat, aber zu einem der populärsten Nebenschauplätze rund um Chucky avancierte.

Beth hatte eine schwere Zeit. Vor einigen Wochen war ihre Mutter tot in einem Waldstück gefunden worden. Die Polizei suchte mit Hochdruck nach dem Mörder. Denn eines war klar, Beth' Mutter war keines natürlichen Tode gestorben. Sie war vollkommen entstellt von einem Jogger bei seiner morgendlichen Runde um das Waldgebiet aufgefunden worden. Die Menschen im Ort sprachen von Vampiren oder ähnlichen Monstern, die die arme Frau so zugerichtet haben mussten.
Beth' Vater tat alles, um seine Tochter von dem Gerede fernzuhalten und um ihr über den schweren Verlust hinwegzuhelfen. Eines Abends saßen die beiden gerade an dem Tisch in der Küche und aßen zu Abend, als es an der Tür klingelte. Froh über die Abwechslung, sprang Beth auf, um nachzusehen, wer sie so spät besuchen kam. Aber als sie die Haustür öffnete, war niemand da. Sie blickte nach unten und sah ein Paket auf der Fußmatte direkt unter ihr stehen. Sie hob es auf und brachte es in die Küche zu ihrem Vater. Der staunte, als er ihr half, das Paket auf dem Küchentisch abzustellen, wie schwer es war. Auf dem Paket war keinerlei Absender zu erkennen. Nur ein kleiner Zettel mit der Aufschrift: *Das ist für Beth.*
Die beiden sahen sich fragend an.
»Von wem ist das Paket?«, fragte Beth ihren Vater. Doch der sagte nur: »Keine Ahnung. Mach es doch einfach auf, vielleicht ist ja ein Brief dabei.«
Beth öffnete das Paket und zum Vorschein kam eine Puppe. Sie starrte die beiden an. Beth war nicht sonderlich begeistert von ihr, denn das breite Grinsen im ihrem Gesicht war irgendwie bedrohlich. Der Vater ermunterte sie, die Puppe ganz auszupacken.
»Die ist bestimmt von deiner Tante Annie. Typisch.«
Beth lächelte ihm zu, denn sie wusste, dass auch er schwer unter dem Tod der Mutter litt. Deshalb wollte sie ihm keinen Kummer bereiten. Aber als sie abends ins Bett ging, setzte sie die unheimliche Puppe auf einen Sessel im Wohnzimmer. Erleichtert ging sie die Treppe zu ihrem Zimmer hinauf und legte sich schlafen. Aber in dieser Nacht wurde sie von einem furchtbaren Albtraum gequält. Im Traum hörte sie eine Stimme direkt neben ihrem Ohr, die flüsterte:

»Beth, ich stehe an der Treppe und ich komme jetzt.«
»Beth, ich stehe vor deiner Türe und ich komme jetzt.«
»Beth, ich stehe direkt neben dir und jetzt werde ich dich umbringen.«
»Oder nein, Beth, ich weiß etwas viel Besseres! Ich gehe jetzt zu deinem Vater und ersteche ihn. Genauso, wie ich es mit deiner Mutter gemacht habe!«
Mit einem irren Lachen verschwand die Puppe aus Beth' Zimmer. Das Mädchen schreckte schweißgebadet auf und rannte sofort zum Schlafzimmer ihrer Eltern, um zu sehen ob es ihrem Vater gut ging. Sie riss die Türe auf und blieb im gleichen Augenblick wie angewurzelt stehen. Ihr Vater lag in seinem Bett, alles war voller Blut – er war tot.
Beth wurde ohnmächtig. Als sie die Augen wieder aufschlug, lag sie auf dem Boden des Schlafzimmers ihrer Eltern und über ihr stand die Puppe. Sie lachte laut auf und hielt ein Messer in der Hand.
»Und jetzt bist du dran, meine Kleine! Leider muss ich mich ja jetzt um alles kümmern, seit mein Bruder immer so beschäftigt ist. Chucky ist ja jetzt beim Film, wie du weißt.«
Das Letzte, was Beth sah, war die Puppe, wie sie mit einem Satz auf sie zusprang und dabei rief: »Ich bin Chuckys Schwester!«
Zu dieser Zeit häuften sich die unerklärlichen und grausamen Morde in der Gegend. Die Polizei war machtlos. Den einzigen Anhaltspunkt, den die zuständigen Beamten hatten, war, dass alle Opfer am Tag vor ihrer Ermordung ein Paket ohne Absender zugestellt bekommen hatten.
Die Mordfälle wurden nie aufgeklärt.

Das Baby auf dem Autodach

Lucy hatte es wie immer eilig. Sie musste den Einkauf erledigen, ihre größere Tochter vom Ballett abholen, noch schnell den Hund zum Tierarzt bringen und dann auch noch rechtzeitig das Abendessen für die Familie zubereiten. Es war also eigentlich ein typischer Tag in ihrem Leben mit zwei Kindern, Mann und Hund. Und wie immer stand sie unter Zeitdruck, als sie mit dem Baby auf dem Arm den Einkauf aus dem Supermarkt zu ihrem Auto manövrierte. Sie war eine halbe Stunde zu spät zu Hause losgekommen, weil der Hund einmal mehr beschlossen hatte, die Autofahrt zu verweigern.

Getrieben von der schrecklichen Vorstellung, dass ihre größere Tochter alleine auf der Straße stand, sollte Lucy es nicht rechtzeitig zum Ballettkurs schaffen, versuchte sie so schnell wie möglich den Einkauf im Auto zu verstauen.

Der Hund bellte und das Baby schrie. Lucy war am Ende ihrer Nerven. Also beschloss sie, das Baby vor sich auf das Autodach zu legen, bis alles an seinem Platz war. Denn mit beiden Händen sollte alles wesentlich schneller klappen.

Nachdem alles verstaut war, sank sie mit einem Stöhnen auf den Fahrersitz und fuhr los. Als sie gerade den Parkplatz des Supermarktes verlassen wollte, musste sie anhalten, weil sich ihr ein paar anscheinend verrückt gewordene Leute einfach in den Weg stellten. Verwirrt öffnete sie die Scheibe und fragte eine Frau, die am nächsten war: »Was ist denn hier los?«

Die Frau antwortete: »Bleiben Sie sofort stehen! Da liegt ein Baby auf Ihrem Dach!«

Falscher Yeti

In Montana wollte sich ein Mann einen Scherz erlauben, indem er in ein Yeti-Kostüm schlüpfte und durch einen nahe gelegenen Wald schlich. Er wartete in der Hoffnung, Wanderer würden seinen Weg passieren. Wenn sie nahe genug wären, würde er mit Gebrüll aufspringen. Er wollte die Leute erschrecken und dann fliehen, um neue Gerüchte über den Yeti in Umlauf zu bringen.

Doch an diesem Tag schien niemand Lust auf eine Wanderung durch den Wald zu verspüren. Stundenlang saß der Mann in dem Kostüm da und wartete. Schließlich wurde ihm langweilig und er beschloss, die nahe gelegene Schnellstraße »heimzusuchen«. Dort angekommen, musste er nicht mehr lange warten, bis das erste Auto um die Kurve kam. Als es fast genau auf seiner Höhe war, sprang er mit Gebrüll aus den Büschen am Straßenrand. Der Fahrer des Wagens erschrak so sehr, dass er das Lenkrad herumriss und mit voller Wucht gegen einen Baum neben der Fahrbahn prallte. Er war sofort tot.

Der Mann mit dem Yeti-Kostüm stellte sich der Polizei und wurde am Ende zu einer mehrjährigen Haftstrafe verurteilt.

Ein weiser Entschluss

Der Tierarzt eines kleinen Dorfes in Bayern beschließt eines Abends, nachdem er ein bisschen zu viel in der Dorfschänke getrunken hat, dass es im Grunde keine gute Idee wäre, noch mit dem Auto nach Hause zu fahren. Aber wenn er seinen Kombi vor Ort stehen lassen würde, wäre er nicht einsatzbereit für Notfälle. Denn auch wenn er zu viel getrunken hatte, ist er trotzdem der Einzige, der im Notfall den Kühen in der Umgebung helfen konnte.

Letzten Endes kommt er zu dem Schluss, dass es am sichersten wäre, wenn er die Autobahn nehmen würde. Zu der späten Stunde ist dort nie viel los und sie ist einfacher zu fahren als die kurvigen Waldstraßen, die er sonst immer nimmt. Außerdem ist die Wahrscheinlichkeit, in eine Alkoholkontrolle zu kommen, auf der Landstraße doch wesentlich höher.

Nach einiger Zeit auf der Autobahn sieht er in der Ferne etliche Blaulichter – genau in der Ausfahrt, die er nehmen muss, um nach Hause zu kommen. Ihm wird schon ganz mulmig, das ist doch genau die Situation, die er zu meiden versucht hat. Aber als er näher kommt, sieht er, dass es sich nicht um eine Kontrolle handelt, sondern um einen Unfall.

Ein Beamter tritt an sein Fenster und sagt, er möge bitte langsam an der Unfallstelle vorbeifahren, weil noch keine richtige Absperrung vorhanden

sei. Als der Tierarzt die Unfallstelle passiert hat, entschließt er sich (wahrscheinlich etwas zu unbesorgt durch den Alkoholkonsum), anzuhalten und sich die Sache näher anzusehen. Er parkt direkt vor einem der Polizeiwagen und sieht zu, wie die Polizisten vollauf damit beschäftigt sind, die Unfallstelle zu sichern.
Doch nach einer Weile macht sich die Müdigkeit bemerkbar und er entschließt sich, nun endlich heimzufahren.
Etwa eine Stunde nachdem ihr Mann zurückgekehrt ist, öffnet die verblüffte Ehefrau des Tierarztes zwei Beamten die Türe. Die beiden sind mit seinem Auto gekommen. Er hatte den weißen Kombi, angetrunken wie er war, mit dem Polizeiauto verwechselt und war damit nach Hause gefahren.
Glücklicherweise hatte er den Schlüssel stecken und seine Geldbörse auf dem Beifahrersitz liegen lassen, sodass die Polizisten wussten, wo der Mann und wahrscheinlich auch der Streifenwagen zu finden waren.

DAS UNGLÜCK AM DJATLOW-PASS

Bis heute ist das Unglück von neun Skiwanderern im nördlichen Ural, das sich 1959 am Kholat Syakhyl (Berg der Toten) ereignete, ungeklärt. Die mysteriösen Umstände, die nie aufgeklärt werden konnten, führten zur Entstehung verschiedener Mythen, die sich um das Ereignis ranken. Eine Variante davon ist, dass es sich nicht um ein Unglück handelte, was damals in den Bergen geschah, sondern um ein Experiment außerirdischer Lebensformen.

Eine Gruppe Skiwanderer, bestehend aus zwei Frauen und acht Männern, startete am 27. Januar 1959 eine Expedition zum Berg Otorten (übersetzt: *geh nicht dorthin*). Es handelte sich um Studenten und Absolventen des Polytechnischen Instituts des Ural unter der Leitung von Igor

Djatlow. Doch bereits einen Tag später verließ einer der Teilnehmer die Gruppe. Er war den Anstrengungen des Aufstiegs gesundheitlich nicht gewachsen. Am Ende war er der einzige Überlebende.
Am 1. Februar wurde die Gruppe von einem Schneesturm überrascht, der sie von ihrem ursprünglichen Kurs abbrachte und dazu zwang, ein Übergangslager in der Nähe eines Waldes aufzuschlagen. Als der Sturm vorüber war, machten sie sich wieder auf den Weg.
In der darauffolgenden Nacht vom 1. auf den 2. Februar 1959 verließen die neun Skiwanderer fluchtartig ihre Zelte. Dass es sich um eine Flucht handelte, war offensichtlich, denn die Zelte, in denen die neun kampiert hatten, waren von innen mit Messern aufgeschlitzt worden. Keiner der Männer und Frauen war vollständig bekleidet, sie trugen nicht einmal Schuhe und das alles bei Temperaturen weit unter dem Gefrierpunkt.
Anhand der Spuren war klar zu sehen, dass irgendetwas die Gruppe mitten in der Nacht zu Tode geängstigt haben musste. Alles deutete auf Flucht hin: die zerschnittenen Zelte und der Umstand, dass alle Beteiligten den Tod durch Erfrieren in Kauf genommen hatten, als sie fast unbekleidet ins Freie gestürmt waren.
Zwei der Leichen fand man beinahe einen Kilometer entfernt unter einem Baum. Das Auffällige war, dass die Äste des Baumes bis zu einer Höhe von mehreren Metern abgebrochen waren. Die untersuchenden Behörden konnten zudem Blut und Hautfetzen am Stamm des Baumes entdecken. Und auch die Körper der beiden Opfer bestätigten die Annahme, dass sie versucht hatten, auf den Baum zu fliehen. Sie hatten tiefe Wunden und Kratzer am ganzen Leib und ihre Fingernägel waren zum Teil vollständig abgerissen.
Einige Meter vom ersten Fundort entfernt lagen die nächsten Opfer: zwei Männer und eine der Frauen. Die Männer wiesen Kampfspuren auf und auf dem Körper der Frau konnte fremdes Blut nachgewiesen werden. Im Nachhinein konnte aber eindeutig ausgeschlossen werden, dass es sich um Blut von einem der Opfer handelte.

Erst drei Monate nach dem Unglück konnten die Leichen der restlichen Mitglieder der Gruppe gefunden werden. Sie lagen unter einer dicken Schneeschicht begraben, nicht unweit von dem Baum, unter dem man die ersten Opfer entdeckt hatte. Das Merkwürdige war, dass die Kleidungsfetzen, die diese Opfer trugen, eine hohe radioaktive Strahlung aufwiesen, die sich niemand erklären konnte. Zudem waren ihre Körper am meisten in Mitleidenschaft gezogen worden. Die Untersuchungsbehörde sprach von fehlenden Organen wie Augen oder Zungen.
Die Angehörigen der Opfer berichteten interessanterweise alle von demselben Phänomen. Als sie die Leichen sahen, hatten alle eine merkwürdige Färbung der Haut. Manche sprachen von einem Gelbton, andere von Orange. Und alle Opfer hatten eine andere Haarfarbe als zuvor – sie waren über Nacht vollkommen ergraut.
Nachdem mehrere Augenzeugen von fremdartigen Lichtkugeln berichtet haben, die sich zum Zeitpunkt des Unglücks in der Nähe bewegten, wird davon ausgegangen, dass es sich um die Aktivität außerirdischer Lebensformen handeln könnte. Diese Lichtphänomene bewegten sich immer wieder aus der Luft hin zum Unglücksort und dann wieder zurück in die Luft. Kurz darauf waren sie verschwunden. Das Ganze wiederholte sich mehrere Male und erinnerte laut Zeugen an eine Art Transport. Auch die radioaktive Strahlung deutet darauf hin.

Verführerische Früchte

Die Mutter der kleinen Anna war bei einer Freundin zum Grillen eingeladen. Sie freute sich sehr über die Abwechslung vom Alltag, zumal auch viele andere Gäste mit ihren Kindern kamen. Es sollte also ein vergnüglicher Nachmittag für Groß und Klein werden.
Als sie ankamen, war bereits für alles gesorgt. Die Erwachsenen bekamen Bowle und Gegrilltes und die Kinder hatten eine eigene Tafel mit Limonade und Würstchen. Nach ein paar Stunden war die Stimmung der El-

tern dank der Bowle relativ aufgeheitert. Da beschlossen die Erwachsenen, im Wohnzimmer der Gastgeber einen Spieleabend zu machen. Die Kinder blieben im Garten und tollten umher.
Mitten im Spiel hörten die Eltern plötzlich aufgekratzte Schreie aus dem Garten. Einige standen auf, um nachzusehen, was vor sich ging. Die Kinder liefen wie wild durch den Garten und warfen die Köpfe in den Nacken, dazu machten sie merkwürdige Geräusche. Den Eltern war sofort klar, dass es sich dabei nicht um ein normales Spiel handeln konnte. So hatten sie ihre Kinder noch nie zuvor erlebt. Sie beobachteten das seltsame Treiben eine Zeit lang, bis plötzlich eines der Kinder zusammenbrach. Im selben Moment übergab sich ein anderes auf den Rasen. Das bunte Treiben verwandelte sich innerhalb weniger Sekunden in einen Anblick des Grauens. Immer mehr Kinder fielen plötzlich um und bewegten sich nicht mehr, während andere zu weinen begannen und sich immer wieder übergeben mussten.
Die Eltern alarmierten sofort den Notarzt. Glücklicherweise kamen gleich zwei Rettungswagen an, denn einer alleine hätte die Flut an Patienten gar nicht behandeln können. Die behandelnden Ärzte teilten den verzweifelten Eltern mit, dass es sich allem Anschein nach um eine kollektive Alkoholvergiftung handeln musste. Die Eltern waren schockiert und konnten sich den Vorgang nicht erklären. Erst nach einiger Zeit fiel einer der Mütter auf, dass sämtliche Früchte aus der Bowle, die immer noch auf dem Gartentisch stand, verschwunden waren.
Die Kinder hatten sich in der Zeit, in der die Eltern sich im Wohnzimmer befanden, über die süßen Früchte hergemacht und damit weit mehr Alkohol zu sich genommen, als sie vertragen konnten.

Der Mörder im Rücken

Nach einer feuchtfröhlichen Nacht mit ihren Freundinnen bestieg Brenda ihr Auto und machte sich auf den Nachhauseweg. Ein wenig plagte sie ihr schlechtes Gewissen, denn nach der Menge die sie getrunken hatte, hätte sie eigentlich nicht mehr fahren dürfen. Aber die Disco, in der sie die ganze Nacht durchgetanzt hatte, lag weit außerhalb und die Straße dorthin war so gut wie nie befahren. Die einzige Alternative, nämlich im Auto zu übernachten, erschien ihr doch sehr reizlos und gefährlich noch dazu.

Auf halber Strecke bemerkte sie das erste Auto, das sich auch auf der Straße befand. Es fuhr in normalem Abstand einige Meter hinter ihr. Doch plötzlich blendete es auf und gab Gas. Der Fahrer, den Brenda in der Dunkelheit nicht erkennen konnte, lenkte sein Fahrzeug an ihrem vorbei, bis er sie überholt hatte.

Brenda war beruhigt, wahrscheinlich doch wieder nur ein Raser ... aber der Wagen, der jetzt vor ihr fuhr, bremste auf einmal ab und ließ sich wieder hinter sie zurückfallen. Sie überlegte verzweifelt, was dieses Manöver zu bedeuten hatte und wie sie reagieren sollte. Weit und breit war keine Tankstelle oder eine Ortschaft zu entdecken. Also blieb ihr nichts anderes übrig, als die Fahrt fortzusetzen, denn anzuhalten wäre dumm gewesen!

In dem Moment wiederholte sich der Vorgang: Das Auto hinter ihr blendete auf, fuhr gefährlich nah an sie heran, bis es letztlich zum Überholen ansetzte. Aber auch dieses Mal blieb der Fahrer nur für kurze Zeit vor Brenda. Dann bremste er und reihte sich wieder hinter ihr ein.

Brenda überkam die Panik, denn als endlich ihre Ausfahrt erschien und sie abbog, tat es ihr der Verfolger gleich. Auf dieser Strecke konnte er zwar nicht mehr überholen, aber er blendete jetzt im Sekundentakt auf, sodass es für Brenda beinahe unmöglich war weiterzufahren.

Als sie endlich eine Tankstelle sah, preschte sie in die Ausfahrt, hielt an und rannte in Richtung des hell erleuchteten Raumes. Aber zu ihrer

Verblüffung sprang auch der Fahrer, der ihr gefolgt war, aus dem Wagen. Er rief ihr zu: »Laufen Sie schnell und bringen Sie sich in Sicherheit!«
Als beide gleichzeitig im Shop der Tankstelle ankamen und Brenda um Hilfe schrie, erklärte der Mann ihr und dem schockierten Tankwart, dass auf Brendas Rückbank eine Person mit einem Messer sitze. Er hatte die Silhouette der Gestalt gesehen, als er hinter Brenda hergefahren war. Sie hatte sich gerade aufgesetzt und das Messer bereits zum Zustechen hochgehoben. Deshalb hatte er aufgeblendet und war an ihr vorbeigefahren – und es hatte funktioniert, die Person ließ sich wieder auf die Rückbank sinken.
Er wollte Brenda warnen und den Mörder mit dem Messer in Schach halten!

Der unwillige Teppich

Eine alleinstehende Frau hat eines Tages die Idee, ihre Wohnung in neuem Glanz erstrahlen zu lassen. Also macht sie sich auf den Weg und besorgt sich Farben für die Wand und ein paar neue Möbel. Sie ist handwerklich begabt und nach und nach wandelt sich ihre Wohnung. Nur an einem Punkt muss sie sich eingestehen, dass sie doch auf die Hilfe eines Fachmannes angewiesen ist: beim Verlegen eines neuen Teppichs.
Gleich am darauffolgenden Tag macht sie sich auf den Weg in einen Teppichhandel. Sie wird schnell fündig, was die Auslegeware betrifft, und vereinbart einen Termin mit dem Chef der Firma. Als er ihr aber mitteilt, dass er frühestens in sechs Wochen einen Termin machen könne, ist die Frau enttäuscht. Sie wollte unbedingt vor Beginn ihres Urlaubes mit der Umgestaltung der Wohnung fertig sein. Sie redet so lange auf den Mann ein, bis er nachgibt und ihr vorschlägt, dass sich auch sein Lehrling um die Sache kümmern könne. Es handle sich in dem Fall ja um kein Hexenwerk. Die Frau ist glücklich und vereinbart einen Termin gleich für den nächsten Tag.

Der Lehrling ist pünktlich zur Stelle und scheint auch an alles gedacht zu haben. Doch während der Arbeit stellt sich heraus, dass er wohl doch noch nicht routiniert zu sein scheint, was sein zukünftiges Handwerk betrifft. Stöhnend entfernt er den Teppich immer wieder, um kurz darauf wieder von vorne zu beginnen. Er benötigt drei Anläufe, um nach einem ganzen Nachmittag endlich vor vollbrachter Arbeit zu stehen. Zuvor hatte der Teppich immer wieder Falten geworfen. Gerade in dem Moment, als der junge Mann sein Werkzeug zusammenpacken will, sieht er wieder eine Falte. Sie befindet sich genau in der Mitte des Zimmers und ist dazu zu hoch, als dass man sie übersehen könnte.

Wutentbrannt greift der Lehrling zu dem Hammer, der neben ihm liegt, und klopft einfach so lange auf den kleinen Hügel, bis er nicht mehr zu sehen ist. Kurz darauf kommt die Frau in das Zimmer und begutachtet die vollbrachte Arbeit. Sie nickt zufrieden, denn von der großen Falte ist tatsächlich nichts mehr zu sehen. Dann dreht sie sich zu dem Mann um und fragt ihn, ob er denn vielleicht ihre Katze gesehen habe. Sie habe das neugierige Tier den ganzen Tag davon abhalten müssen, ihn nicht bei seiner Arbeit zu stören. Und sie sei nur einmal kurz zur Haustüre gegangen, als der Postbote kam. Seitdem könne sie die Katze einfach nicht mehr finden. Der Lehrling wirft einen kurzen Blick auf die Stelle, an der kurz zuvor noch der kleine Hügel unter dem Teppich zu sehen gewesen ist. Er schüttelt nur den Kopf, packt in Windeseile sein Werkzeug zusammen und verschwindet. Die Katze blieb verschollen.

Das Krokodil im Rhein

Anfangs wurde diese Geschichte für wahr gehalten. Etliche Berichte der Medien handelten von dem Krokodil, das am Ufer des Rheins gesichtet worden war. Sowohl die Wasserschutzpolizei als auch das örtliche Forstamt machten Jagd auf das vermeintlich entlaufene Tier.

Im Jahr 2001 wurde am Ufer des Rheins ein Krokodil gesichtet. Mehrere Spaziergänger und Jogger hatten das Tier entweder im Wasser treibend oder an Land liegend gesehen. Der ausführlichste Bericht war der eines jungen Mannes, der eines Morgens am Ufer des Flusses zum Joggen aufgebrochen war.

Nach ein paar hundert Metern entdeckte er etwas Riesiges im Gebüsch. Er konnte sich nicht erklären, um was es sich genau handelte, und entschied deshalb, sich vorsichtig zu nähern, um einen besseren Blick auf das »Ding« werfen zu können.

Als er nah genug herangekommen war, traute er seinen Augen nicht. Dort im Gebüsch lag ein ausgewachsenes Krokodil. Es sah aus, als würde es schlafen, denn es war völlig regungslos. Der Mann nahm einen Stein und warf ihn auf den Rücken des Tieres, um zu sehen, ob es schlief oder vielleicht sogar schon tot war.

In dem Moment sprang das Tier auf, gab einen unheimlichen Laut von sich und ließ sich ins Wasser des Flusses gleiten.

Der Mann war so erschrocken über die plötzliche Bewegung des Krokodils, dass er zu rennen anfing. Er rannte bis nach Hause, bevor er sich eine Pause gönnte. Die Polizei und die Wasserwacht suchten mehrere Wochen lang nach dem Tier, doch vergebens – es wurde nie gefunden.

Die Geschichte löste sich folgendermaßen: Ein Gruppe von Jugendlichen aus einem Zeltlager hatte ein Krokodil aus einem Holzstamm geschnitzt und in den Fluss geworfen. Gerücht oder Wahrheit? Das bleibt ganz Ihnen überlassen ...

Der würgende Hund

Auch diese Geschichte zählt zu den Klassikern der modernen Mythen. Man hört sie immer wieder, wobei die Rasse des Hundes immer eine andere ist.

»Endlich Feierabend«, dachte Russell nach einem anstrengenden Arbeitstag. Er freute sich wie jeden Tag, nach Hause zu kommen und von seinem treuen Gefährten Willi begrüßt zu werden. Er hatte den Hund von einem Freund geschenkt bekommen, als er vor drei Jahren, als ihn seine damalige Freundin betrogen hatte, vor Kummer und Einsamkeit beinahe zugrunde gegangen wäre. Anfangs konnte er sich mit dem ausgewachsenen Rottweilerrüden aus dem Tierheim nicht sonderlich anfreunden. Aber nach ein paar Wochen entwickelte sich eine tiefe Freundschaft zwischen den beiden. Er konnte es so einrichten, dass der Hund tagsüber, wenn er bei der Arbeit war, bei seinen Eltern bleiben konnte. Sie hatten das riesige Tier auch ins Herz geschlossen und freuten sich über den täglichen Besuch ihres Sohnes, der Willi morgens vorbeibrachte. Circa eine Stunde vor Russells Schichtende brachte seine Mutter den Hund zurück in seine Wohnung, sodass Willi ihn immer freudig begrüßen konnte.

So war es auch an diesem Tag. Russell sperrte die Haustüre auf und Willi stürmte auf ihn zu. Doch nach kurzem Freudengebell fing der Hund an zu würgen. Russell war zuerst nicht allzu beunruhigt, Willi hatte schon öfter kurz gewürgt, doch danach war wieder alles gut gewesen. Aber dieses Mal war es anders. Er konnte nicht mehr aufhören zu würgen, bis er sich sogar auf den Boden legen musste und immer wieder mit den Pfoten über seine Schnauze strich. Es sah aus, als würde er versuchen, etwas aus seinem Hals zu befördern. Russell wurde nervös, so hatte er seinen Freund noch nie erlebt. Er griff kurzerhand zum Telefon und rief seinen Tierarzt an. Der war zufälligerweise gerade in der Nähe und versprach, sofort zu kommen.

Nach ein paar Minuten klingelte es an der Türe und Russell ließ den Arzt herein und berichtete, was vorgefallen war. Der Mann nickte wissend und griff dem Hund beherzt in den Rachen. Kurz darauf sagte er zu Russell:

»Ich hab's! Da sitzt etwas fest!«

Nach ein paar Handgriffen lächelte er und zog seine Hand wieder aus dem Schlund des Tieres. Willi sank erleichtert zu Boden und atmete durch.

Aber die beiden Männer konnten nicht fassen, was der Tierarzt in seiner Hand hielt. Es war ein Finger! Ein menschlicher Finger. Als sie sich in der Wohnung umsahen, konnten sie Blutstropfen auf dem Boden erkennen. Sie folgten der Spur, die bis in das Badezimmer im ersten Stock reichten. Am Fensterrahmen war noch ein blutiger Fingerabdruck zu sehen, dann war die Spur verschwunden. Das Fenster war weit geöffnet. Da fiel Russell wieder ein, dass er am Morgen nach dem Duschen vergessen hatte, es zu schließen.

Sie alarmierten sofort die Polizei, die ihnen nach kurzer Zeit mitteilte, dass sich ein Mann im Krankenhaus befinde, dem ein Finger fehle. Er behauptete, von einem Hund im Park angefallen worden zu sein.

Kurz darauf konnte noch im Krankenhaus festgestellt werden, dass der Finger, der sich in Willis Schlund befunden hatte, eindeutig der des Mannes war. Er gestand seine Tat und Willi bekam an diesem Abend einen extragroßen Knochen. Er hatte den Einbrecher erfolgreich in die Flucht geschlagen, bevor er irgendetwas entwenden konnte.

Glitzeralarm

Als die alleinerziehende Eva einen Termin beim Frauenarzt hatte, schaffte sie es wie immer in der letzten Sekunde, rechtzeitig zum ausgemachten Zeitpunkt in der Praxis zu erscheinen. Sie hasste die Termine bei Ärzten, weil sie im Grunde nie vereinbar mit ihrem Alltag waren.

Deshalb fuhr sie, bevor sie in der Praxis ankam, noch schnell zu Hause vorbei, stellte sich unter Dusche und machte sich fertig. Sie war schon extrem spät dran und konnte ihr Intimspray einfach nicht finden. Also hastete sie auf das Zimmer ihrer halbwüchsigen Tochter und verwendete kurzerhand deren Spray.
Der Arzt begann mit der Untersuchung, und als Eva auf dem Gynäkologenstuhl saß, lächelte er und sagte: »Na, das ist aber mal was anderes …«
Eva verstand kein Wort. Aber nachdem er danach nichts mehr weiter sagte und ihr bestätigte, dass alles in Ordnung sei, dachte sie nicht mehr länger darüber nach. Dazu hatte sie auch gar keine Zeit, denn sie musste ihre Tochter schnell von der Schule abholen.
Als die beiden im Auto saßen, berichtete sie dem Mädchen, dass sie sich an ihrem Intimspray bedient habe, weil sie ihres in der Eile nicht hatte finden können. Das Mädchen schaute ihre Mutter verwirrt an: »Mama, ich habe kein Intimspray.«
»Doch, ich habe es ja benutzt. Die Dose auf deinem Schminktisch«, antwortete Eva.
»Aber Mama, das ist kein Intimspray, das ist ein Glitzerspray für meine Haare!«

Die defekte Mikrowelle

Eine Studentin, die in München studiert, aber etwas außerhalb wohnt, bekommt immer das Auto ihrer Mutter zur Verfügung gestellt, wenn sie zu Vorlesungen in die Stadt muss. Ansonsten fühlt sie sich auf dem Land wohler und ihre Eltern sind mit der Pendelei einverstanden.
Als sie also eines späten Nachmittags wieder in Richtung Heimat unterwegs ist, fällt ihr etwas am Straßenrand auf. Es ist wegen der Jahreszeit schon relativ dunkel, aber sie ist sich sicher, dass da entweder ein Fernseher oder ein Mikrowellengerät stand. Kurzerhand steuert sie das Auto an den Rand der Fahrbahn und geht zurück zu dem Gegenstand.

Und tatsächlich: Es ist eine Mikrowelle, die irgendjemand dort abgestellt hat. Dabei sieht das Gerät noch richtig gut aus. Wahrscheinlich, denkt sie bei sich, hat es nur einen winzig kleinen Defekt, der leicht zu beheben ist. Und die Leute geben immer gleich auf und schmeißen alles weg. Ihr Onkel, der Elektriker des Ortes, würde das bestimmt wieder richten.
Sie lädt das Gerät in ihren Wagen und macht sich auf den Weg. Und ihre Eltern staunen nicht schlecht, als sie ihnen ihren Fund zeigt. Doch bevor der Vater mit einem ärgerlichen Gesicht zu Wort kommt, biegt schon ein Streifenwagen der Polizei in die Einfahrt. Der Vater schüttelt resigniert den Kopf und geht zurück ins Haus, als einer der Polizisten auf die Mikrowelle zeigt und die junge Frau auffordert, sofort das entwendete Radarüberwachungsgerät auszuhändigen.

Tödlicher Drogenschmuggel

Eine junge Stewardess trat ihren zweiten Linienflug auf der Strecke von Kolumbien nach San Francisco an. Sie war nervös, obwohl der Hinflug ohne Komplikationen verlaufen war. Als sie die Kabine betrat, kam eine der erfahreneren Stewardessen auf sie zu und beruhigte sie: »Mach dir keine Sorgen, ich helfe dir. Wenn du Probleme hast, sag einfach Bescheid.«
Die junge Frau war sehr erleichtert und begann daraufhin ihren Rundgang durch das Flugzeug. Es schien, dass alles in Ordnung sei. Nur einmal geriet sie kurz ins Stocken. Auf einem der Plätze im hinteren Teil der Kabine saß eine junge Mutter mit ihrem Säugling im Arm. Beide schliefen, also wollte die junge Stewardess nicht stören und ging weiter. Aber irgendetwas störte sie beim Anblick der beiden, sie konnte aber nicht sagen, was es war.
Der Flug verlief planmäßig. Als sie dabei war, das Essen zu verteilen, und wieder an den Platz mit der Frau und dem Kind kam, schliefen die beiden immer noch. Aber jetzt entschied sie sich, genauer hinzusehen. Die ande-

ren Passagiere, die ihr Interesse an den beiden bemerkten, erzählten ihr, dass sich weder die Frau noch das Kind seit dem Start bewegt hätten. Immer noch unsicher, was zu tun sei, ging die Stewardess zu ihrer Kollegin, die ihr zuvor Hilfe angeboten hatte, und fragte nach Rat. Kurz darauf standen beide vor der Mutter und dem Kind, nichts hatte sich verändert. Die erfahrene Kollegin rüttelte sanft an der Schulter der Mutter, um sie aufzuwecken. Aber auch jetzt passierte nichts. Dann fühlte sie die Stirn des Kindes und stellte fest, dass sie kalt war. Auch die Mutter war seltsam blass. Nach kurzem Zögern fühlte sie den Puls der Frau. Es war nichts zu finden: Weder die Mutter noch das Kind ließen Lebenszeichen erkennen. Die Stewardessen gingen ins Cockpit, um die Situation mit dem Flugkapitän abzuklären. Er entschied, eine Zwischenlandung am nächstgelegenen Flughafen durchzuführen. Bis dahin sollten die Stewardessen über die Bordanlage nach einem Arzt fragen. Vielleicht sei ein Mediziner an Bord, der helfen könnte.
Und tatsächlich fand sich nach der Durchsage ein Mann, der Arzt war. Er folgte den Stewardessen zu dem Platz der Mutter und stellte nach wenigen Minuten den Tod der beiden fest. Laut seiner Einschätzung war das Kind aber schon länger tot, während die Mutter noch kurz zuvor am Leben gewesen sein musste.
Der Pilot leitete die Zwischenlandung ein. Später wurde bei der Obduktion der beiden Leichen festgestellt, dass das Kind schon zwei Tage lang tot gewesen war. Man hatte ihm sämtliche inneren Organe entnommen und es präpariert, sodass der Verwesungsvorgang verlangsamt wurde. Im Körper des Kindes fanden die Ärzte mehrere Beutel mit Heroin.
Die Frau war kurz nach dem Start an einer Überdosis gestorben. Sie hatte einen Beutel mit dem Rauschgift geschluckt. Er war in ihrem Magen geplatzt.

AUFERSTEHUNG DER TOTEN

Endlich hatte die 15-jährige Emma das Haus für sich. Ihre Eltern waren ausgegangen und ließen sie das erste Mal alleine ohne Babysitter. Emma kostete den Moment voll aus. Sie machte sich frisches Popcorn und griff zum Hörer, um ihre beste Freundin anzurufen und endlich ohne Unterbrechung stundenlang zu reden.

Nebenbei lief der Fernseher und Emma konnte ihr Glück über diese Freiheit kaum fassen. Sie redete mit ihrer Freundin über Gott und die Welt, als sie plötzlich auf den Fernseher aufmerksam wurde. Er hatte kurz geflimmert und danach war ein anderes Programm zu sehen als zuvor. Sie erzählte ihrer Freundin von dem merkwürdigen Vorfall und fragte, ob sie auch den Bericht sehen könne, der gerade lief. Aber nachdem die Freundin alle Kanäle durchgegangen war, stellten sie fest, dass die Reportage, die Emma sah, anscheinend nur auf ihrem Fernseher lief. Sie beschlossen, nicht weiter darüber nachzudenken – bestimmt war es nur eine regionale Störung. Ihre Freundin befand sich zu dem Zeitpunkt schließlich 300 km weit entfernt bei ihren Großeltern.

Aber Emma konnte den Blick nicht mehr von dem Bericht lassen, der von den Gräueltaten eines Serienmörders berichtete. Mit halbem Ohr lauschte sie der Berichterstattung, die mit ungewöhnlich realistischen und grausamen Bildern der Opfer aufwartete. Es handelte sich immer um Mädchen, die ungefähr Emmas Alter hatten. Der Mörder hatte sie immer auf die gleiche Weise »hingerichtet«. Das Ganze war vor zehn Jahren geschehen. Er hatte seine Opfer von hinten überfallen und mit einem Schal erdrosselt. Daraufhin hatte er den Leichnam aufrecht hingesetzt, sodass man anfangs nicht erkennen konnte, dass die Mädchen nicht mehr am Leben waren.

Emma lief ein Schauer über den Rücken, als sie die Bilder der toten Mädchen sah. In einer gewissen Weise ähnelten sie ihr aufgrund des Alters und des blonden Haares. Es sah gespenstisch aus, wie sie dort saßen, vollkommen aufrecht mit offenen Augen. Inzwischen hatte sie den Fernseher lauter gestellt, sodass ihre Freundin am anderen Ende der Leitung den Bericht mitverfolgen konnte. Sie diskutierten die Tathergänge und das mögliche Motiv des Mörders.

Aber auf einmal schrak Emma zusammen. Etwas war draußen im Garten an ihrem Fenster vorbeigehuscht, da war sie sich sicher. Ihre Freundin sagte ihr, sie solle sofort überprüfen, ob alle Türen verschlossen seien. Beide Mädchen waren aufgrund der Reportage sehr verängstigt.

Emma nahm das Telefon mit und überprüfte die Türen im Haus. Zu ihrem Entsetzen stellte sie fest, dass die hintere Türe zur Garage hin offen stand. Sie verschloss sie und eilte zurück ins Wohnzimmer.

Während die Mädchen beratschlagten, ob Emma die Polizei rufen sollte, um alle Gefahren auszuschließen, hörte ihre Freundin plötzlich einen erstickten Laut von Emma. Danach war alles still. Sie schrie in den Hörer, aber Emma antwortete nicht. Nach ein paar Sekunden wurde das Telefonat beendet. Völlig aufgelöst von den Geschehnissen, rief Emmas Freundin sofort die Polizei an und berichtete, was vorgefallen war.

Als die Beamten bei Emma eintrafen, dachten sie zuerst, alles wäre in Ordnung. Sie konnten durch das Fenster sehen, dass das Mädchen im Wohnzimmer vor dem Fernseher saß. Um sicherzustellen, dass es sich um einen schlechten Scherz der Freundin gehandelt haben musste, klingelten sie an der Haustür. Aber Emma öffnete nicht. Die Polizisten gingen durch den Garten zurück zu dem Fenster, durch das sie Emma zuvor gesehen hatten. Sie saß immer noch genauso da wie zuvor. Als sie aber auch nicht auf das Klopfen der Polizisten reagierte, handelten sie und verschafften sich Zutritt zum Haus.

Im Wohnzimmer angekommen, stellten sie fest, dass Emma nicht mehr am Leben war. Sie saß aufrecht mit weit geöffneten Augen auf dem Sofa, aber sie war tot. Es sah aus, als würde sie fernsehen, aber das Gerät war ausgeschaltet.

Die Untersuchungen des Tatortes und der Leiche ergaben, dass sie erdrosselt worden war. Doch es war ein anderer Umstand, der die Polizisten zum Grübeln brachte: Auf der Leiche wurden DNA-Spuren von einem Serienmörder entdeckt, der zehn Jahre zuvor hingerichtet worden war. Er war bekannt dafür, seine Opfer auf ebendiese Art und Weise zugerichtet zu hinterlassen. Niemand konnte sich diesen Zusammenhang jemals erklären.

Eine schlechte Angewohnheit

Seine Spielsucht hatte Tom schon öfter an den Rand des finanziellen Kollapses getrieben. Aber dieses Mal hatte er sein Glück zu oft herausgefordert. Er hatte es in kürzester Zeit geschafft, sein gesamtes Hab und Gut im Casino zu verlieren.
Als er auf dem Nachhauseweg war, grübelte er darüber nach, wie er wieder zu Geld kommen könnte, um wenigstens seine horrenden Schulden zu begleichen. An einer Ampel sprach ihn ein Mann an und fragte ihn, ob er nicht Lust auf einen Kaffee habe. Er wisse, dass Tom Geldsorgen habe, und könne ihm helfen. Tom willigte nach kurzem Zögern ein, er hatte schließlich nichts mehr zu verlieren.
Der Mann erklärte ihm, dass er Arzt sei und Toms Krankenakte kenne, nachdem er vor einigen Monaten wegen einer kleinen Verletzung ins Krankenhaus gekommen war. Er sei auf der Suche nach einer Spenderniere für seine Patienten und Toms Werte seien geradezu perfekt. Er würde Tom eine Niere entnehmen und ihm dafür eine Summe geben, mit der er auf einen Schlag all seine Sorgen los wäre. Tom willigte sofort ein. Warum nicht? Er wusste, dass man mit einer Niere vollkommen normal weiterleben kann.
Schon am nächsten Tag befand er sich also im Krankenhaus und ließ sich eine seiner Nieren entnehmen. Als er das Krankenhaus wieder verließ, war er ein reicher Mann. Er machte sich auf den Weg zur Bank, um als Erstes die verhassten Schulden zu begleichen. Doch der Weg zur Bank führte am Casino vorbei. Er zögerte und blieb stehen. Da war sie wieder, diese Sucht. Und er dachte sich: »Wenn ich mit dem Einsatz, den ich jetzt

hier in der Tasche habe, spiele und gewinne, brauche ich nie wieder über irgendetwas nachzudenken.« Er grinste, drehte sich um und öffnete die Tür zum Casino. Und er hatte Glück: Am Ende konnte er die Summe verdoppeln.

Er konnte sein Glück selbst nicht fassen. Sofort schlug er den Weg zur Bank ein, um nun alles einzuzahlen.

Aber auf dem Weg zur Bank trat ihm ein Mann entgegen. Er sah ihm kurz in die Augen und dann hörte Tom nur noch den Knall des Schusses. Er war sofort tot. Der Mann nahm das Geld, er hatte Tom die ganze Zeit im Casino beobachtet und wusste, wie viel er bei sich trug. Er machte auf dem Absatz kehrt und ging in das Krankenhaus, das nicht weit entfernt war.

Dort angekommen, ging er sofort auf den Arzt zu, den er schon länger kannte, und sagte: »Ich hab jetzt das Geld für eine Niere zusammen. Haben Sie eine passende für mich?«

Der Arzt lächelte und sagte: »Oh ja, Sie haben Glück: Vor einigen Tagen habe ich ein perfekt passendes Spenderorgan für Sie bekommen.«

Eine tödliche Fahrt in der Achterbahn

Dieser Mythos existiert in mehrfacher Ausführung, wobei sich die Variationen hauptsächlich auf das Fahrgeschäft beziehen.

Als Hannes seinen dreißigsten Geburtstag feierte, waren seine Freunde begeistert. Er hatte einfach an alles gedacht und damit ein rauschendes Fest organisiert. Der Alkohol floss in Strömen und dementsprechend war die Laune der Gäste.

Zu später Stunde, als der Großteil der Leute nach Hause gegangen war, gab es nur noch Hannes und den »harten Kern«. Der »harte Kern« bestand aus drei Freunden von Hannes: Lukas, Ben und Arno. Die vier

kannten sich bereits seit der Schulzeit und hatten noch kein Fest ausgelassen.
Irgendwann schlug die bierselige Stimmung aber in Langeweile um und die vier überlegten, was sie noch unternehmen könnten.
Da hatte Ben eine folgenschwere Idee: »Hier in der Stadt findet doch gerade eine Kirmes statt, lasst uns da hingehen.«
Hannes antwortete: »Nein, das macht doch keinen Sinn, es ist nach zwölf, da hat doch alles schon längst geschlossen.«
Lukas, der von der Idee begeistert war, meinte: »Wieso? Das ist doch egal! Wir bekommen die Dinger schon zum Laufen. Kann ja nicht so schwer sein!«
Am Ende ließ Hannes sich überreden, denn sogar der sonst eher ruhige Arno war begeistert.
Als sie auf dem Platz der Kirmes ankamen, war alles dunkel und still. Die Fahrgeschäfte waren geschlossen und auch an den Schnapsbuden war niemand mehr zu sehen.
Die jungen Männer entschieden sich für die Achterbahn. Wenn schon, dann richtig!
Lukas, der als Teenager auf einer Kirmes gearbeitet hatte, wusste genau, was zu tun war.
»Da ist nichts abgesichert – wenn man weiß, was man tun muss.«
Er grinste seine Freunde an und verschwand in dem Häuschen, von dem aus man die Bahn lenken konnte. Dabei vermied er es, die Lichter oder die Musik zu aktivieren. Sie wollten ja nicht gleich ertappt werden. Außerdem war eine Achterbahnfahrt im Dunkeln mal etwas anderes.
Inzwischen war selbst Hannes von der Idee begeistert. So etwas erlebte man schließlich nicht alle Tage! Es dauerte keine zehn Minuten, als Lukas zu seinen Freunden zurückkehrte und stolz verkündete: »Nehmen Sie Platz, meine Herren! Die unvergessliche Fahrt kann beginnen!«
Mit leisem Applaus und unterdrücktem Gekicher bestiegen die vier Freunde die Bahn. Hannes hatte den Ehrenplatz im vordersten Wagen, die anderen saßen dahinter.

Lukas betätigte den Starthebel und sprang noch schnell selbst in einen Wagen, bevor sich die Stangen zur Sicherheit der Fahrgäste über ihnen schlossen und die Bahn losrollte.
Es kostete die Männer alle Mühe, nicht laut loszujohlen, als der Zug den ersten Looping nahm – und das alles nur für sie alleine.
Da sich die Kirmes etwas außerhalb der kleinen Stadt befand, bekam niemand etwas von dem nächtlichen Treiben mit.
Doch nachdem die Fahrt zu Ende war, stellten die Männer fest, dass die Bahn nicht anhielt, sondern immer weiterfuhr. Sie hatten nicht bedacht, dass niemand da war, um das Fahrgeschäft auch wieder anzuhalten, wenn sie alle in den Wagen saßen.
Anfangs war es noch ein großer Spaß, denn so konnten sie gemeinsam unzählige Male die Fahrt genießen. Aber nach ein paar Runden wurde Hannes schließlich übel und er erbrach sich während der Fahrt.
Durch den hohen Alkoholpegel, den sie alle hatten, wurden die Fahrten bald zum Albtraum. Sie schrien um ihr Leben, aber niemand hörte sie.
Die Fahrt ging die ganze Nacht hindurch, bis am nächsten Morgen der Betreiber der Achterbahn sie entdeckte. Er stoppte den Zug. Doch als er näher trat, um die vier jungen Männer aus ihrer misslichen Lage zu befreien, sah er, dass keiner von ihnen mehr am Leben war.

Das menschliche Radio

Das menschliche Radio ist auch ein absoluter Klassiker unter den modernen Mythen.

Eines Tages kam ein Mann in eine psychiatrische Klinik. Er wollte sich selbst einweisen, denn er war ganz sicher, verrückt geworden zu sein. Er erklärte den behandelnden Ärzten, dass er seit längerer Zeit Stimmen und Musik in seinem Kopf höre. Die Ärzte willigten ein und nahmen ihn stationär auf. Er durchlief alle möglichen Arten von Untersuchungen,

doch ohne Befund. Es gab keinen Hinweis darauf, dass er an irgendeiner psychischen Störung litt.
Kurz darauf wurde er entlassen. Man teilte ihm mit, dass man nichts für ihn tun könne. Er bettelte verzweifelt um Medikamente, die sein Leiden lindern konnten. Aber die Ärzte weigerten sich, einem offensichtlich gesunden Mann Psychopharmaka mit gefährlichen Nebenwirkungen zu verschreiben. Es blieb ihm also nichts anderes übrig, als nach Hause zurückzukehren.
Nach ein paar Wochen hielt er es nicht mehr aus, die Stimmen und die Musik trieben ihn in den Wahnsinn. Vor allem nachts wusste er sich nicht mehr zu helfen. Er fasste den Entschluss, seinem Leben ein Ende zu setzen. Doch glücklicherweise misslang sein Versuch, denn seine Frau konnte ihn gerade noch rechtzeitig ins Krankenhaus bringen.
Als er gesundheitlich wiederhergestellt war, wurde er aufgrund seiner Vorgeschichte doch wieder in die Psychiatrie eingewiesen. Er berichtete wieder von seinem Leiden und auch, dass dies der Grund für seinen Selbstmordversuch gewesen sei. Und wieder durchlief er sämtliche Untersuchungen ohne Erfolg. Die Ärzte konnten die Ursache nicht finden.
Bei dem Abschlussgespräch am Tag seiner Entlassung fragte ihn der Arzt ein letztes Mal, was er gerade in diesem Moment höre. Als der Mann es ihm erklärte, stellte er verblüfft fest, dass es sich um genau das Lied handelte, das gerade im Radio lief. Nach mehreren Tests stand fest, dass der Mann imstande war, das jeweils aktuelle Programm verschiedener Radiosender zu empfangen und zu hören.
Das Ärzteteam ging der Sache auf den Grund und fand heraus, dass der Mann tatsächlich aufgrund einer Plombe die Wellen der Radiosender empfangen konnte. Er empfing die ausgesendeten Lieder und Sendungen direkt über den Nerv seines Zahnes.

Ein Morgen mit Schrecken

Diese urbane Legende ist weltweit verbreitet und existiert in unzähligen Ausführungen. Manchmal geht es um Jugendliche, die beim Ausgehen gekidnappt werden, manchmal handeln sie von der Entführung mehrerer Kleinkinder aus der Kinderbetreuung in einem Möbelhaus.

Wir haben uns für die Geschichte mit dem Mädchen als Lockvogel entschieden, weil sie 2013 tatsächlich bei der Polizei zur Anzeige gebracht wurde. Sie ist ein besonders schönes Beispiel für die Art und Weise, wie sich urbane Mythen entwickeln und verbreiten.

Die Fakten waren, dass die Eltern des Mädchens eine Aussage bei der Polizei machten, verbunden mit einer Anzeige, bei der es darum ging, dass mehrere Erwachsene ein anderes Mädchen als Lockvogel benutzt hatten, um die Tochter wegzulocken. Das Paar hatte aber alles beobachtet und konnte das Kind in letzter Minute zurückholen. Die Täter flüchteten.

Wegen dieses Vorfalls verfasste der Schulleiter einer ansässigen Grundschule ein Schreiben an die Eltern, in dem er dazu aufrief, verstärkt auf die Sicherheit ihrer Kinder zu achten, solange die Täter noch nicht gefasst waren. Am Ende entstand daraus eine neue Fassung der beliebten »Organspendemythen«, die sich schnell im ganzen Land verbreiteten.

Zwei Frauen unterhalten sich im Wartezimmer eines Arztes. Neugierig hören auch die anderen Wartenden zu, als eine der beiden von einem Vorfall berichtet, der sich kürzlich in einem nicht weit entfernten Ort zugetragen haben soll.

Sie berichtet von einem jungen Ehepaar, das mit der kleinen dreijährigen Tochter einen Ausflug in das nahe gelegene Einkaufszentrum gemacht hat. Nachdem alle Einkäufe erledigt sind, beschließen die Eltern, eine kleine Pause einzulegen und in der Eisdiele im Innenhof des Zentrums ein Eis zu essen.

Während die Eltern sich niederlassen, um ihr Eis zu genießen, läuft das kleine Mädchen hin und her. Sie beobachtet neugierig die anderen Leute und rennt dann immer wieder fröhlich zu ihren Eltern zurück.

Nach einer Weile trifft sie ein anderes kleines Mädchen und die beiden fangen an zu spielen. Die Eltern sind froh über den Spaß, den ihre Tochter ganz offensichtlich hat, und lassen sie weiterspielen. Die beiden Mädchen spielen Fangen. Kurze Zeit später nimmt das fremde Mädchen die Dreijährige an der Hand und sie rennen los. Als die Eltern die beiden aus den Augen verlieren, springt der Vater auf und läuft in die Richtung, in die die beiden verschwunden sind. Die Mutter begleicht die Rechnung und macht sich auch auf den Weg.

Aber es gelingt dem Vater nicht, sie einzuholen. Er hat sie verloren. Panisch geht er seiner Frau entgegen und berichtet ihr, dass er die Mädchen nicht finden kann. Also gehen die beiden zum Informationsschalter des Zentrums und lassen die beiden ausrufen. Dabei werden auch die anderen Passanten gebeten, Ausschau zu halten, da die Mädchen zu klein seien, um den Aufruf auf sich zu beziehen.

Die Stunden verstreichen, aber niemand kann die beiden finden. Am späten Nachmittag entschließt sich das Paar dazu, die Polizei einzuschalten. Die Beamten durchkämmen daraufhin das gesamte Gebäude – vorerst ohne Erfolg. Erst kurz vor der Schließung des Komplexes wird eine Polizistin fündig. Sie entdeckt das dreijährige Mädchen in einer der Damentoiletten. Das Kind blutet stark aus einer schlecht vernähten Wunde im Bauch.

Später im Krankenhaus teilen die Ärzte den schockierten Eltern mit, dass dem Kind eine Niere und die Milz fehlen. Es handle sich um eine stümperhafte Operation, doch die Kleine werde überleben.

Als die Eltern der Polizei den Hergang schildern und versuchen, das andere Mädchen zu beschreiben, erzählen ihnen die Beamten, dass sich diese Fälle im Moment häufen würden. Ihre Ermittlungen hätten ergeben, dass es sich um eine organisierte Gruppe handeln muss. Dabei stünden vier Erwachsene im Fokus der Ermittlungen, die ein kleines Mädchen als Lockvogel benützten, um andere Kinder von deren Eltern wegzulocken. Danach würden den Kindern, meist in der näheren Umgebung, Organe entnommen, bevor sie zurück in das jeweilige Einkaufszentrum gebracht würden. Die Täter konnten bis jetzt leider nicht gefasst werden, aber man ist sich sicher, dass man dabei von professionellem Organhandel sprechen kann.

Der Hund im Trockner

Der Hund im Trockner – ein Klassiker der urbanen Mythen, der auf keinen Fall fehlen darf.
Ähnliche Geschichten wie die Katze im Trockner oder in der Mikrowelle halten sich seit Jahrzehnten weltweit und erscheinen oft nach einiger Zeit in neuen, leicht abgewandelten Varianten.

An einem regnerischen Samstagnachmittag riefen die Meiers ihre beiden Kinder zu sich und erklärten ihnen, dass sie nur kurz über die Straße zu den Nachbarn gehen würden, um zum Geburtstag zu gratulieren.
Die Mutter nahm die beiden dann noch einmal extra zur Seite und schärfte ihnen ein, dass sie nicht mit dem Hundewelpen, der seit einigen Wochen zur Familie gehörte, in den Garten gehen sollten. Sie hatte Angst, der Kleine würde weglaufen. Die Kinder nickten brav und blieben auch anfangs im Haus. Doch dann wurde ihnen das Spiel im Haus zu langweilig und sie beschlossen, doch nach draußen zu gehen. Wenn sie den Hund an die Leine nehmen würden, könnte er schließlich nicht davonlaufen.
Als es aber nach kurzer Zeit immer mehr zu regnen begann, gingen die beiden wieder zurück ins Haus. An der Terrassentüre fiel ihnen aber auf, dass der kleine Hund durch das Spiel im matschigen Garten so dreckig geworden war, dass alles Rubbeln mit dem Handtuch nichts half. Die El-

tern würden sofort merken, dass die Kinder nicht gehört hatten und mit dem Welpen nach draußen gegangen waren.
Also beschlossen sie kurzerhand, den Hund zu waschen. Danach war das Tier zwar wieder sauber, aber vollkommen nass. Das Fell würde nie trocknen, bis die Eltern wieder da waren. Und das würde bestimmt nicht mehr lange dauern.
Der Junge, der Ältere der beiden, hatte eine Idee: »Los, wir stecken Fluffy einfach in den Trockner! Das geht schnell und dann merkt keiner was!«
»Super Idee!«, rief sein kleinerer Bruder und die beiden rannten in den Keller zum Wäschetrockner.
Die Brüder steckten den Welpen in den Trockner und schalteten das Gerät ein. In dem Moment hörten sie die Haustüre zuschlagen und wussten, dass die Eltern gerade gekommen waren.
Sie hasteten nach oben und starteten ein Ablenkungsmanöver, um genug Zeit zu gewinnen, bis der Hund trocken war. Danach könnten sie den trockenen und sauberen Hund zurückholen, der sich angeblich selbst im Keller eingesperrt hätte.
Doch die Eltern merkten schnell, dass die beiden etwas verschwiegen, und gingen der Sache auf den Grund. Als sie hörten, dass sich der Welpe im Trockner befinde, drehten sie sich gleichzeitig um und stürmten in den Keller.
Die Brüder hörten einen Aufschrei der Mutter, als sie das verendete Tier aus der Maschine befreite.

Kuno der Killerwels

Bei der Geschichte des Killerfisches »Kuno« ist, zumindest was die Berichterstattung aus dem Jahr 2001 betrifft, alles echt. Der Fisch wird in mehreren Zeitungsartikeln erwähnt und findet sogar im Fernsehen seine Beachtung. Ob der Fisch aber wirklich jemals existiert hat, ist bis heute nicht geklärt.

Am Nachmittag des 8. Oktober 2001 machte eine ältere Dame einen Spaziergang mit ihrem Dackelwelpen. Ihr Weg führte sie durch den Park und entlang des Ufers des Volksgartenweihers der Stadt Mönchengladbach. Als der Welpe in die Nähe des Wasser kam, ging alles blitzschnell: Ein riesiger Fisch tauchte auf und schnappte den Hund vom Ufer weg. Danach tauchte er mit dem Welpen im Maul wieder ab.

Der Bericht der älteren Dame wird auch von einer Mutter, die sich mit ihren beiden Kindern zur gleichen Zeit am Weiher des Parks aufhielt, bestätigt. Schnell findet der Vorfall großes Interesse in den Medien. Es wird davon ausgegangen, dass es sich bei dem Fisch um einen Wels handelt. Welse können eine beachtliche Körpergröße von bis zu drei Metern erreichen und stellen dadurch nicht nur für kleinere Tiere eine Gefahr dar. Auch Kinder können Opfer des Killerfisches werden, mutmaßen die Beteiligten.

Relativ bald bilden sich zwei Lager: Das eine besteht aus Anglern, die es sich zum Ziel ihrer Anglerkarriere gemacht haben, die »Bestie vom Volksgarten« zu fangen und zu erlegen.

Das andere Lager stellen die Tier- und Naturschützer, denen es darum geht, ein solch seltenes Exemplar zu erhalten.

Ein Problem stellt dabei aber der zukünftige Lebensort des Fisches dar. Zum einen müsste er zumindest lebend gefangen werden, um ihn an einen Ort zu bringen, wo man ihn besser unter Kontrolle hätte.

Zum anderen weigern sich die auf das Problemtier angesprochenen Zoos, den Wels aufzunehmen, da sie um die anderen Tiere fürchten. Ein derartig großer Wels sei eine Gefahr für die in den Gehegen lebenden Tiere, die sich am Uferrand aufhalten, wie zum Beispiel Enten und deren Nachkommen.

Eine Auswilderung in einen der nahe gelegenen Seen käme aber auch nicht infrage, da hier wieder Passanten oder deren Hunde bzw. Kinder in Gefahr gebracht würden.

Der Fisch wurde aber nicht gefangen, er war verschwunden. Mit der Zeit erreichte er einen derartigen Bekanntheitsgrad, dass ihm neben dem

Namen »Kuno« auch noch ein Fanklub und sogar ein Kinderbuch gewidmet wurden.
Erst zwei Jahre später wurde in den Zeitungen der Tod des Killerfisches gemeldet. Mitarbeiter des Grünflächenamtes hatten einen toten Wels von 1,50 Meter Länge auf dem Wasser treiben sehen. Kurzzeitig wurde sogar überlegt, ob der verendete Fisch nun ausgestopft im Museum ausgestellt werden sollte.
Es wurde aber nie eindeutig geklärt, ob es sich bei dem gefundenen Wels wirklich um den berühmten Killerfisch Kuno handelte. Denn den Berichten der Menschen zufolge, die das Tier dabei beobachtet haben, wie es seine Opfer mit in die Tiefe riss, muss es sich um einen weitaus größeren Fisch gehandelt haben.
Bis heute ist nicht geklärt, ob Kuno noch lebt.

Der Fluch im Krankenhaus

In einem Krankenhaus in der Schweiz machte ein Gerücht die Runde. Es hieß, das Zimmer Nr. 3 auf der Intensivstation sei verflucht. Denn jedes Mal, wenn ein Patient auf dieses Zimmer verlegt wurde, starb er und das immer von Dienstag auf Mittwoch. Inzwischen war die Zahl der Verstorbenen schon in den zweistelligen Bereich gerückt.
Das gesamte Krankenhauspersonal rätselte, was der Auslöser für die mysteriöse Todesserie sein könnte. Anfangs wurden noch recht pragmatische Überlegungen angestellt, das Bett könne mit Bakterien kontaminiert sein oder die lebenserhaltenden Geräte hätten einen Defekt.
Als die Krankenhausleitung aber alles überprüfen und das Zimmer, inklusive Bett und Matratze, von Grund auf reinigen ließ, waren sich alle sicher: Jetzt sollte die Serie der unerklärlichen Todesfälle ein Ende haben.
Aber es geschah tatsächlich wieder, der neue Patient, der das Zimmer am Montag bezogen hatte, lag am Mittwochmorgen tot in seinem Bett.
Die Gerüchte kochten über, denn ein »normaler« Grund konnte nun

nicht mehr gefunden werden. Also hieß es, das Zimmer sei verflucht. Sogar die Angehörigen der Intensivpatienten wussten von dem »Fluch« und weigerten sich standhaft, ihre Liebsten in das besagte Zimmer verlegen zu lassen.

Die Leitung der Klinik war nicht gerade begeistert über diese Entwicklung, denn wegen der dummen Geschichte stand nun ständig ein komplettes Intensivzimmer leer. Das war aus finanzieller Sicht unverantwortlich. Sie beschlossen also in der nächsten Nacht, von Dienstag auf Mittwoch eine Krankenschwester zu bitten, dort Wache zu halten. Es war nicht einfach, denn keine der Schwestern wollte eine Nacht in dem verfluchten Zimmer verbringen. Bis auf eine, Bettina. Sie war die Dienstälteste und hatte nach eigenen Angaben schon so viel gesehen, dass so ein kleiner Fluch sie bestimmt nicht abschrecken würde.

Also hielt Bettina in der folgenden Nacht von Dienstag auf Mittwoch Wache in Zimmer Nr. 3. Doch es geschah gar nichts. Sie grübelte all die Stunden, in denen sie dort saß, und wartete, dass irgendetwas passieren würde, was Grund für all die plötzlichen Todesfälle sein könnte. Doch ihr wollte keine Erklärung einfallen. Sie hatte sogar alle Geräte in Betrieb genommen, um die Situation möglichst realistisch zu gestalten.

Früh am Morgen des Mittwoch saß sie auf dem Bett und war mit ihrem Latein am Ende. Nichts war passiert. In dem Moment öffnete sich die Zimmertüre und eine der Frauen des Reinigungspersonals trat ein. Sie trug Kopfhörer und summte zur Musik. Dann drehte sie sich um, holte den Staubsauger, zog den Stecker der Herz-Lungen-Maschine und fing an zu saugen.

Teilen ist immer schöner ...

Eine Frau betritt nach der Arbeit ein nahe liegendes Fast-Food-Restaurant. Sie lebt alleine und hat oft keine Lust, abends für sich selbst zu kochen und allein zu essen. An diesem Tag steht ihr der Sinn nach etwas

Deftigem, und als sie das Schild der Fast-Food-Kette sieht, läuft ihr das Wasser im Munde zusammen. Sie bestellt sich ihr Lieblingsmenü und stellt es auf einen freien Tisch. Dann hängt sie ihre Jacke über den Stuhl und will sich gerade über ihr Essen hermachen, als ihr auffällt, dass sie das Ketchup vergessen hat. Also steht sie noch mal auf und geht zur Theke. Als sie zum Tisch zurückkommt, sieht sie einen jungen Mann mit blauen Haaren und Ohrringen dort sitzen. Er packt gerade den Burger aus und beißt beherzt hinein. Zuerst überkommt die Frau ein Gefühl des Zornes. So etwas Unverschämtes hat sie wirklich noch nie erlebt. Aber dann denkt sie sich, dass der junge Mann vielleicht kein Geld hat, sich selbst Essen zu kaufen. Sie nimmt sich vor, die Sache mit Humor zu sehen. Sie geht zu dem Tisch, setzt sich und nimmt dem Mann den halb aufgegessenen Burger aus der Hand und isst die andere Hälfte. Er schaut sie erstaunt an, zögert kurz und fängt an zu lächeln. Und so sitzen sie beide da und teilen sich das ganze Menu brüderlich. Dabei kommen sie ins Gespräch und reden über Gott und die Welt. Die Frau genießt das gemeinsame Essen sichtlich. Als sie alles aufgegessen haben, verabschiedet sie sich und greift hinter sich, um ihre Jacke anzuziehen. Doch da ist nichts. Verstört dreht sie sich um, um nachzusehen, ob die Jacke vielleicht auf den Boden gefallen war. Während sie sich umdreht, um nach der Jacke zu sehen, streift ihr Blick einen der benachbarten Tische. Und da hängt sie, ihre Jacke. Über der Stuhllehne des Nebentisches. Auf dem Tisch steht ihr Menü.

Ein vielsagendes Foto

Ein junges Paar plante im Sommer 2003 einen Motorradausflug nach Frankreich. Drei Tage vor der Abreise wollte der Mann aber die Reise plötzlich verschieben oder absagen. Seine Freundin versuchte, ihn davon zu überzeugen, dass es zu einem anderen Zeitpunkt wahrscheinlich nicht klappen würde, weil sie so viel zu tun habe. Sie war selbstständige Foto-

grafin und hatte sich gerade einen Namen in der Branche gemacht. Es war ihr unmöglich, alle Termine, die sie wegen des Urlaubs verschoben hatte, nochmals zu verlegen.
Am nächsten Tag, als der Mann sein Motorrad aus der Garage und somit aus dem Winterschlaf holte, war seine Freude so groß, dass er sich doch umentschied. Die Reise konnte also wie geplant stattfinden.
Seine Laune war plötzlich wieder völlig verändert und gemeinsam packten sie voller Freude ein und unterhielten sich über die Stationen, die sie auf der Reise besuchen wollten. Der junge Mann konnte es am Ende gar nicht mehr erwarten, endlich am nächsten Tag loszufahren. Er ärgerte sich selbst über sein Zögern und konnte es gar nicht mehr nachvollziehen. In dem Moment, als er sein geliebtes grünes Motorrad von der Plane befreit hatte, unter der er es im Winter aufbewahrte, war aller Zweifel verflogen. Das Einzige, was er fühlte, war die Vorfreude.
Die Frau ging am Morgen der Abreise noch schnell zu dem Fotoladen um die Ecke. Sie holte einen entwickelten Film ab, den sie nicht so lange in dem Geschäft liegen lassen wollte. Aber sie sah sich den Film nicht mehr an, sie waren sowieso schon sehr spät aufgestanden. Und nun sollte es nur noch losgehen.
Am zweiten Tag der Reise passierte es. Der junge Mann leitete ein Überholmanöver ein, seine Freundin saß hinter ihm auf dem Rücksitz der Maschine. Dabei übersah er einen PKW, der aus einer Ausfahrt kam, als er gerade neben dem Auto war, das er überholen wollte. Er riss den Lenker zur Seite und prallte in das andere Auto. Die Maschine kam ins Schleudern und überschlug sich mehrmals. Der Mann starb noch an der Unfallstelle, seine Freundin konnte gerettet werden.
Als sie Monate später die Kraft fand, sich wieder auf ihren Beruf einzulassen, fielen ihr die Fotos in die Hand, die sie noch kurz vor der Abreise abgeholt hatte.
Sie öffnete den Umschlag und sah die Bilder, die sie damals für einen Kunden gemacht hatte. Aber als sie das letzte Bild sah, hatte sie Mühe, an sich zu halten.

Es zeigte das Bild der Unglücksstelle, an der ihr Freund ums Leben gekommen war, in sämtlichen Details. Sogar die Farbe des Motorrads und das Nummernschild waren identisch.

Die Auferstehung

Ein Angestellter der arabischen Botschaft in Rom wollte seinen kürzlich verstorbenen Windhund wieder in seine Heimat bringen, um ihn dort von seiner Familie begraben zu lassen. Das Tier war im Laufe der Jahre zu einem echten Familienmitglied geworden und so war der Mann der Meinung, dass ihm ein ordentliches Grab in seiner Heimat zustehe.
Als er den Hund per Flugzeug in sein Heimatland einfliegen lassen wollte, erfuhr er von seinem Tierarzt, dass die Überführungsgebühren von Tierkadavern weitaus höher waren als der Transport lebender Tiere.
Abgesehen davon, müsse er mehrere Gutachten eines Amtstierarztes vorweisen können, dass die Gefahr einer Krankheit oder eingeschleppten Seuche ausgeschlossen werden könne. Der Mann kam zu dem Schluss, dass es doch wesentlich einfacher und günstiger wäre vorzugeben, dass der Hund noch am Leben sei.
Gesagt, getan: Am nächsten Tag gab er den Hund, der in seiner Transportbox lag, am Flughafen auf. Dem Bodenpersonal am Schalter sagte er noch, dass er dem Hund ein starkes Schlafmittel verabreicht hätte, weil die Aufregung ansonsten einfach zu groß wäre. Niemand schöpfte Verdacht und die Box wurde mit dem restlichen Gepäck verladen.
Doch als das Flugzeug am Zielort ankam, wurden die Männer, die das Gepäck aus der Maschine luden, stutzig. Das Tier gab kein Lebenszeichen von sich. Als sie sahen, dass der Besitzer ein hochdekorierter Mann aus der arabischen Botschaft war, brachten sie das Tier zur Geschäftsführung der Airline.
Dort stellte man fest, dass das Tier tatsächlich verendet war. Vor lauter Angst, dass der Vorfall dem Unternehmen schaden könnte, beauftragten

die Verantwortlichen einen Assistenten, sofort einen Hund zu besorgen, der dem verstorbenen so ähnlich wie möglich war. Die Familie des Hundebesitzers staunte nicht schlecht, als der totgesagte Hund plötzlich munter kläffend vor ihnen stand.
In einer schriftlichen Stellungnahme teilte der verärgerte Mann der Fluggesellschaft mit, dass das Tier bereits Tage zuvor verstorben war. Er nannte den Namen des Hundes und schlug vor, sie könnten das putzmuntere Tier, das inzwischen bei seinen Verwandten lebte, ja einmal versuchen zu rufen.
In einer Zeitung machte er seinem Ärger zudem Luft, indem er von der »sagenhaften Auferstehung im Flugzeug« sprach.

Der nächtliche Skifahrer

In einem kleinen Ort in den Schweizer Alpen feierte ein Einheimischer mit fünf seiner besten Freunde seinen 20. Geburtstag. Er hatte alle zu sich nach Hause eingeladen, um bis in die späten Stunden ungestört bleiben zu können. Die Nachbarn in seinem Haus wussten Bescheid und waren generell sehr umgänglich. Der Party stand also nichts mehr im Wege.
Als die Gäste ankamen und in einen dröhnenden Geburtstagschor einstimmten, staunte der Jubilar nicht schlecht, als er sein Geschenk überreicht bekam. Die Freunde hatten ihm ein nagelneues Paar Skier gekauft.
Mit zunehmendem Alkoholpegel stieg auch die Laune der Anwesenden. Gegen zehn Uhr kam das Geburtstagskind auf die Idee, er könne die neuen Skier doch gleich vor Ort testen. Eine geeignete Piste befinde sich auch gleich direkt vor der Haustüre: das Treppenhaus.
Die anderen waren begeistert und feuerten den jungen Mann an, als er an der Schwelle der ersten Stufe stand: bereit zum Start.
Er fuhr die Treppe bis fast ganz zum Ende herunter, als der ältere Herr aus dem zweiten Stock vor die Tür trat, um zu sehen, woher der Krach kam.

Unglücklicherweise geschah dies genau in dem Moment, als der Skifahrer im Treppenhaus genau auf der Höhe der Haustür des Mannes war.
Der junge Mann konnte auf den glatten Stiegen nicht mehr abbremsen und fuhr mit aller Wucht in den anderen Mann.
Die Freunde des Unfallverursachers handelten trotz Alkohols im Blut sehr schnell und besonnen. Sie alarmierten den Rettungsdienst. Die Sanitäter konnten bei dem Skifahrer selbst keine Verletzungen finden bis auf einige kleine Prellungen. Aber der ältere Herr hatte bei dem Aufprall eine Platzwunde an der Schläfe erlitten und wurde sofort in das nächste Krankenhaus gebracht.
Am nächsten Morgen plagte den jungen Mann das schlechte Gewissen, einen seiner immer so kulanten Nachbarn in einer Bierlaune so verletzt zu haben. Deshalb beschloss er, ihm einen Besuch im Krankenhaus abzustatten und sich zu entschuldigen.
Doch als er im Krankenhaus ankam, fehlte jede Spur von seinem Nachbarn. Als er am Empfang nachfragte, erfuhr er, dass der Mann in die Psychiatrie gebracht worden war. Er hatte immer wieder die Geschichte erzählt, dass ihn in der Nacht zuvor ein Skifahrer im Treppenhaus über den Haufen gefahren habe und dass seine Verletzungen daher rührten.
Der junge Mann fuhr sofort mit schwersten Gewissensbissen in das genannte Krankenhaus und befreite seinen Nachbarn aus der misslichen Lage, indem er den Vorfall bestätigte.

Eine Golflegende

Diese Geschichte erzählt man sich auf den Golfplätzen der ganzen Welt.

Ein Flightpartner erzählte mir bei unserem letzten Treffen, dass er einige Wochen zuvor mit einem Freund auf demselben Golfplatz unterwegs gewesen sei, um sich einen entspannten Nachmittag beim Spiel zu machen. Der Freund hatte sich ein nagelneues Set Schläger zugelegt und eine wunderschöne Tasche aus Leder, in der die Schläger aufbewahrt wurden.

Sie starteten ihre Partie und unterhielten sich entspannt über ihre Arbeit. Aber irgendwie schien das neue Equipment dem Freund kein Glück zu bringen. Er spielte so schlecht, dass man den Eindruck hatte, er hätte noch nie einen Golfschläger in der Hand gehalten. Am Anfang lachte er noch über seine Missgeschicke und die beiden unterhielten sich weiter. Aber als er nach einiger Zeit wirklich Mühe hatte, den Ball überhaupt zu treffen, wurde er still. Der Zorn stand ihm ins Gesicht geschrieben und außer ein paar deftigen Flüchen war nichts mehr von ihm zu hören. Er wurde immer verbissener, bis er einen Ball im Wasserhindernis versenkte.

Er stand da und sagte gar nichts. Er antwortete auch nicht mehr auf die Fragen seines Freundes. Dann nahm er seine neue Tasche mit den Schlägern, ging auf den kleinen See zu, in dem sein Ball untergegangen war, und warf die Tasche in hohem Bogen in das Wasser. Dann machte er kehrt und stapfte davon. Ohne ein Wort. Der Freund stand verwundert auf dem Grün und beobachtete, was passierte. Dann, nach ein paar Metern, blieb der andere Mann abrupt stehen. Er machte wieder kehrt und ging zurück zum Wasserhindernis. Sein Freund lächelte, denn er war sich sicher, dass der andere nun erkannt hatte, was er gerade getan hatte. Er würde bestimmt zurückgehen, um die sündhaft teure Tasche aus dem See zu fischen. Aber da hatte er den Zorn des anderen weit unterschätzt. Denn er ging zwar zurück und watete durch den See, bis er an der Tasche ankam, die ein Stückchen aus dem Wasser hervorlugte. Dann bückte er sich und kramte in der Tasche herum. Er zog seinen Autoschlüssel aus einem der Außenfächer, ließ die Tasche wieder ins Wasser fallen und ging.

Obwohl er bis zu den Oberschenkeln nass war, hatte er jetzt ein zufriedenes Grinsen im Gesicht und machte sich auf den Weg zu seinem Auto. Er hat nach diesem Tag nie wieder einen Golfplatz betreten.

Die Warnung

Diese Art der Sagen zählt im Grunde auch zu Grundformen der Mythen. Es handelt sich dabei um Warnungen, die ähnlich wie die früheren Fabeln, in eine Geschichte verpackt, belehren sollen. Die Mythen mit Warnungen waren vor allem in der Zeit nach dem 11. September in den USA wieder verstärkt zu lesen. Meistens geht es dabei um Warnungen vor terroristischen Anschlägen. Deshalb gibt es auch von der folgenden Geschichte unzählige Abwandlungen, die sich im Kern aber gleichen.

An einem heißen Sommertag in der Nähe von New York: Charleene Green betritt eines der Einkaufszentren vor der Stadt. Sie hat wie immer eine lange Liste mit Erledigungen in ihrer Tasche und ist durch die Hitze schon morgens völlig erledigt. Nachdem sie alles abgehakt hat, fehlt nur noch ein Besuch im Blumenladen an der Ecke. Sie freut sich darauf, endlich der Hitze zu entkommen und sich auszuruhen.

Aber als sie im Blumenladen durch die Gänge schlendert, um sich neue Inspirationen für ihren Balkon zu suchen, fällt ihr eine Geldbörse auf. Sie liegt zwischen den Blumenkästen und wurde offensichtlich vergessen. Als sie die Börse öffnet, traut sie ihren Augen kaum. In dem Geldbeutel ist mehr Bargeld, als sie für zwei Wochen zum Leben braucht. Sie sucht weiter und findet einen Ausweis. Die Brieftasche gehört einem Mann afghanischer Herkunft, Adresse und Telefonnummer sind auch vorhanden.

Charleene denkt nicht lange nach. Sie bezahlt ihren Einkauf und macht sich auf den Weg zu der Adresse, die in dem Ausweis des Mannes steht. Auf der Fahrt dorthin muss sie sich selbst eingestehen, dass es bei diesen Temperaturen und bei der Menge an Bargeld in dem Geldbeutel im Grunde einem Wunder gleichkommt, dass sie sich aufmacht, um den Besitzer zu suchen. Sie lächelt vor sich hin bei dem Gedanken, was wohl ihre Freundinnen zu ihr sagen würden. Einige wären bestimmt der Meinung, dass sie nicht mehr ganz bei Trost sei. Aber sie hat eine andere Auffassung, denn sie war sich schon immer sicher, dass die Art, wie man mit seinen Mitmenschen umgeht, früher oder später auf einen selbst zurückfällt.

Nach einer halbstündigen Fahrt kommt sie endlich in der Straße an, die in dem Ausweis des Mannes vermerkt ist. Sie klingelt an der Türe und es dauert einige Minuten, bis diese schließlich geöffnet wird. Ein Mann lugt misstrauisch durch den Türspalt und fragt Charleene, was sie wolle.

»Ich habe die hier im Blumenladen gefunden und wollte sie zurückbringen.«

Der Mann starrt ungläubig auf die Brieftasche. Dann fängt er an zu lächeln und öffnet die Tür weiter. Es ist offensichtlich, dass er derjenige ist, den man auf dem Bild des Ausweises sehen kann. Er nimmt die Geldbörse entgegen und öffnet sie. Charleene bemerkt, dass er kurz überschlägt, ob noch der volle Betrag seines Bargeldes vorhanden ist. Mit einem zufriedenen Lächeln nimmt er die Hälfte der Scheine aus dem Geldbeutel und streckt sie Charleene entgegen. Aber sie lehnt beschämt ab, obwohl sie das Geld wirklich mehr als gut gebrauchen könnte.

»Nein danke. Das ist sehr nett von Ihnen. Aber ich hoffe einfach, dass ich es irgendwann auf eine andere Weise zurückbekommen werde. Ich wäre auch froh, wenn ich einmal etwas verlieren sollte, und es würde sich ein ehrlicher Finder auftun.«

Der Mann sieht sie mit einem merkwürdigen Blick an und sagt schließlich: »Okay, aber wenn Sie schon kein Geld annehmen wollen, dann möchte ich Ihnen auf eine andere Art danken. Gehen Sie kommenden Mittwoch nicht in die Nähe des Einkaufszentrums.«

Charleene ist verwirrt und weiß nicht genau, was sie mit der Aussage anfangen soll. Also bedankt sie sich kurz für die Warnung und fährt wieder nach Hause.

Eine Woche später hat sie die Begegnung mit dem Mann schon wieder vergessen und hört im Radio, dass es am Vormittag einen Anschlag auf das Einkaufszentrum gegeben habe. Es ist Mittwoch und es geht um das

Einkaufszentrum neben dem Blumenladen, in dem sie die Börse gefunden hat.
Sie ist vollkommen perplex. Der Mann hatte sie also eine Woche zuvor vor einem Anschlag gewarnt, der wirklich stattgefunden hat. Sie hatte die ganze Sache nicht wirklich ernst genommen. Aber jetzt sitzt sie in ihrer Küche und kann nicht fassen, was passiert ist. Nach einigen Minuten wird ihr klar, dass sie die Adresse des möglichen Attentäters hat. Sie springt auf und wählt die Nummer der Polizei. Zuerst glauben die Polizisten ihr die ganze Geschichte nicht, aber sie besteht darauf und bietet an, zu der angegebenen Adresse mitzufahren. Letzten Endes willigen die Beamten ein und fahren zum Haus des Mannes.
Als sie einige Stunden später vor Charleenes Tür stehen und ihr Fotos des Mannes zeigen, dem sie den Geldbeutel gebracht hat, klären sie Charleene auf. Er sei einer der meistgesuchten und gefährlichsten Männer des Landes. Und das Haus, dessen Adresse Charleene genannt hat, sei vollkommen leer – nichts deute darauf hin, dass dort vor Kurzem jemand gelebt haben könnte.

Das Monopolyspiel

Nachdem ein Mann mehrere Jahre an der Börse spekuliert hat, gelingt ihm endlich der erhoffte Clou: Er verdient mehr oder weniger über Nacht mehrere hunderttausend Euro. Er kann sein Glück kaum fassen und will seinem Vater, der ihn über die Jahre hinweg immer wieder finanziell unterstützt hat, eine besondere Freude machen. Also verschweigt er den Gewinn bis zu seinem nächsten Besuch in seiner Heimatstadt.
Um die Überraschung noch größer zu machen, kommt er auf die Idee, ein Monopolyspiel zu kaufen und das falsche Geld gegen die echten Banknoten auszutauschen.
Ganze 100.000 Euro wechselt er auf diese Weise um und macht sich gespannt auf den Weg zu seinem Vater. Er händigt ihm das Spiel aus, ohne

ihm zu erzählen, was es mit dem seltsamen Geschenk auf sich hat. Freudig denkt er an den Moment, in dem sein Vater ihn anrufen wird, weil er das echte Geld entdeckt hat.
Doch er wartet vergebens auf den Anruf. Einige Wochen später, als ihm das Warten zu lange wird, ruft er seinen Vater an und fragt, ob er denn inzwischen schon einmal Monopoly gespielt habe. Der Vater antwortet leicht zerknirscht, dass er sich doch nichts aus derartigen Spielen mache. Deshalb sei er kurz nach der Abreise seines Sohnes in ein Spielwarengeschäft gegangen und habe das Spiel gegen einen neuen Waggon für seine Modelleisenbahn eingetauscht.

Dumm gelaufen

Auch diese Legende gehört zu den beliebtesten Klassikern. Sie existiert beinahe überall auf der Welt und die Erzähler sind sich auch überall ganz sicher, dass alles genau so dem Freund eines Freundes passiert ist.

Die Wochenenden auf dem Land sind nicht immer das, wovon Jugendliche träumen. Deshalb kamen Jakob und seine Freunde auf die Idee, mal wieder eine schöne »Runde« im Keller von Jakobs Eltern zu veranstalten. Genauer gesagt, hieß das, dass sich fünf Freunde trafen und sich mit Marihuana volldröhnten. Die Abende liefen immer gleich ab: Sie trafen sich am späten Nachmittag, rauchten einen Joint nach dem anderen und hörten Musik. Später, wenn sie dann alle müde waren, fuhr Jakob seine Freunde nach Hause. Das war immer der spannendste Part, denn man war ja nie sicher, nicht doch erwischt zu werden. Und außerdem machten die Fahrten mit lauter Musik in dem Zustand einfach unglaublichen Spaß.
Als sie auf ihrem Weg einen Kreisverkehr passierten, hatte einer der Gruppe eine Idee. Sie könnten das Licht ausschalten und den Kreisverkehr im Rückwärtsgang durchfahren. Die anderen johlten vor Begeiste-

rung. Endlich eine neue spaßige Idee, dem so langweiligen Dasein auf dem Land etwas Nervenkitzel zu verleihen. Jakob schaltete die Scheinwerfer aus und fuhr los, rückwärts. Die Teenager konnten sich vor Lachen kaum halten. Aber dann passierte, was passieren musste: Ein anderes Fahrzeug, das die Truppe in ihrem Zustand übersehen hatte, bog in den Kreisverkehr ein. Jakob, der nicht mehr wirklich reaktionsfähig war, schaffte es zumindest noch, vom Gas zu gehen. Der Fahrer des anderen PKW sah das Auto, das rückwärts auf ihn zukam, viel zu spät, weil ja keine Lichter angeschaltet waren. Nach ein paar Sekunden prallten die beiden Fahrzeuge aufeinander. Glücklicherweise war keiner der beiden Fahrer sehr schnell unterwegs gewesen, was der Kreisverkehr aber auch aufgrund seines engen Radius nicht zugelassen hätte.

Nachdem die ersten Schrecksekunden verflogen waren, sprang der Fahrer des anderen Autos von seinem Sitz und lief zur Fahrertüre von Jakobs Wagen. Er riss sie auf und begann sofort zu brüllen: »Wie bescheuert kann ein Mensch denn sein? Seid ihr von allen guten Geistern verlassen?«

Die Jungs stiegen aus und besahen sich den Schaden. Jakobs Auto hatte nur eine kleine Beule abbekommen, während der Wagen des anderen Fahrers wirklich schwer beschädigt war. Sofort alarmierte der Fahrer die Polizei. So etwas habe er in seinem ganzen Leben noch nicht gesehen und es gehöre definitiv bestraft!

Als die Beamten am Unfallort eintrafen, hatten sie erst einmal alle Hände voll zu tun, den vollkommen hysterischen Mann zu beruhigen. Dann sagte einer der Beamten: »Können Sie uns jetzt bitte in aller Ruhe endlich erzählen, wie es zu dem Unfall kam?«

»Oh ja, das kann ich! Ich fahre ganz normal in den Kreisverkehr ein, als mir plötzlich dieser Vollidiot da drüben ohne Licht und rückwärts entgegenkommt! Das ging so schnell, ich konnte kaum bremsen! Und jetzt sehen Sie sich mal meinen Wagen an! Das kann doch einfach nicht wahr sein!«

Der Polizist sieht den Mann mit hochgezogenen Augenbrauen an: »So, so. Rückwärts und ohne Licht im Kreisverkehr.«

Jakob und seine Freunde stehen nur da und sagen gar nichts. »Ja, alles klar. Können Sie mich bitte einmal kurz begleiten?«
Der wutschnaubende Mann geht mit zum Einsatzwagen, wo er einen Alkoholtest über sich ergehen lassen muss. Nach kurzer Zeit und einem Messergebnis ist die Sache für die Polizisten ganz klar: Der Mann ist alkoholisiert in den Kreisverkehr eingefahren, hat den Unfall verschuldet und versucht ihn nun den Teenagern mithilfe einer hanebüchenen Geschichte in die Schuhe zu schieben.

Vakuum auf der Flugzeugtoilette

Erna Witt freute sich wie ein kleines Kind auf ihre erste Flugreise. Sie war noch nie weiter weg gewesen als Italien oder Frankreich. Doch jetzt hatte sie es geschafft, sie hatte eine Fernreise auf eine der Karibischen Inseln gebucht und sich damit einen langjährigen Traum erfüllt.
Am Tag des Abfluges wusste sie gar nicht, wohin mit der ganzen Aufregung, aber zum Glück holte sie ein sehr freundlicher Taxifahrer ab, der ihr das Prozedere am Flughafen genau erklärte und ihr damit die Aufregung zumindest ein bisschen nehmen konnte.
Als sie dann in dem riesigen Gebäude ankam, war ihr kurz etwas mulmig zumute, aber dann lächelte sie dem Fahrer noch einmal zu und betrat die Abflughalle. Beim Check-in musste sie dann allerdings eine unangenehme Erfahrung machen, als die Frau am Schalter von ihr wissen wollte, ob sie, wenn die Möglichkeit bestehen sollte, neben sich einen freien Sitz haben wolle. Erna verstand die Frage nicht und wollte wissen, wozu das denn gut sei. Da sah die Frau hinter dem Tresen sie mitleidig an und meinte, es wäre doch aufgrund ihrer Körperfülle bestimmt angenehmer für sie, wenn sie keinen direkten Nachbarn hätte. Erna war tief getroffen und beleidigt. Sie sagte aufgebracht, dass sie nicht gewusst habe, dass man beim Fliegen nach seinem Gewicht beurteilt werde. Die Frau am Schalter entschuldigte sich, sie wolle Erna nur den größtmöglichen Kom-

fort verschaffen. Aber Erna lehnte entrüstet ab, so eng konnte es doch in so einem Flieger wirklich nicht sein.
Nachdem sie mit einem schönen Stück Schokoladentorte in einem der Flughafenrestaurants ihren Frust besiegt hatte, war es endlich so weit. Ihr Flug wurde zum Boarding aufgerufen. Und dann wurde ihr klar, was die Frau am Schalter gemeint haben musste. Sie betrat das Flugzeug und wurde augenblicklich von einer Panikattacke ergriffen: So etwas Enges hatte sie in ihrem ganzen Leben noch nicht gesehen! Nur mit größter Mühe und Vorsicht gelang es ihr, an ihren Platz zu kommen, ohne dabei die schon sitzenden Gäste aus ihren Stühlen zu heben. Zugegebenermaßen, 120 Kilogramm auf 1,69 Meter Körpergröße waren schon eine Ansage.
Als sie endlich angekommen war, stellte sie mit den anderen beiden Passagieren in ihrer Reihe fest, dass sie den Fensterplatz, den sie gebucht hatte, lieber den anderen überlassen würde. Also setzte sie sich an den Gang, was den Weg für alle anderen nicht gerade erleichterte.
Nachdem sie gestartet waren und Ernas Aufregung sich einigermaßen gelegt hatte, kamen die Stewardessen mit dem Mittagessen durch die Reihen. Beschämt lehnte sie die kleine Box ab und schwor sich, ab jetzt abzunehmen. Sie und ihre Stuhlnachbarn lernten sich auf dem langen Flug zu arrangieren und aus der erst so verdrießlichen Situation entstanden einige interessante Gespräche, in denen die anderen ihr von ihren Diätversuchen berichteten und gute Tipps zum Besten gaben. Es war wohl allen Beteiligten klar, dass sie die Stunden so besser überstehen würden, als wenn sie sich gegenseitig anfeinden würden.
Doch dann kam der unvermeidliche Moment, an dem Erna die Toilette aufsuchen musste. Das war nun mal einfach nicht zu umgehen. Ihre Nachbarn sprachen ihr Mut zu und nach einer Weile war ihre Not so groß, dass sie gehen musste. Sie zwängte sich durch die nicht enden wollenden Sitzreihen, bis sie endlich an der Toilette angekommen war. Aber sie war besetzt. Jetzt hieß es warten – und das in dem schmalen Gang vor der Toilette. Zum Glück hatte das Flugzeug zwei Gänge, denn

sonst hätte sich wegen Erna ein Stau bis zum Cockpit entwickelt. Denn keiner kam an der fülligen Frau im Gang vorbei. Nach gefühlten Ewigkeiten öffnete sich endlich die Tür und Erna quetschte sich ins Innere der Kabine. Sie war zwar verblüfft, dass es einen noch engeren Raum als den Gang geben konnte, aber sie genoss einfach kurz die Ruhe, die sie alleine in der Toilette hatte.

Als sie fertig war, wollte sie aufstehen und wieder zurück in die verhasste Kabine gehen. Aber es ging nicht. Sie hing fest. Ihr Hinterteil hatte sich aufgrund seiner Breite an dem Toilettensitz festgesogen. Sie zog und zerrte, aber außer dass sie am liebsten vor Schmerzen geschrien hätte, passierte nichts. Die anderen Passagiere, die vor der Toilette warteten, wurden mit der Zeit immer ungeduldiger. Erna blieb irgendwann nichts anderes mehr übrig, als den Leuten durch die Tür klarzumachen, dass sie doch bitte eine der Stewardessen holen sollten, denn sie habe ein Problem. Nach einigen Minuten traf die Flugbegleiterin ein und hörte sich das Problem durch die verschlossene Tür hindurch an. Zu Ernas Glück war die Frau äußerst pragmatisch veranlagt und fackelte nicht lange herum. Sie erklärte Erna, sie würde gleich zurück sein mit einem Werkzeug, das helfen könnte. Erna fing an zu weinen, so hatte sie sich ihre erste Reise in die Ferne wirklich nicht vorgestellt. Und sie schwor sich bei allem, was ihr heilig war, dass sie noch auf der Insel mit ihrer Diät beginnen würde.

Die Stewardess kam und forderte zuerst die Umstehenden auf, die Toilette auf der anderen Seite des Ganges zu benutzen und dem Gast hier ein wenig Privatsphäre zu gönnen. Als dann alle weg waren, zwängte sie sich – so weit es ging – zu Erna in die Toilette. Erna traute ihren Augen nicht, sie hatte eine Axt in der Hand. Doch die nette Frau beruhigte Erna sofort und erklärte ihr, was sie vorhatte. Und der Plan gelang, sie hebelte die stumpfe Seite der Notaxt unter Ernas Gesäß, sodass Luft in das Vakuum dringen konnte. Mit einem kurzen Plopp war Erna wieder frei.

Ein Jahr später trat Erna ihre zweite Flugreise mit schlanken 70 Kilogramm an.

Der Hund im Karton

Ein Mann geht in Begleitung seines altersschwachen Hundes in einen Elektronikfachhandel. Als er endlich in der Hitze des Marktes einen geeigneten Fernseher gefunden hat, stößt der Hund ein Röcheln aus und fällt um. Der Mann, der nun völlig verwirrt ist, steht ratlos vor seinem toten Hund. Ein Mitarbeiter sieht das Dilemma und eilt zu Hilfe. Er kann den Mann gut verstehen, denn er ist selbst Besitzer eines Hundes.
Nach einigen Minuten hat er eine Idee. Damit der Mann die Leiche seines Hundes mitnehmen kann, solle er das tote Tier doch einfach in die große Verpackung des Fernsehers legen. So könne er ihn ohne Schwierigkeiten in sein Auto bringen und danach noch einmal kommen, um das Gerät abzuholen.
Gesagt, getan. Der Mann nimmt den Vorschlag in seiner Not dankend an und bringt den Hund in der Verpackung des Fernsehers in sein Auto. Er geht zurück in den Markt und holt den Fernseher, den er bei der Kasse deponiert hatte. Aber als er zurückkommt, traut er seinen Augen nicht. Der Kofferraum des Wagens ist weit geöffnet. Er hatte in der Eile vergessen abzusperren. Und von dem Karton mit dem Hund fehlte jede Spur. Man hatte ihn wohl in der Annahme, dass sich in der Verpackung ein Fernsehgerät befände, gestohlen.

Die Mutprobe

Jonathan zog mit seinen Eltern und seiner kleinen Schwester Lisa in einen Vorort von Chicago. Sein Vater hatte dort einen guten Job bekommen und so war es keine Frage, dass die Familie den Schritt in das neue Leben wagte. Jonathan war traurig und zornig zugleich, denn er war gerade in einem Alter, in dem es extrem schwerfällt, die Freunde und das vertraute Umfeld zu verlassen. Er war 15 und Mitglied einer Gang. Und das war auch alles, was für ihn zählte. Es hatte lange gedauert, bis der schüchterne

Außenseiter endlich einen Platz in der Gruppe finden konnte. Als sein Vater ihm berichtete, dass sie seinen Heimatort bald verlassen müssten, brach für ihn eine Welt zusammen. Tagelang aß er nichts und kam auch in manchen Nächten nicht nach Hause. Seine Eltern machten sich Sorgen, aber sie ließen ihn gewähren und gaben ihm alle Zeit, die er brauchte, um sich von seinen Freunden zu verabschieden.

Dann war es so weit, die Familie hatte ihr neues Heim bezogen und Lisa hatte mit ihren zwölf Jahren schnell Freunde in der Nachbarschaft gewonnen. Bei Jonathan war das anders. Er entwickelte sich mehr und mehr zum Außenseiter und zog sich zurück. Die meiste Zeit verbrachte er in seinem Zimmer mit Computerspielen, was beinahe jeden Tag zu Auseinandersetzungen mit seiner Mutter führte. Denn der Inhalt dieser Spiele war ihr ein Dorn im Auge: Es war die reine Gewaltverherrlichung. Aber mit Jonathan war nicht zu reden. Er hatte sich verändert, war mürrisch und ungehalten und er reagierte auf keine der Ansagen seiner Eltern. Nach ein paar Monaten wendete sich das Blatt. Jonathan entdeckte eine Gruppe Jugendlicher auf einer Schule, die es ihm angetan hatten. Er wollte unbedingt Mitglied ihrer Gang werden, koste es, was es wolle. Die Mitglieder der Gruppe bemerkten Jonathans unbedingten Willen und beratschlagten sich. Sie teilten ihm mit, dass er, wenn er Mitglied der Gang werden wolle, eine Mutprobe zu bewältigen habe. Sie würden ihn mit einer Waffe ausrüsten und er müsse nachts einen Passanten anschießen. Und Jonathan willigte ein.

Zwei Tage später verschanzte er sich im Dunkeln hinter einem Busch, der am Wegesrand des kleinen Parks stand, durch den viele Menschen kamen. Er war die perfekte Abkürzung, um vom Ortseingang ins Zentrum zu gelangen, noch dazu ruhig und wesentlich angenehmer als der Weg durch den Ort selbst. Aber an diesem Tag war nicht viel los. Jonathan fluchte leise vor sich hin, er wollte es einfach nur schnell hinter sich bringen. Die Mitglieder der Gang hatten sich einige Meter weiter hinter zwei großen Kastanien versteckt, um als Zeugen direkt vor Ort zu sein.

Dann endlich kam eine Gestalt im Dunkeln den Weg entlang. Jonathan war noch kurz irritiert, denn die Person schien nicht gerade groß zu sein. Aber er war viel zu aufgeregt und dachte keine Sekunde mehr nach. Er zielte auf die Person, die sich jetzt auf seiner Höhe befand, und drückte ab. In der dumpfen Stille des Parks klang der Schuss wie ein Kanonenfeuer. Er hörte einen kurzen Aufschrei der Person und dann sah er, wie sie sich am Boden wand. Die anderen kamen freudestrahlend aus ihrem Versteck, klopften ihm auf die Schulter und sie liefen gemeinsam davon.
In der sogenannten Zentrale der Gang beglückwünschten die Bandenmitglieder Jonathan zu seinem Eintritt in die Gruppe. Sie öffneten mehrere Flaschen Bier und feierten die ganze Nacht hindurch. Ab und zu überkam ihn ein kurzer Anflug von schlechtem Gewissen, aber durch die ausgelassene Stimmung und den Alkohol vergaß er den Gedanken schnell wieder. Außerdem hatte er ja selbst gesehen, dass er den Passanten wirklich nur angeschossen hatte. Es konnte also nicht viel passiert sein.
Als er am nächsten Tag am späten Vormittag nach Hause kam, wunderte er sich, denn es war niemand da. Es war Samstag und normalerweise war das der Tag, an dem die Familie nach einem ausgedehnten Frühstück den Tag gemeinsam verbrachte. Doch im ganzen Haus herrschte Totenstille, seine Eltern und Lisa waren nicht da. Erleichtert über die Ruhe, ging Jonathan auf sein Zimmer und legte sich in sein Bett, die Nacht war lang und aufregend gewesen und der Rausch immer noch deutlich zu spüren.
Am späten Nachmittag wachte er auf, als seine Mutter mit tränenüberströmten Gesicht neben seinem Bett stand.
»Wir haben dich überall gesucht! Wo warst du?«
»Alles gut, Mom – ich war bei meinen neuen Freunden.«
Jonathan konnte den Anflug von Stolz in seiner Stimme nicht unterdrücken, als er von seinen neuen Freunden sprach. Aber seine Mutter setzte sich zu ihm auf die Bettkante und begann, noch bitterlicher zu weinen.
Verwirrt sah er sie an: »Was ist denn los? Warum weinst du?«
»Gestern Abend ist etwas Schreckliches passiert, Jonathan. Deine Schwester war auf dem Weg durch den Park zu ihrer Freundin, als sie

angeschossen wurde. Man weiß nicht, wer der Täter ist, er ist geflohen. Es hat beinahe eine Stunde gedauert, bis Lisa von einem Jogger entdeckt wurde. Der Schuss hat ihr Rückenmark verletzt. Sie wird nie wieder laufen können.«

Einen Tag später fand man Jonathan auf dem Speicher. Er hatte sich erhängt. Neben der Leiche lag ein Abschiedsbrief mit der Überschrift:

Es tut mir leid.

DAS BETTELNDE MÄDCHEN

Diese Geschichte soll sich in den 70er-Jahren wirklich zugetragen haben.

Die Eltern der sechzehnjährigen Melissa beschlossen, über das Wochenende zu Freunden zu fahren. Melissa war schon öfter über die Wochenenden alleine gewesen und sie genoss die elternfreie Zeit. Sie war sehr vernünftig und verlässlich, deshalb hatten ihre Eltern auch keine Bedenken, das Mädchen alleine zu lassen. Sie durfte ihre beste Freundin einladen und die beiden sahen fern, redeten und kochten zusammen. Sie waren nicht die Art Mädchen, die die Gelegenheit nutzten und sich auf Partys herumtrieben.

Als Melissas Eltern das Haus verlassen hatten, dauerte es also auch nicht lange, bis Laura vor der Tür stand. Die Mädchen freuten sich und gingen gemeinsam in die Küche. Sie drehten das Radio auf und schwatzten angeregt, während sie ihre gemeinsame Lieblingsspeise Spaghetti bolognese zubereiteten. Als das Essen gerade fertig war, sagte Laura: »Warte mal – hast du das gerade gehört?«

»Nein, was meinst du?«

»Na, da hat es doch gerade geklopft! Ich hab es genau gehört.«

Melissa sah erstaunt zu ihrer Freundin.

»Aber wer sollte denn um diese Zeit noch kommen?«

Die Mädchen gingen zur Türe und öffneten. Und tatsächlich, vor der Eingangstüre stand ein Mädchen. Melissa und Laura sahen sich erstaunt an. Das Mädchen sah merkwürdig aus, es hatte alte, zerschlissene Kleider an, die ihm am mageren Leib hingen. Seine Haare waren verfilzt und es war barfuß. Es hob den Kopf und sah die beiden mit leeren Augen an.
»Ich habe so Hunger, habt ihr etwas zu essen für mich?«
Melissa und Laura waren unschlüssig. Das Mädchen tat ihnen furchtbar leid, aber gleichzeitig lief ihnen ein kalter Schauer über den Rücken, als sie die eiskalte Stimme hörten, die zu ihnen sprach. Doch das Mitleid mit dem armen Ding war größer. Aber als sie sich wieder umdrehten, um dem Mädchen zu sagen, dass sie herzlich willkommen und dass gerade das Abendessen fertig geworden sei, erschraken. Der Platz vor der Tür, an dem das Mädchen gestanden hatte, war leer. Sie sahen vor der Tür nach und riefen nach dem Kind, aber es war verschwunden.
Mit einem komischen Gefühl gingen sie zurück in die Küche, um sich ihrem Essen zu widmen. Sie diskutierten noch bis spät in die Nacht über das, was sie erlebt hatten. Am Ende kamen sie zu dem Schluss, dass sich bestimmt die Polizei um den Fall kümmern würde.
Am darauffolgenden Tag besuchten sie einen Flohmarkt ganz in der Nähe. Sie hatten sich vorgenommen, den unangenehmen Vorfall zu vergessen und sich nach netten Möbelstücken für ihre Zimmer umzusehen. An einem besonders schönen Stand mit alten Möbeln hielten sie sich lange auf und kauften mehr, als sie wollten. Die alte Dame, die den Stand betreute, kannte die Geschichte zu jedem der Möbelstücke und die Mädchen lauschten gespannt. Nach einer Weile fiel Melissa ein Amulett auf, das die Frau um den Hals trug. Es war aus Gold, in der Mitte war ein kleines Foto zu erkennen. Nach kurzem Zögern zog Melissa ihre Freundin beiseite und erzählte ihr von ihrer Entdeckung. Laura konnte es kaum glauben, aber es war wahr: Auf dem Foto war das Mädchen zu sehen, das sie am Abend zuvor besucht hatte.
Laura fragte die alte Dame beiläufig, wer auf dem Foto in ihrem Medaillon abgebildet sei. Die Frau erzählte, dass es ein Bild ihrer Enkelin sei, die

vor mehr als zehn Jahren verschwunden war. Sie war eines Tages nicht mehr vom Spielen im nahe gelegenen Wald zurückgekommen. Man hatte sie nie gefunden und die Geschichten, die sich um ihr Verschwinden rankten, reichten von Geistern im Wald, die kleine Kinder zu sich nahmen, bis hin zu Verschwörungstheorien und einem Mordfall.

Melissa und Laura entschieden sich, der alten Frau nicht von ihrer Begegnung zu erzählen. Es würde sie zu sehr verwirren, zumal das Kind ja wieder spurlos verschwunden war. Also wozu alte Wunden aufreißen? Sie beschlossen, auf dem Heimweg zur nahe gelegenen Polizeistation zu gehen und von der merkwürdige Begegnung zu berichten.

Die Polizisten nahmen den Fall auf, aber teilten den beiden auch gleich mit, dass sich die ganze Geschichte doch sehr nach einem Märchen anhöre. Melissa und Laura waren enttäuscht, nicht einmal ihre Eltern wollten der Geschichte Glauben schenken, als sie ihnen davon am Telefon berichteten.

Am darauffolgenden Abend saßen die beiden vor dem Fernseher, um sich von den Geschehnissen abzulenken, als es wieder an der Tür klopfte. Die Mädchen sahen sich an, sie wussten, wer da vor der Tür stand. Die Angst schnürte ihnen die Kehle zu. Trotzdem entschlossen sie sich, das Mädchen dieses Mal gleich hereinzubitten, um dann sofort die Polizei zu informieren.

Sie öffneten die Türe und da stand sie. Wie am Abend zuvor. Melissa sah sie an und die Worte kamen ihr über die Lippen, ohne dass sie richtig darüber nachgedacht hatte: »Bist du tot?«

Das Mädchen sah erleichtert aus und lächelte sie an: »Ja, und ihr seid es jetzt auch.«

Die Leichen der beiden Mädchen wurden erst Wochen später in dem Wald gefunden, in dem das Mädchen zehn Jahre zuvor verschwunden war. Seitdem verschwinden in dem Gebiet immer wieder junge Mädchen und werden später gefunden. Der Polizei fehlt jede Spur, bis auf die Aussagen der Opfer, die diese immer kurz vor ihrem Verschwinden machten.

Dabei ging es immer um ein kleines Mädchen, das am Tag vor dem Verschwinden der Opfer auftauchte. Die Frau mit dem Medaillon wurde nie wieder gesehen.

Eine Verwechslung

Ein Gerücht, das in der Bundeswehr sehr beliebt ist. Dieselbe Geschichte existiert auch wahlweise mit Kampfjets oder Schiffen.

Ein junger Soldat war enttäuscht. All seine Kollegen durften seit Wochen ins Manöver, nur er nicht. Ihn hatte man dazu verdammt, in der Schreibstube der Kaserne seine Arbeit zu verrichten. Tag für Tag die gleiche langweilige Beschäftigung: Bestellungen und Buchhaltung. Wenn er ab und zu einen Krankenbericht abtippen durfte, zählte das schon zu den Highlights der Woche. Irgendwann hatte er sich mit seinem Dasein als Schreibkraft abgefunden und sämtliche Hoffnung verloren, doch einmal mit seinen Kameraden den Ernstfall zu proben.
Einen Monat später fuhr ein nagelneuer Panzer auf den Hof. Sämtliche Mitglieder der Kaserne rätselten, woher und wozu der Panzer angeliefert worden war. Irgendwann kam dann aber mit Einsicht der Akten die Wahrheit ans Licht.
Der junge Soldat hatte in seiner Unachtsamkeit den Bestellcode verwechselt. Im Grunde hatte er nur einen kleinen Zahlendreher in seinen Bestellformularen, der aus einer Bestellung für 1000 Blatt Toilettenpapier eine Bestellung für einen neuen Panzer des Typs Leopard gemacht hatte. Er hat am nächsten Tag nicht nur die Schreibstube, sondern auch die Bundeswehr für immer verlassen.

FLITTERWOCHEN MIT GRAUSIGEM AUSGANG

Ein frisch vermähltes Paar tritt seine Hochzeitsreise nach Paris an. Beide sind völlig aus dem Häuschen, denn es war ihr größter Wunsch gewesen, die Stadt der Liebe als Ziel für ihre Hochzeitsreise zu wählen. Als sie dort ankommen, starten sie sofort ihr »Programm«, denn sie haben einiges auf der Liste, was sie unbedingt sehen wollen.

Als sie am dritten Abend in einem alten und sagenumwobenen Restaurant essen, geht die Frau nach dem Dessert zur Toilette. Der Mann bleibt am Tisch sitzen und wartet. Die Minuten vergehen, aber seine Frau taucht nicht wieder auf. Nach einer halben Stunde bekommt er ein mulmiges Gefühl und bittet eine der Hotelangestellten, in der Toilette nach dem Rechten zu sehen. Aber laut der Bedienung ist dort niemand. Panik überfällt den frischgebackenen Ehemann und er wirft selbst einen Blick in die Toilette. Aber die Restaurantangestellte hatte recht, es ist niemand da. Verzweifelt befragt der Mann alle Gäste und Angestellten des Restaurants, ob jemand seine Frau gesehen habe. Doch die Einzigen, die sich an die Frau erinnern, haben sie auch das letzte Mal auf dem Weg zur Toilette gesehen.

Zu später Stunde alarmiert der Restaurantbesitzer die Polizei. Doch auch die Beamten der nahe gelegenen Gendarmerie sind ratlos. Sie schalten eine Vermisstenanzeige.

In den kommenden Tagen klappert der aufgelöste Ehemann noch einmal alle Sehenswürdigkeiten ab, die sie zuvor gemeinsam besucht haben. Er weiß sich nicht anders zu helfen. Aber nichts passiert. Die Tage vergehen und dann sogar die Wochen. Der Mann hat sein gesamtes Erspartes verbraucht, da er den Urlaub immer und immer wieder verlängert, in der Hoffnung, seine Frau doch noch zu finden. Am Ende muss er aufgeben, weder er noch die Polizei können eine Spur entdecken, die ihn zu ihr bringen könnte.

Ratlos und am Ende mit den Nerven kehrt er nach Hause zurück. Er fängt wieder an zu arbeiten, um seine Schulden abzubezahlen, und in seiner Freizeit hält er den Kontakt zur französischen Polizei. Jeden, den er kennt, der eine Reise nach Paris plant, bittet er, die Orte aufzusuchen, an denen er und seine Braut vor dem Verschwinden waren. Aber alles vergebens. Seine Frau bleibt verschwunden.

Mit den Jahren hat er sich mit dem mysteriösen Verschwinden abgefunden, denn es gibt auch keine Meldungen über ein Verbrechen, das im Zusammenhang mit seiner Frau geschehen sein könnte. Er findet sich mit dem Gedanken ab, dass sie wohl doch entschieden hatte, nicht mit ihm zu leben, und deshalb einfach weggelaufen ist.

Nachdem er sich über Jahre harter Arbeit wieder rehabilitiert hat, beschließt er, eine Reise zu buchen, um alles zu vergessen. Er will alleine nach Uruguay. Schweren Herzens steht er am Flughafen und erinnert sich an den Tag, als er hier mit seiner Frau stand, auf dem Weg nach Paris. Doch die Reise bietet ihm die Abwechslung, die er sich erhofft hat, und er ist froh, diese Entscheidung getroffen zu haben.

Nach einer Woche betritt er eine »Ausstellung der Kreaturen«, die man laut Reiseführer nicht verpassen dürfe. Er ist entsetzt, als er feststellt, dass diese missgebildeten Menschen zum Teil noch am Leben sind. Sie werden wie in einem Zoo der Absonderlichkeiten ausgestellt. Widerwillig läuft er den Pfad entlang, um so schnell wie möglich aus dem Gruselkabinett herauszukommen. Als er an einer der Zellen vorbeikommt, fährt er kurz zusammen, denn der entstellte Mensch, der darin haust, hat sich zunächst nicht bewegt. Erst als er vorbeigeht, bricht das Wesen in ein ohrenbetäubendes Schreien aus und springt gegen die Gitterstäbe. Nach dem ersten Schrecken packt ihn die Neugierde und er riskiert einen Blick. Es handelt sich offensichtlich um eine Frau. Sie ist beinahe ganz nackt und am ganzen Körper entstellt. Die Haut sieht aus, als habe man sie verbrüht, und alle Knochen sind merkwürdig verbogen. Der Mann kann nur schwer hinsehen. Aber die Frau kann sich nicht beruhigen, sie kreischt und schreit, unfähig zu sprechen. Als er ihr Gesicht betrachtet, das auch vollkommen entstellt ist, sieht er, dass ihr Tränen über das Gesicht laufen. Er ist verstört von der ganzen Situation.

Und als er dasteht und sich diese bemitleidenswerte Kreatur ansieht, entdeckt er das Überbleibsel eines Tattoos auf ihrer Schulter. Da steht sein Name und der Tag seiner Hochzeit. Er trägt dasselbe auf seiner Schulter.

DAS MÖRDERISCHE BUCH

Ein älterer Mann lebt alleine mit seinen Tieren auf einem kleinen Hof an einem Waldrand. Eines Tages findet er bei einem seiner Spaziergänge durch den Wald ein altes Buch. Er nimmt es mit nach Hause und beginnt, darin zu lesen. Als er am nächsten Tag aufsteht, liegt ein kleiner Vogel tot vor seiner Haustür, daneben sitzt eine unheimliche schwarze Katze mit beinahe weißen Augen.

Das Tier ist ihm unsympathisch und er ist sich auch sicher, dass sie etwas mit dem Tod des Vogels zu tun hat. Aber er hat ein gutes Herz, vor allem für Tiere. Deshalb bietet er der Katze etwas Futter an. Die faucht verächtlich und sieht ihn böse an.

Am nächsten Tag sitzt die Katze immer noch vor der Tür, aber dieses Mal nicht mehr alleine. Neben ihr sitzt eine zweite, genauso unheimliche Katze, die den Mann böse anfunkelt. Und zu seinem Entsetzen liegt wieder ein totes Tier neben den beiden. Ein totes Kaninchen.

Der Alte versucht, die boshaft aussehenden Katzen zu verscheuchen, aber sie bewegen sich keinen Zentimeter.

Das Ganze wiederholt sich noch insgesamt viermal, bis sechs Katzen vor der Türe des Mannes sitzen, eine unheimlicher als die andere. Und die Tiere, die jeden morgen tot vor dem Eingang des kleinen Häuschens liegen, werden immer größer. Am sechsten Tag lag der treue Hund des Mannes regungslos neben der sechsten Katze.

Und da wird dem Mann etwas klar: Es muss etwas zu tun haben mit dem Buch, das er gefunden hatte. Als er es noch einmal liest, wird seine Ahnung bestätigt: Der Nächste wird er selbst sein. Das Buch hat seine eigene Prophezeiung erfüllt.

Er weiß instinktiv, dass es keinen Sinn hat, sich gegen den Fluch zu wehren. Wer das Buch gelesen hat, wird sein vorhergesehenes Ende haben, wenn die siebte Katze kommt.
Am nächsten Tag fand man sein Häuschen bis auf die Grundmauern abgebrannt vor. Und auf dem kleinen Weg, der zu dem Grundstück führte, lagen sieben kleine Kadaver und eine völlig verkohlte menschliche Leiche.

Ein besonderer Jahrgang

Als vor einigen Jahren eine wohlhabende Witwe verstarb, stand ihre Villa am Rande einer Stadt in Frankreich zum Verkauf. Das Anwesen war sehr gut erhalten und äußerst gepflegt. Deshalb war es auch nicht verwunderlich, dass sich relativ schnell Käufer für das Haus fanden.
Die neuen Besitzer hatten dennoch einige Änderungswünsche und bestellten deshalb sofort ein Bauunternehmen, das sich um die Umbauten kümmern sollte. Aber im Keller der Villa stießen sie auf ein Problem. Dort unten stand ein Rumfass von derart gewaltigen Ausmaßen, dass es selbst den stärksten Männern der Firma nicht gelang, den mächtigen Korpus aus Holz auch nur etwas anzuheben.
Also war der naheliegende und pragmatischste Gedanke der, das Fass einfach auszutrinken. Danach würde es sich bestimmt bewegen lassen und außerdem konnte eine kleine Stärkung während der Arbeit auch nie schaden. Die Männer probierten also den Inhalt des Fasses und waren sich einig – das war ein ganz besonders guter Jahrgang eines Rums.
Als sie mit den Arbeiten im Haus nach einigen Wochen fertig waren und nur noch der Keller neue Fliesen bekommen sollte, waren sie sich ihrer Sache ganz sicher. Denn das Fass hatten sie inzwischen leer getrunken. Also sollte es kein Problem darstellen, es jetzt zu entfernen.
Aber als sie mit vereinten Kräften wieder versuchten, den Koloss zu heben, tat sich genauso wie beim ersten Mal: gar nichts. Keiner konnte verstehen, wie das Fass ohne Inhalt immer noch so schwer sein konnte.

Die Männer beschlossen, den Deckel aufzusägen, um endlich sehen zu können, was der Grund für das abnormale Gewicht war. Als sie mit ihren Taschenlampen auf den Grund des Fasses leuchteten, wurde ihnen alles klar.
Sie fanden eine Leiche!
Der Bericht der Polizei klärte den mysteriösen Fund auf. Die alte Dame, die zuletzt in dem Haus gelebt hatte, war mit einem Botschafter verheiratet, der auf Jamaika stationiert war. Er verstarb dort und seine Frau erfüllte ihm den Letzten Willen. Sein letzter Wunsch war es, dass man ihn in einem Fass Rum in seine Heimat bringen solle, wo das Fass seine letzte Ruhestätte sein möge.

EINE PANNE MIT TÖDLICHEM AUSGANG

Ein Klassiker der Mythen. Er wird seit Jahrzehnten in aller Herren Länder erzählt. In den 80er-Jahren war er derart populär, dass einige, die diese Geschichte schon öfter gehört hatten, geneigt waren, in ihr eine Tatsache zu sehen. Denn das Erstaunliche an der Sage ist, dass sie immer genau so erzählt wurde. Erst Jahrzehnte später kamen einige Abwandlungen »auf den Markt«.

Nach einer gelungenen Gartenfeier machte sich ein Pärchen spätnachts auf den Weg zurück nach Hause. Sie waren so angeheitert und gut gelaunt von der Feier, dass ihnen gar nicht auffiel, dass die Tankanzeige bereits auf null war. In der abgelegenen Gegend war weit und breit keine Tankstelle zu sehen.
Als sie gerade ein stockdunkles Waldstück passierten, war es dann so weit. Das Auto machte einen letzten Hüpfer, danach erstarb der Motor. Der Mann verließ den Wagen, denn er war sich ganz sicher, dass sich im Kofferraum noch ein Kanister mit Benzin befand. Er hatte zwar recht gehabt mit seiner Vermutung, aber leider war der Kanister auch leer. Er

erklärte seiner Freundin, dass ihm nichts anderes übrig bleibe, als wieder zu der Feier zurückzukehren, um sich dort von den Freunden Benzin zu holen. Aber der Weg zu Fuß zurück wäre für sie zu weit. Außerdem sei es bei der Dunkelheit auch nicht gerade schön, durch den unheimlichen Wald zu laufen. Nach einigem Hin und Her stimmte sie der Idee zu, obwohl sie wirklich sehr verängstigt war. Sie schloss die Türen des Autos ab und drehte das Radio auf, um sich abzulenken.

Sie konnte beinahe gar nichts in der tiefschwarzen Nacht erkennen. Immer wieder sang sie lauthals bei den Schlagern im Radio mit und hoffte jede Minute auf die Rückkehr ihres Freundes. Es kam ihr wie eine Ewigkeit vor, als sie endlich eine halbe Stunde später ein leichtes Ruckeln am Wagen bemerkte. Endlich war er zurück und sie konnten weiterfahren.

Aber sie konnte nichts erkennen, was auf ihren Mann hindeutete, weder aus einem der Fenster noch durch den Rückspiegel. Dann war es wieder still. Sie überlegte, ob sie sich nicht alles eingebildet hatte. Doch kurz darauf erklang wieder ein Geräusch – es hörte sich an wie ein Schaben oder Kratzen, das vom Dach des Autos kommen musste.

Das Scharren wurde immer lauter, bis es zu einem richtigen Klopfen wurde. Der Frau war schon ganz schlecht vor lauter Angst. Als sie dann aber auch noch eine Beule am Dach entdeckte, konnte sie sich nicht mehr bewegen. Sie saß da wie in einem Schockzustand und lauschte den grauenvollen Geräuschen, die vom Dach des Wagens kamen. Irgendwann trat Stille ein. Es war nichts mehr zu hören. Als sie wieder fähig war, sich zu rühren, versuchte sie, durch das Fenster irgendetwas zu erkennen. Doch sie sah nur das Schwarz der Nacht, als plötzlich eine Flüssigkeit über die Scheibe lief.

Sie wusste nicht, was sie tun sollte, also blieb sie einfach ganz ruhig sitzen. Die Flüssigkeit lief über das Fenster und das Auto fing immer wieder zu wackeln an. Als würde jemand von außen dagegen drücken. Dann war es plötzlich ganz still. Aber sie war immer noch zu verängstigt, um etwas zu unternehmen. Die Musik dudelte weiter aus den Lautsprechern, als wäre nichts passiert.

Erst nach einer ganzen Weile konnte sie wieder einen klaren Gedanken fassen. Es sah so aus, als wäre das Tier oder was auch immer auf dem Dach gewesen war, endlich verschwunden. Vorsichtig öffnete sie die Türe, um zu sehen, was passiert war. Als Erstes streckte sie nur ihren Kopf durch den kleinen Spalt, den sie geöffnet hatte, und sah nach oben. Aber sie konnte nichts erkennen. Die Flüssigkeit, die zuvor über das Fenster gelaufen war, tropfte jetzt auf ihr Gesicht. Sie wischte etwas davon ab. Sie war warm und klebrig. Erst im Wageninneren mit der Beleuchtung konnte sie sehen, dass es sich um Blut handelte.

Sie fasste all ihren Mut zusammen und zwang sich dazu, auszusteigen und nachzusehen. Wahrscheinlich handelte es sich um ein totes Tier. Doch als sie direkt vor dem Auto stand, sah sie, dass es sich um einen Menschen handelte, der auf dem Dach lag. Sie trat noch einen Schritt näher, als sie einen Schrei ausstieß. Die Kleider, die der Mensch trug, waren eindeutig die ihres Mannes. Schnell ging sie ganz zu ihm und sprach ihn an. Aber er bewegte sich nicht. Sie fasste ihn an der Schulter und drehte ihn langsam um. Erst in dem Moment wurde ihr bewusst, dass sich auf dem Körper kein Kopf mehr befand. Neben der Leiche lag eine Axt, die über und über mit Blut verschmiert war.

Sie begann zu rennen und sie rannte in ihrem Schock so lange, bis sie wieder bei ihren Freunden ankam, die sofort die Polizei verständigten.

Bei den Ermittlungen konnte der Kopf des Mannes nie gefunden werden. Man geht davon aus, dass die Tat einem psychisch Kranken anzulasten ist, der zwei Tage zuvor aus der geschlossenen Anstalt ausgebrochen war. Auch ihn konnte man bis heute nicht finden.

Ein peinlicher Moment

Linda war völlig aus dem Häuschen, heute sollte es nun endlich stattfinden: das erste Date mit ihrer großen Liebe. Sie war sich ganz sicher, dass Thorsten der Mann fürs Leben war. Das war sie von dem Moment an, als sie ihn auf der Geburtstagsfeier ihrer Cousine kennengelernt hatte. Nicht nur, dass er optisch ganz genau ihren Traumvorstellungen entsprach, sie hatten sich auch noch von Anfang an so gut verstanden und die ganze Nacht geredet. Kurz bevor Linda nach Hause ging, bat er sie noch um ihre Telefonnummer. Seitdem schwebte sie auf Wolke sieben. Doch es dauerte einige Tage, bis sich der Angebetete meldete, und Linda wurde zunehmend unsicher. Vielleicht war es reine Höflichkeit gewesen, sie nach der Nummer zu fragen. Oder er hatte inzwischen eine andere Frau kennengelernt?

Endlich, an einem Donnerstagabend, kam er, der erlösende Anruf. Thorsten erklärte ihr, er habe so viel zu tun gehabt in den letzten Tagen, deshalb habe es so lange gedauert, bis er sich meldete. Aber jetzt stünde ja das Wochenende vor der Tür und er würde gerne Freitagabend etwas mit ihr unternehmen. Linda stimmt natürlich sofort zu und konnte ihr Glück gar nicht fassen.

Und dann war er da, der Freitag. Sie verbrachte den ganzen Tag damit, sich auf das Date mit Thorsten vorzubereiten – alles musste perfekt sein. Und vielleicht lag es an der ganzen Aufregung, aber irgendwie war ihr nicht ganz wohl, was sich in äußerst unangenehmen Blähungen bemerkbar machte. Aber die Freude war viel zu groß und sie dachte sich, dass sich das Problem schon bis zum Abend legen würde.

Pünktlich um acht Uhr klingelte es dann an ihrer Haustür und er stand vor ihr – Thorsten. Sie bat ihn herein und bot ihm ein Gläschen Prosecco an. Er meinte, dass sie dann aber gleich losfahren sollten. Während sie also in Lindas Wohnung standen und sich unterhielten, hatte sie die größte Mühe, die Winde, die sich schmerzhaft in ihrem Bauch sammelten, zu unterdrücken. Deshalb war sie dann auch froh, als sie die Wohnung endlich verließen. So könnte sich wenigstens irgendwann eine Möglichkeit bieten, ihrer Not Abhilfe zu verschaffen. Und die Gelegenheit kam zu ihrer Freude früher als erwartet. Thorsten, ganz Gentleman, hatte ihr nämlich die Tür des Wagens aufgehalten und sie einsteigen lassen, bevor er sich auf den Weg um das Auto herum machte, um selbst einzusteigen.

Das war der perfekte Moment: Linda presste alle Luft, die sich in ihr angesammelt hatte, aus sich heraus. Ein dröhnender Furz war das Ergebnis. Aber sie war sich sicher, dass Thorsten nichts gehört haben konnte. Auch seine Reaktion, als er einstieg, deutete darauf hin, dass er nichts von dem Donner im Auto mitbekommen hatte. Zum Glück war auch nichts zu riechen.
Er nahm auf dem Fahrersitz Platz, lächelte ihr zu und sagte: »Ach ja, das hätte ich in der Aufregung beinahe vergessen – das hier auf der Rückbank sind Bella und Udo, sie wollten uns heute unbedingt begleiten.«

Sleepy Hollow auf dem Motorrad

In einer stürmischen und regnerischen Nacht ist ein LKW-Fahrer alleine auf einer Bundesstraße unterwegs. Erst nach einigen Stunden entdeckt er die ersten Lichter im Rückspiegel. Er erkennt in der Dunkelheit nur, dass es sich um ein Motorrad handeln muss, weil nur ein weißes Licht zu sehen ist. Stoisch fährt er weiter, als er bemerkt, dass der Motorradfahrer zum Überholen ansetzt.
Als der Fahrer auf der Höhe der Zugmaschine des LKWs angekommen ist, wirft der Fahrer des Brummis einen Blick aus seinem Fenster an der Seite, um zu sehen, wie sich das Motorrad durch den Regen kämpft.
Aber was er dann sieht, veranlasst ihn zu einer Vollbremsung: Der Motorradfahrer, der gerade an ihm vorbeizieht, hat keinen Kopf!
Der Lastwagenfahrer kommt erst nach einer Weile zum Stehen, sieht aber noch, wie der Motorradfahrer plötzlich umkippt und über die Böschung fliegt. Es dauert einige Minuten, bis der LKW-Fahrer sich beruhigt hat und es schafft auszusteigen. Er findet den enthaupteten Mann genau an der Stelle in den Büschen liegen, an der er ihn zum letzten Mal gesehen hat.
Im Unfallbericht wird der Vorfall wie folgt erklärt: Der LKW hatte Stahlbleche mit messerscharfen Seitenflächen geladen, die über den Hänger

hinausragten. Die Ladung war aber nicht gekennzeichnet, sodass der Motorradfahrer bei Nacht und den Witterungsverhältnissen keine Chance hatte, die Gefahr rechtzeitig zu erkennen.

Er hatte sich beim Überholvorgang selbst enthauptet.

Meme und Creepypasta

Das folgende Kapitel beschäftigt sich mit den sogenannten Memen. Dabei handelt es sich wohl um die modernste Art der Mythen: ein Phänomen der heutigen Zeit. Geschichten, Mythen und Gerüchte werden in diesem Fall über das Internet verbreitet. Dies geschieht ganz unterschiedlich, manchmal durch Bilder, manchmal durch Tondateien. Oder auch durch ganze Filme.

Besonders interessant für die Sammlung moderner Mythen ist die »Creepypasta«, eine Unterform der Meme. Denn im Gegensatz zu den Memen, die in allen möglichen Formen erscheinen können, handelt es sich bei dem Creepypasta-Phänomen ausschließlich um Geschichten. Das Wort geht dabei zurück auf die englischen Begriffe *creepy* (gruselig) und *copy and paste*, dem Kopieren und Einfügen von Texten.

Es ist ein Zeichen unserer Zeit, dass sich die neuesten Mythen über dieses Medium verbreiten und somit schnell und meist weltweit vervielfältigt werden. Die meisten dieser Meme sind selbst direkt im Internet entstanden. Oft gibt es dazu nur Filme oder Bilder, deshalb ist es manchmal schwer, die eigentliche Geschichte dahinter zu finden.

Es kommt aber auch genauso vor, dass ein solches Internetphänomen den Sprung in die Realität schafft. Das kann sich dann in durchaus witzigen Bewegungen äußern, wenn zum Beispiel im Internet gezeigte Geschichten in die Tat umgesetzt werden und der dazu gedrehte Film wiederum im Netz eingesehen werden kann. Dabei bietet sich oft eine riesige Auswahl, der es an Facettenreichtum und Kreativität nicht mangelt. Zu den bekanntesten Varianten zählt zum Beispiel der Gangnam

Style von Psy. Durch die Verbreitung im Internet gelang es dem Künstler innerhalb kürzester Zeit, weltweiten Ruhm zu erlangen. Das Tanzvideo avancierte zum erfolgreichsten Internetvideo aller Zeiten. Auch die allseits bekannte Ice Bucket Challenge, bei der Menschen einen Kübel mit Eiswürfeln oder Eiswasser über ihrem Kopf ausschütten, ist auf diese Weise entstanden.
Leider gibt es aber auch genug Beispiele dafür, dass Horror-, Gewalt- oder Mobbinggeschichten aus dem Netz in die Tat umgesetzt werden. Selbst vor Morden wird manchmal nicht zurückgeschreckt.

DER SLENDERMAN

Eines der bekanntesten Meme ist die Geschichte des Slenderman. Sie verbreitete sich rasend schnell, nachdem der Schwede Eric Knudsen 2009 im Zuge eines Fotowettbewerbes die Figur des Slenderman (übersetzt: der dünne Mann) ins Leben gerufen hatte. Es handelt sich dabei um eine Figur, die anormal groß ist und durch extrem lange und dünne Gliedmaßen auffällt. Meist trägt der Slenderman einen schwarzen Anzug und wechselt die Orte, ohne sich dabei zu bewegen. Sein Ziel ist es, seine Opfer, vor allem Kinder, nachts in Parks oder bewaldeten Gebieten zu jagen und zu töten. Laut den Erzählungen frisst er die Kinder auf, lässt sie verschwinden oder spießt sie auf den Ästen der Bäume auf.
Der Mythos verbreitete sich rasend schnell, vor allem über das Internet. Mittlerweile gibt es sogar verschiedene Computerspielvariationen zu dem Thema. Inzwischen kursieren Videos und Fotos aus der ganzen Welt im Internet, die die Existenz des grauenvollen Mörders belegen sollen.
In Amerika kam es aufgrund der Besessenheit zweier Mädchen von der Legende des Slenderman zu einem Mord an deren

Freundin. Sie bezeichneten die Tat als Opfer für den Slenderman. Sie hatten ihre Freundin in einem Wald erstochen.

Es wird auch von mehreren Attacken durch Teenager auf ihre Eltern berichtet, die laut den Aussagen der Jugendlichen der Slenderman angeordnet hatte.

In Schweden lebte vor vielen Jahren ein alter Mann in einem Wald, in dessen Nähe sich ein See befand. Er hatte sein ganzes Leben dort verbracht, denn er hasste die Menschen und insbesondere Kinder. Eines Tages baute eine junge Familie nicht unweit von dem Haus des alten Mannes ebenfalls ein Häuschen, in das sie im Herbst einzogen.
Die Familie beschloss, sich ihrem einzigen Nachbarn in der Einsamkeit des riesigen Waldes vorzustellen. Doch jedes Mal, wenn sie dort klopften, wurden alle Vorhänge geschlossen und niemand öffnete die Tür. Irgendwann gaben sie es auf und kümmerten sich nicht mehr um den griesgrämigen alten Mann in dem schwarzen Anzug.
Nach ein paar Jahren passierte es: Das mittlerweile acht Jahre alte Mädchen der kleinen Familie langweilte sich, wie so oft in der letzten Zeit. Es war nicht einfach für die Kinder in dem einsamen Wald. Sie hatten nur sich und ihr selbstgebasteltes Spielzeug.
Da kam ihm eine Idee: Es könnte sich doch an das Haus des alten Mannes schleichen und beobachten, was er so machte. Es schlich an das Haus und schaffte es geduckt bis zu einem der Fenster, ohne dass wie sonst sofort die Vorhänge geschlossen wurden. Langsam richtete es sich auf und spähte durch die Scheibe. Und da war er: der alte Mann, auf den zuvor niemand von ihnen einen Blick hatte werfen können. Doch bei genauem Hinsehen stellte das Mädchen fest, dass der Mann nicht, wie anfangs von ihm vermutet, auf seiner Couch lag und schlief. Er lag dort in einer merkwürdigen und unbequemen Haltung und – seine Augen waren geöffnet. Aber er bewegte sich nicht, über eine halbe Stunde lang lag er genau so da.

Nach einiger Zeit wurde es dem Mädchen klar: Der Mann war tot. Es eilte zurück zu seinen Eltern, um ihnen den Fund mitzuteilen. Anfangs waren die beiden wenig begeistert von der Tatsache, dass sich die Kleine einfach über das seit Jahren geltende Verbot hinweggesetzt hatte und zu dem Haus des alten Mannes gelaufen war. Am Ende waren sie sich aber einig, dass es gut war, denn so konnten sie die Behörden informieren und er würde begraben werden. Die Eltern machten den Kindern klar, dass es besser sei, wenn sie zu Hause bleiben würden, solange die Erwachsenen alles andere im Haus des alten Mannes regelten.
Nachdem die Behörden informiert waren und ein Leichenwagen bestellt, machten sich die Eltern auf den Weg zu der Leiche, um vor Ort behilflich zu sein. Doch als sie dort ankamen, war keine Leiche zu finden! Sie durchsuchten das ganze Haus und den Garten, aber niemand war da. Als das Bestattungsunternehmen eintraf, mussten sie die Leute wieder wegschicken mit dem unangenehmen Gefühl, dass das Ganze vielleicht nur ein Streich ihrer Tochter gewesen war. Nachdem sie auch noch die Anfahrtskosten des Leichenwagens bezahlen mussten, stapften sie wütend zurück zu den Kindern.
Dort angekommen, riefen sie die beiden, um nun endlich der Wahrheit auf den Grund zu gehen. Aber die Kinder kamen nicht. Völlig entnervt fingen sie also wieder zu suchen an. Aber sie blieben ohne Erfolg – ihre Kinder waren verschwunden. Als sie draußen auch alles abgesucht hatten und die Mutter der beiden völlig aufgelöst und tränenüberströmt zusammenbrach, sah der Vater etwas am Waldrand. Da waren sie! Ihre Kinder! Und sie rannten um ihr Leben, denn hinter ihnen lief eine grauenvolle Gestalt her! Sie war beinahe drei Meter groß, in einen schwarzen Anzug gekleidet und anstelle von einem Gesicht war nur eine flache, mit Haut bedeckte Scheibe zu erkennen.
Die Arme und Beine der Gestalt waren übernatürlich lang und dünn und es schien, als würden sie sich nicht bewegen, wenn das »Ding« seinen Standort wechselte. Es sah aus, als würde es in rasender Geschwindigkeit von einem Ort zum anderen schweben.

Die beiden Eltern rannten los, um ihren Kindern zu helfen. Sie folgten ihnen in den mittlerweile stockdunkel gewordenen Wald. Aber es war nichts mehr zu sehen, deshalb rannten sie hinter den Schreien ihrer Kinder her. Nachdem sie die ganze Nacht den schrecklichen Geräuschen hinterhergejagt waren, erkannten sie in der Morgendämmerung etwas Farbiges in der Nähe einer Böschung. Mit letzter Kraft gingen sie darauf zu, bis sie erkannten, um was es sich handelte. Es waren die Kleider ihrer Kinder, zerfetzt, auf dem Boden zerstreut und in Blut getränkt.
Die Polizei stellte später fest, dass es sich um das Blut der Kinder handelte. Sie wurden nie gefunden. Der Slenderman wurde von diesem Tag an oft in der Nähe von Spielplätzen und Waldrändern gesichtet, mehrere Kinder verschwanden.

Neben der Creepypasta vom Slenderman gibt es unzählige Berichte, Fotos und sogar kurze Filme, die die Existenz des Wesens belegen sollen. Einer davon sei hier erwähnt, denn in diesem Fall soll es sich um einen real existierenden Polizeibericht handeln.

Das Thomas-Nealy-Interview

Polizist: »Hallo, Thomas. Wir starten nun das Interview. Alles, was Sie sagen, wird ab jetzt aufgenommen.«
Thomas: »Okay, aber können Sie mir auch wirklich versichern, dass mir hier nichts passieren kann?«
Polizist: »Absolut. Sie befinden sich hier in Polizeigewahrsam – es kann Ihnen nichts passieren. Bitte erzählen Sie die ganze Geschichte noch einmal von vorne, damit wir am Ende alles auf Band haben.«
Thomas: »Also gut … unsere Tochter Susi hat eine Freundin, die ganz in der Nähe wohnt, ungefähr zwei Straßen weiter. Also zu Fuß braucht man da höchstens zehn Minuten. Susi war also bei ihrer Freundin Anna, als es langsam dunkel wurde.

Wir hatten ausgemacht, dass sie vor Einbruch der Dunkelheit nach Hause kommen sollte. Wissen Sie, ich hab immer ein mulmiges Gefühl, wenn sie erst abends losgeht – im Dunkeln. Es gibt schließlich genug Verrückte da draußen.«

Polizist: »Ja, wir wissen, was Sie meinen. Das ist unser täglich Brot ... aber fahren Sie bitte fort.«

Thomas: »Es war schon relativ spät und Susi war immer noch nicht da. Also sagte ich zu meiner Frau, dass ich bei den Nachbarn anrufen würde, um zu hören, wann sie losgehen würde. Doch als ich die Mutter von Anna am Telefon hatte, meinte sie nur, dass Susi das Haus schon vor einer halben Stunde verlassen habe. Und das machte mich nervös!«

Polizist: »Und da haben Sie beschlossen, nach ihr zu suchen?«

Thomas: »Ja, ich bin sofort losgelaufen und habe gesucht.«

Polizist: »Könnten Sie uns bitte Ihre Wohngegend etwas näher beschreiben, sodass wir uns ein besseres Bild machen können?«

Thomas: »Wir leben in einem kleinen Wohngebiet am Rande eines Waldes. Der größte Teil davon steht unter Naturschutz. Ich habe mir eben Sorgen gemacht, dass Susi vielleicht alleine in den Wald gegangen sei. Sie hatte dort erst vor Kurzem mit ihren Freunden ein Baumhaus gebaut.«

Polizist: »Und dann?«

Thomas: »Und dann bin ich in den Wald gelaufen, zu dem Baumhaus. Aber da war niemand. Es war inzwischen schon richtig dunkel und irgendwie überfiel mich Panik. Ich spürte, dass sie hier sein musste, und gleichzeitig wurde mir furchtbar heiß und übel. Ich rannte weiter durch den Wald, während ich gegen diese Übelkeit ankämpfte. Aber ich dachte mir, das sei bestimmt die Angst um meine Tochter. Aber das Gefühl wurde immer stärker, ich musste mich beherrschen, nicht zu erbrechen – und alles um mich herum begann sich zu drehen. Und da ...«

Polizist: »Was geschah dann?«

Thomas: »Da war ER! Nein ... ES! Es war auf keinen Fall ein Mensch, obwohl es ungefähr so aussah. Aber es war viel größer als ein normaler Mensch!«

Die Tränen laufen Thomas über das Gesicht.

Polizist: »Okay – ganz langsam. Beschreiben Sie, was Sie gesehen haben. Was trug ›es‹ denn für Kleidung?«

Thomas: »Es trug eine Art schwarzen Anzug. Aber es war so riesig. Und die Arme und Beine so furchtbar lang und dünn. Ich sah in sein Gesicht.«

Polizist: »Wie sah es aus? Das ist wichtig. Wie sah das Gesicht der Gestalt aus?«

Thomas: »Das ist es ja! Es hatte gar kein Gesicht! Es war einfach nur eine weiße Platte! Es hatte nicht mal Augen! Dieses Ding! Dieses grauenhafte Ding! Es sah in meine Richtung – und da sah ich, dass es Kleider in der Hand hielt. Es hatte furchtbar lange Finger! Und darin waren die Kleider meiner Susi! Ich hab sie genau erkannt! Es war ein neongelbes T-Shirt, das ich ihr erst ein paar Tage zuvor von einer Geschäftsreise mitgebracht hatte.«

Thomas fängt an, haltlos zu weinen.

Polizist: »Es ist alles gut. Sie sind jetzt hier in Sicherheit und wir werden Ihnen helfen, so gut wir können. Erzählen Sie bitte weiter.«

Thomas: »Ich kann nicht mehr! Dieses Ding hat meine Tochter ermordet und keiner glaubt mir! Ich werde verrückt! Ganz sicher. Ich träume von ihm, ich sehe ihn überall. Hinter Büschen, am Waldrand. Und keiner glaubt mir. Und Susi, sie ist weg. Einfach verschwunden!«

Polizist: »Thomas, bitte versuchen Sie, ruhig zu bleiben!«

Thomas: »Wie soll ich das denn machen? Er verfolgt mich und er hat meine Tochter umgebracht. Wie zur Hölle soll ich ruhig bleiben?«

Polizist: »Sie müssen sich jetzt beruhigen, ansonsten müssen wir die Aussage abbrechen!«

Thomas: »DA! Da ist er! Er steht ja genau hinter Ihnen!«

Polizist: »Okay, das reicht – wir brechen jetzt ab und ich werde einen Arzt bestellen, der sich um Sie kümmert. Was, was zur Hölle ist DAS?«

Daraufhin hört man in der Aufzeichnung einen Schuss. Es folgt eine kurze Pause, dann hört man ein leises Rascheln und die Aufnahme wird gestoppt.

Als die Kollegen des Polizisten, der das Interview geführt hat, eintreten, ist der Raum leer. Es war niemand mehr da. Das Einzige, was zu sehen war, war das Einschussloch in der gegenüberliegenden Wand.
Der Polizist und Thomas Nealy wurden seitdem nie wieder gesehen.

Die Anhalterin

Einige Kilometer außerhalb von Dresden führt eine Landstraße durch ein bewaldetes Gebiet. Als Dr. Weimar an einem Samstagabend nach der Geburtstagsfeier seines Kollegen ebendiese Straße entlangfuhr, um wieder zurück in die Stadt zu kommen, bemerkte er am Straßenrand ein junges und sehr hübsches Mädchen. Das Mädchen wollte mitgenommen werden.
Dr. Weimar hielt an, ließ das Mädchen einsteigen und erkundigte sich, wo es denn um diese Zeit hinwolle. Das Mädchen antwortete: »In die Nicolaistraße 4, bitte.«
Der Arzt hakte nach, warum ein junges Mädchen wie es nachts alleine in einem Waldgebiet per Anhalter unterwegs sei und ob ihr denn bewusst sei, in welche Gefahr sie sich damit begebe. Das junge Mädchen antwortete, dass sie ihm das später erklären würde, wenn sie angekommen wären. In diesem Moment wolle sie wirklich einfach nur noch auf dem schnellsten Weg nach Hause.
Dr. Weimar fiel die Stimme des Mädchens auf, denn sie hatte einen eigenartigen Klang – irgendwie schrill, aber nicht unangenehm … eher glockenhell.
»Bitte bringen Sie mich nach Hause – so schnell es geht! Ich hoffe, ich mache Ihnen damit keine allzu großen Unannehmlichkeiten«, sagte das Mädchens, als sich das Auto des Arztes in Bewegung setzte.
Kurz vor dem Ziel teilte der Arzt dem Mädchen mit, sie seien nun gleich angekommen – doch er erhielt keine Antwort. Als er sich umdrehte,

bekam er einen Schrecken. Die Rückbank des Autos war leer. Das Mädchen war verschwunden!
Der Arzt war ratlos – wie konnte das Mädchen einfach so aus einem fahrenden Auto verschwinden? In seiner Hilflosigkeit ging er an die Tür des Hauses Nr. 4 in der Nicolaistraße, um den Eltern des Mädchens mitzuteilen, was sich eben ereignet hatte.
Als endlich, nach mehreren Versuchen, ein sichtlich ermüdeter Mann die Türe öffnete, brach es aus Dr. Weimar heraus: »Sie können sich nicht vorstellen, was gerade passiert ist! Ich habe auf der Landstraße ein junges Mädchen mitgenommen, das mir diese Adresse hier gab, damit ich sie nach Hause fahre. Und als ich hier um die Ecke biege, ist sie verschwunden! Aus meinem Auto – einfach so!«
Der Mann, der dem Arzt die Türe geöffnet hatte, lächelte müde und resigniert. Er sagte: »Doch, das ich kann mir vorstellen! Denn das passiert seit einem Jahr jeden Samstag. Meine Tochter ist vor knapp einem Jahr an einem Samstag bei einem Autounfall in diesem Waldstück ums Leben gekommen. Und seitdem versucht sie, wieder nach Hause zu kommen.«

DIE PUPPE ANNABELLE

Die folgende Geschichte, die in den Bereich der Creepypasta fällt, hat es sogar zur Verfilmung geschafft. Noch heute befindet sich die sagenhafte Puppe im Besitz der Familie Warren aus den USA. Das Paar besteht darauf, dass sich die Geschichte tatsächlich genau so zugetragen hat, wie sie erzählt wird – sie seien schließlich dabei gewesen.

Die Puppe Annabelle befindet sich mittlerweile im Haus der Warrens in einem speziellen Behältnis und wird regelmäßig von einem Pfarrer besucht, um dem Bösen Einhalt zu gebieten. Neuigkeiten und Fakten zu dem Mythos der Killerpuppe kann man auf der offiziellen Homepage von Ed und Lorraine Warren einsehen.

Mitte der 70er-Jahre zog die junge Studentin Donna mit ihrer Kommilitonin Angie in eine gemeinsame Wohnung, um Miete zu sparen. Mit Donna zog auch die Puppe Annabelle in die Studenten-WG ein. Donna hatte sie seit ihrer frühen Kindheit, und sie vermittelte ihr immer ein Gefühl von Heimat und Geborgenheit – egal, wo sie war.
Nach einigen Wochen beobachteten die beiden Studentinnen, dass mit der Puppe etwas nicht stimmte. Sie befand sich am Morgen an immer anderen Stellen, aber nie da, wo Donna sie am Abend zuvor abgelegt hatte. Und auch tagsüber, wenn die Mädchen aus der Uni kamen, saß die Puppe immer wieder an verschiedenen Orten.
Aber nicht nur, dass die Puppe von selbst den Ort wechselte, verursachte bei den Mädchen eine Gänsehaut, sondern auch die Art und Weise, wie sie vorgefunden wurde. Sie saß nicht nur an einem anderen Platz – manchmal hatte sie die Hände ineinander verschränkt oder die Beine überschlagen. Zweimal stand sie sogar auf den Beinen, ohne irgendwo angelehnt zu sein, in der Ecke des Schlafzimmers.
Die beiden Mädchen bekamen Angst vor dem Spielzeug, das auf einmal zum Leben erwacht war. Als sie dann eines Tages eine Botschaft fanden, auf der mit Kinderschrift um Hilfe gebeten wurde, entschieden sie sich, ein Medium aufzusuchen. Denn das Unheimliche an den handgekritzelten Zetteln war, dass sie aus einem alten, pergamentartigen Papier bestanden. Diese Art Papier gab es zu dem Zeitpunkt gar nicht mehr zu kaufen.
Durch das Medium wurde den beiden vermittelt, dass die Puppe besessen war. Es handelte sich um den Geist eines kleinen Mädchens, Annabelle Higgins, das vor vielen Jahren in dieser Wohnung ermordet worden war. Sie bat um den Beistand der Studentinnen, da sie den Ort nicht verlassen könne, aber so furchtbar einsam sei. Und die beiden erfüllten dem armen Mädchen nach kurzem Zögern den Wunsch.

Was Donna und Angie zu diesem Zeitpunkt noch nicht wussten, war, dass die Puppe nicht von einem unschuldigen kleinen Mädchen besetzt war, sondern von einem tödlichen Dämon, der auf diese Weise Besitz von den beiden genommen hatte.

Ein guter Freund der Mädchen war Lou, der die Boshaftigkeit des Dämons als Erster und am eigenen Leib erfahren sollte. Er hatte sich schon oft abschätzig über die Puppe geäußert und Donna mit ihrem Spielzeug aufgezogen. Er berichtete den beiden, dass er vermehrt Albträume von der Puppe habe, die ihn im Traum umbringen wolle. Doch Donna und Angie sahen darin nur einen weiteren Versuch ihres Freundes, sich über Annabelle lustig zu machen. Als er aber eines Morgens mit tiefen blutigen Kratzern am Hals und auf der Brust eintraf und schwor, die Puppe habe ihn im Schlaf heimgesucht, war klar, dass sie Hilfe benötigten.

Doch diese Attacke auf Lou sollte nicht die einzige bleiben. Eine Woche später, als Lou die beiden Mädchen besuchte, hörten die drei merkwürdige Geräusche aus Angies Zimmer, in dem sich auch Annabelle befand. Lou ging allein hinein, um die beiden anderen nicht zu gefährden. Die Puppe lag nicht mehr auf dem Bett, wo Angie sie zuletzt gesehen hatte, sondern saß in einem Sessel in der Ecke des Zimmers. Als Lou sich ihr näherte, bekam er einen gewaltigen Schubs von hinten, als hätte ihn eine unsichtbare Hand gestoßen. Er flog beinahe auf die Puppe zu und kam erst wenige Zentimeter vor ihrem Gesicht zum Stehen. Bevor er verstand, was geschehen war, und sich bewegen konnte, spürte er brennende Schmerzen am Oberkörper. Er konnte sich nicht bewegen, irgendeine Macht hielt ihn an Ort und Stelle fest. Das Einzige, was er tun konnte, war zu schreien. Und genau das tat er auch, bis Angie und Donna ins Zimmer stürzten. In dem Moment nahm der Spuk ein Ende und Lou fiel völlig erschöpft auf den Boden. Doch dann fingen die beiden Mädchen an zu schreien, denn ihr Freund war blutüberströmt und es klafften tiefe Risse in der Haut seiner Brust.

Bei ihrer Suche entdeckten sie die Warrens und vereinbarten sofort einen Termin.

Den Warrens war sofort klar, worum es sich hier handelte. Von der Puppe hatte ein Dämon Besitz ergriffen, dessen einziges Ziel es war, die beiden Studentinnen so in seinen Bann zu ziehen, dass er von der Puppe auf einen Menschen übergehen konnte. Und sie waren sich sicher, dass das nicht mehr lange dauern würde, denn der Dämon war sehr stark.
Deshalb führten sie gleich vor Ort, in der Wohnung der beiden Mädchen, einen Exorzismus durch. Doch um auf Nummer sicher zu gehen, nahmen sie die Puppe mit zu sich. Und schon auf der Heimfahrt bestätigte sich die böse Vorahnung: Es gab gleich mehrere Situationen, in denen Ed beinahe die Kontrolle über das Auto verlor. Die Kraft des Bösen war zwar gemindert, aber immer noch viel zu stark.
Auch in den darauffolgenden Wochen, als Annabelle bei den Warrens in Gewahrsam war, ereigneten sich seltsame Dinge. Die Puppe wechselte wie zuvor bei Angie und Donna die Orte und laut den Warrens waren einige ihrer Freunde, die sie in dieser Zeit besuchten, immer wieder in Unfälle verwickelt, die zum Teil sogar tödlich endeten. Diejenigen, die sich hingegen wohlwollend über die Puppe äußerten, blieben verschont.
Manchmal, wenn einer der Warrens mit Annabelle alleine in einem Zimmer war, fing die Puppe an zu schweben. Sie schwebte entweder an der Stelle, wo sie gesessen hatte, oder sie flog blitzschnell durch den Raum. Dann ließ sie sich ganz langsam an einem anderen Platz nieder.
Die Warrens sahen keinen anderen Ausweg, als die Puppe in eine Art Käfig zu sperren, in dem sie heute noch sitzt. Um die bösen Kräfte in Schach zu halten, lassen sie regelmäßig einen Pfarrer kommen und unterziehen die Puppe immer wieder einem Exorzismus.

DAS RUSSISCHE SCHLAFEXPERIMENT

Warnung! Das russische Schlafexperiment gehört zu einer der schauerlichsten Erfindungen im Netz. Menschen mit zarten Nerven sollten deshalb besser davon Abstand nehmen, diesen Mythos zu lesen. Im Gegensatz zu den Mythen über Slenderman und die Puppe Annabelle ist in diesem Fall der Urheber der Geschichte nicht auszumachen. Aber auch das ist oft eines der typischen Merkmale der Creepypasta. Es gibt immer wieder Spekulationen im Netz, die davon ausgehen, dass diese Art Experiment tatsächlich zu Forschungszwecken durchgeführt wurde – sowohl auf amerikanischer als auch auf russischer Seite.

In den 1940er-Jahren führten russische Forscher an fünf im Zweiten Weltkrieg inhaftierten Männern ein folgenschweres Experiment durch. Die Häftlinge sollten für 15 Tage in einen isolierten Raum eingesperrt werden, in dem die Atemluft mit einem Nervengas versetzt wurde, das die fünf Männer über den gesamten Zeitraum wach halten sollte. Die Wissenschaftler wollten wissen, wie sich das Gas in geringer und somit nicht toxischer Menge auswirkt. Und wie lange ein Mensch, der auf diese Weise künstlich wach gehalten wird, überleben kann.
Die Sauerstoffversorgung der Versuchspersonen konnte zwar gemessen werden, um deren Tod durch das Gas zu verhindern. Aber ansonsten war der Raum, der damaligen Technik entsprechend, nur mit Mikrofonen und dicken Glasfenstern ausgestattet. Im Raum selbst befanden sich lediglich ein paar Matratzen, Bücher, frisches Wasser, eine Toilette und genug Essen für mehrere Wochen.
Den Gefangenen wurde suggeriert, dass sie, wenn sie sich fügen würden, freikämen. Somit waren die fünf in den ersten fünf Tagen relativ ruhig und unterhielten sich die meiste Zeit miteinander. Nach dem fünften Tag fiel den Forschern auf, dass es in den Gesprächen immer mehr um traumatische Ereignisse in den Leben der Testpersonen ging. Ab dem fünften Tag kamen vermehrt Zeichen der Paranoia zum Vorschein. Die Gefangenen stellten die Gespräche untereinander ein und begannen, in die im Raum verteilten Mikrofone zu flüstern. Die Forscher schrieben dies der Wirkung des Gases zu.
Nach neun Tagen begann einer der Männer zu schreien, er schrie so

lange, bis ihm die Stimme versagte. Die anderen hingegen hörten nicht auf, in die Mikrofone zu flüstern. Plötzlich begannen zwei von ihnen, die Bücher in dem Raum zu zerreißen und die ausgerissenen Seiten auf die Glasscheibe zu legen. Ein Zweiter fing an zu schreien. Als die Fenster komplett bedeckt waren und den Forschern somit die Sicht genommen, verstummten die Schreie.

An den drei darauffolgenden Tagen hörten die Forscher kein Geräusch mehr. Sie begannen zu zweifeln, ob die Mikrofone überhaupt noch intakt wären. Doch durch die Überprüfung der Sauerstoffsättigung der Männer konnten sie sehen, dass sie noch am Leben sein mussten. Trotzdem beschlossen sie am 14. Tag, die Sprechanlage zu benutzen.

Die Botschaft lautete: »Wir öffnen jetzt die Türe, um die Mikrofone zu überprüfen. Wenn Sie kooperieren und sich ruhig auf den Boden legen, verkürzt sich die Zeit Ihrer Gefangenschaft. Wenn nicht, werden Sie erschossen!«

Die Antwort der Gefangenen kam von allen fünf gleichzeitig: »Wir wollen nicht befreit werden!«

Bevor der Raum schließlich am 15. Tag geöffnet werden sollte, stellte man die Gaszufuhr ab und führte Sauerstoff zu. Aber als die Häftlinge merkten, dass kein Gas mehr in den Raum gelangte, begannen sie zu protestieren. Sie wollten wieder Gas, und zwar mehr davon!

Als die Türe dann endlich geöffnet wurde und mehrere Soldaten den Raum betraten, fingen sie an zu schreien. Von dem Essen, das in der Kammer stand, war noch alles da. Aber dafür war einer der Insassen tot und sein Fleisch war stückchenweise auf die Körper der anderen verteilt worden. Das Fleisch lag nicht nur auf den anderen, sondern im ganzen Raum verteilt, in dem sich eine Blutlache gebildet hatte. Die vier Überlebenden hatten sich zudem selbst Wunden zugefügt. Sie hatten sich stellenweise die Haut abgerissen, manchmal so tief, dass die inneren Organe zu sehen waren. An ihren Fingerkuppen waren die Knochen zu sehen. Sie hatten sich die Hautfetzen anscheinend mit den Fingern beziehungsweise mit den Zähnen abgezogen.

Das Erstaunliche dabei war, dass aber alle der vier Überlebenden bei Kräften waren. Das bekamen auch die russischen Soldaten zu spüren, die den Auftrag hatten, die Häftlinge aus dem Raum zu holen. Denn die Männer wehrten sich mit allen Kräften: Sie wollten ihre Zelle auf keinen Fall verlassen. Bei den Attacken auf die Soldaten kamen sogar zwei ums Leben. Dem einen wurde die Kehle durchgebissen und ein anderer verblutete, weil ihm einer der Häftlinge mit den bloßen Händen die Arterie in einem Bein aufgerissen hatte.

Fünf der am Einsatz beteiligten Soldaten begingen einige Wochen nach dem Vorfall Selbstmord, weil sie das Erlebte nicht verkraften konnten.

Als die Gefangenen endlich aus dem Zimmer gebracht werden konnten, sollte einer, der am stärksten blutete, sofort ärztlich versorgt werden. Doch er wehrte sich so heftig, dass einem der Pfleger, die ihn festhalten sollten, der Arm gebrochen wurde. Den Ärzten war es unmöglich, den verletzten Mann zu behandeln. Kurz bevor er starb, rief er: »Mehr! Ich will mehr davon!«

Von den drei überlebenden Inhaftierten konnten nur noch zwei sprechen. Der Dritte hatte sich durch das Schreien die Stimmbänder so sehr verletzt, dass er nur noch röcheln konnte. Die beiden anderen verlangten unablässig nach mehr von dem Gas, weil sie auf keinen Fall einschlafen wollten.

Als die Ärzte entschieden, dass die Verletzungen bei einem der Gefangenen so schlimm seien, dass er sofort operiert werden müsse, regte er sich so sehr auf, dass auch er starb. Er wollte auf keinen Fall etwas von dem Narkosemittel bekommen, das für den Eingriff nötig gewesen wäre. Die beiden anderen verlangten auch ständig nach dem Gas, das sie wach gehalten hatte, und lehnten jegliche Art der Narkose strikt ab.

Derjenige, der operiert werden sollte, hatte bei dem erneuten Versuch, ihn unter Narkose zu setzen, sogar die Lederfesseln an seinem Bett durchgerissen. Man hatte ihm einen Zettel und einen Stift an sein Bett gelegt, denn er war derjenige, der nicht mehr sprechen konnte. Seine letzte Botschaft lautete: »Schneidet mich auf!«

So waren nur noch zwei der Häftlinge am Leben. Sie hörten aber nicht auf, sich weiter selbst zu verletzen und dabei in hysterisches Gelächter zu verfallen. Auf die Frage der Forscher, warum sie das täten, kam immer nur dieselbe Antwort: »Wir müssen wach bleiben!«

Die Wissenschaftler waren am Ende ihres Lateins und beschlossen, das Experiment abzubrechen. Aber sie hatten keine Idee, was sie mit den beiden verbliebenen Männern machen sollten.

Nach einigem Hin und Her entschied der Offizier, der die leitende Funktion innehatte, dass die beiden wieder in das Zimmer gebracht werden sollten. Auch die Zuführung des Gases durch die Atemluft sollte wieder gestartet werden. Er argumentierte, dass die beiden Übriggebliebenen sowieso erschossen werden müssten, also könne man auch sehen, was passiere, wenn man einfach weitermache.

Das Experiment wurde also gegen den Protest der Wissenschaftler fortgesetzt. Zu ihrem Erstaunen ließen die beiden, sobald die Gaszufuhr wieder aufgenommen wurde, davon ab, sich selbst zu verletzen. Ab jetzt wurden auch die Gehirnströme der Versuchspersonen gemessen, um genauere Daten zu bekommen. Das Verstörende war, dass die beiden laut dem EEG immer wieder eine Art Gehirntod erlitten hatten. Aber in ihrem Verhalten war davon nichts zu erkennen – sie waren vollkommen ruhig.

Als einer der Forscher in Begleitung eines Soldaten einen Tag später den Raum betrat, um die Kabel an den Körpern zu überprüfen, verlor der Soldat beim Anblick der Männer die Nerven. Er erschoss den Forscher und einen der Gefangenen. In seiner Panik richtete er die Waffe auf den letzten Häftling, mit dem er nun alleine in dem Raum eingesperrt war, und schrie: »Was bist du? Was zur Hölle bist du?«

Der Mann grinste den Soldaten an und antwortete: »Das weißt du nicht? Wir sind eure Psyche, eure schrecklichsten Albträume! Wir stellen das dar, vor dem ihr am meisten Angst habt: vor eurem eigenen Kopf! Hört auf zu schlafen und wir werden euch finden, überall …«

Der Soldat feuerte sein gesamtes Magazin ab – nur den letzten Schuss, den behielt er für sich selbst.

SMILE DOG (SMILE.JPG)

Die Geschichte des Smile Dog gehört auch zu den Klassikern der Internetmythen. Sie veranlasste weltweit User dazu, die geheime Datei smile.jpg zu versenden. Der Mythos besagt, dass jeder, der sich das in der Datei enthaltene Bild ansieht, verrückt werden würde. Es soll das Antlitz des Teufels darstellen.

Ich konnte es immer noch nicht fassen, dass es endlich geklappt hatte. Ich hatte einen Interviewtermin mit Mary ergattert! Das Ganze hatte nur funktioniert, weil ich ihr klargemacht hatte, dass ich kein Journalist war. Es handelte sich um Recherchen im Zuge einer Schularbeit. Mein Interesse für Marys Geschichte entwickelte sich schon zwei Jahre zuvor, als ich mich in der 10. Klasse mit webbasierten Phänomen beschäftigte. Sie tauchte immer wieder und überall auf und stand beinahe schon als Synonym für die Geschichte des »Smile Dog«. Ich stieß immer auf Zitate Marys und war von Anfang an gefesselt.

Am meisten zog mich jedoch die Tatsache in den Bann, dass jeder, der sich mit dem »Smile Dog«-Phänomen beschäftigt hatte, an einer bestimmten Stelle damit aufhörte. Und es war immer dann der Fall, wenn derjenige das Gefühl bekam, dass es sich bei der Geschichte doch nur um ein Gerücht handelte.

An einem Wochenende im Sommer 2007 war es also nun endlich so weit: Ich besuchte Mary und ihren Mann Terence in Chicago. Doch alles kam ganz anders als geplant. Mary hatte im letzten Moment beschlossen, mich doch nicht treffen zu wollen. Also saß ich eine halbe Stunde lang mit ihrem Mann vor der verschlossenen Schlafzimmertür und hörte zu, wie ihr Mann versuchte, sie zu beruhigen. Mary war vollkommen aufgelöst und weinte ununterbrochen. Ich notierte mir die Sprachfetzen, die ich verstehen konnte.

Was Mary in diesem Zustand von sich gab, machte wenig Sinn, aber es passte genau in das Bild, das ich von ihr und ihrer Geschichte hatte. Alles klang wie Fetzen aus ihren Albträumen, die sie zusammenhangslos wiedergab. Sie klang verängstigt und gehetzt und am Ende richtig hysterisch. Nach 30 Minuten brachen wir das »Interview« ab, Mary war nicht mehr zu beruhigen. Terence entschuldigte sich mehrmals für den Vorfall. Ich durfte meine Notizen dann aber auch nur deshalb mit nach Hause nehmen, weil ich ihm versicherte, dass ich wirklich kein Journalist sei. Ich sagte ihm, dass ich wirklich nur ein neugieriger junger Kerl sei, und dachte bei mir, dass ich nun doch noch eine andere Person finden musste, die ich zur Geschichte des »Smile Dog« befragen konnte.

Mary war 1992 in einer kleinen Firma für Webdesign tätig, als sie das erste Mal auf »smile.jpg« treffen sollte. Danach war für sie alles anders. Sie gehörte zu den gerade mal etwa 100 Personen, die das Bild des »Smile Dog« sahen, als es auf dem Server der Firma gepostet worden war. Von den anderen 99 Personen fehlt bis heute jede Spur. Außer in fünf Fällen – diese fünf hatten sich alle, beinahe genau ein Jahr nachdem sie das Bild gesehen hatten, umgebracht. Leider hatte keiner von ihnen einen Brief oder einen sonstigen Hinweis hinterlassen, was der Grund dafür war, sich das Leben zu nehmen.

Das Phänomen der »Smile Dog«-Datei hat mich von Anfang in den Bann gezogen, denn es betrifft tatsächlich nur dieses eine Bild, von dem aber absolut nichts im Internet zu finden ist. Natürlich kursieren etliche Bilder des »Smile Dog« in einschlägigen Foren, die sich mit paranormalen Phänomenen beschäftigen. Doch laut der Geschichte von Mary kann nur dieses eine Bild, »smile.jpg«, Auslöser für die am Ende manchmal tödliche Wirkung sein. Der Betrachter dieser Bilddatei wird von Panikattacken und Albträumen gequält, die oft zu epileptischen Anfällen führen. Es heißt, wenn man sich das Bild ansehe, blicke man in die Augen des Teufels.

Interessant ist, dass man zum Beispiel im gesamten Netz keinen Eintrag bezüglich des »Smile Dogs« finden kann. Und wenn man selbst versucht, eine Seite mit dem Titel »Smile Dog« ins Leben zu rufen, wird sie Sekunden später gelöscht. Es existieren lediglich einige Verweise auf einschlägige Horrorseiten, deren Wahrheitsgehalt sehr fragwürdig ist. Anscheinend macht das Phänomen des »Smile Dog« doch mindestens genauso viel Angst, wie es Ungläubigkeit hervorruft.

Dabei ist die Geschichte von Mary E. kein Einzelfall. Es gibt mehrere Gerüchte, dass die »smile.jpg«-Datei auf verschiedenen Seiten aufgetaucht sei, anscheinend von Hackern platziert. Und jedes Mal führte das zu demselben Ergebnis: Diejenigen, die das Bild angesehen hatten, reagierten mit epileptischen Anfällen. Und im Extremfall trieben diese Anfälle den Betroffenen in den Freitod.

Eine weitere Spur, die sich auf die »Smile Dog«-Datei bezieht, findet ihren Ursprung in den 90er-Jahren, als das Bild über Kettenmails verbreitet worden sein soll. Aber auch hier gibt es nur vage Aussagen von Betroffenen, die meisten möchten nichts dazu sagen. Sämtliche Bemühungen, den ursprünglichen Link oder gar den Urheber selbst zu finden, verlaufen auch hier im Sand. Es sieht so aus, als sei alles, was damit zu tun gehabt hat, gelöscht worden.

Es ist bisher auch noch niemandem gelungen, das Originalbild abzuspeichern. Aber alle »Opfer« der Datei beschreiben es exakt gleich: Es handelt sich um eine Fratze, die Ähnlichkeit mit einem Hund (einem Husky) haben soll und sich in einem dunklen Raum befindet. Das Wesen wird durch den ausgelösten Blitz geblendet und im Hintergrund ist eine menschliche Hand zu erkennen, die durch den Schatten an der linken Seite des Bildes verlängert wird. Dabei entsteht der Eindruck, die Hand würde einem zuwinken. Doch das Hauptaugenmerk liegt auf der Fratze, bei der das Maul des Hundes zu einem weiten Grinsen verzerrt ist. Man kann deutlich die beiden Zahnreihen erkennen, die unnatürlich weiß, unnatürlich scharf und zudem sehr menschlich aussehen.

Auch in dieser Hinsicht stimmen die Aussagen derjenigen, die das Bild gesehen haben, perfekt überein: Von dem Moment an, da das Bild gesehen wird, verfolgt es einen. Tag und Nacht in Kombination mit schrecklichen Albträumen oder den schon erwähnten Anfällen. Laut den Berichten der Betroffenen können in seltenen Fällen hoch dosierte Psychopharmaka kurzzeitig Linderung verschaffen, Abhilfe jedoch nie. Teilweise sind die Zustände in Kombination mit den Medikamenten sogar noch unerträglicher. Nach meinem Besuch bei Mary E. fing ich also wieder an, mich mit dem Thema »Smile Dog« zu beschäftigen. Leider musste ich bald darauf feststellen, dass es zwar sehr viele Menschen gegeben haben muss, denen es ähnlich wie ihr ergangen war, aber keiner der Betroffenen wollte darüber sprechen.

Irgendwann gab ich den Versuch, mehr über die Opfer der »smile.jpg«-Datei zu erfahren, vollends auf. Alle Versuche waren zwecklos gewesen. Doch dann erhielt ich Anfang 2008 eine Mail von Mary!

An: pmq@****.com Von: mary@****.net
Betreff: Letzten Sommer

Ich möchte mich auf diesem Weg für unser Treffen im letzten Sommer entschuldigen. Es war nicht Dein Fehler oder Dein Verhalten, das mich zu dieser Reaktion veranlasst hat, sondern mein persönliches Problem, das ich damals hatte. Ich war zu gefangen in meinen Ängsten und es war mir am Ende einfach nicht möglich, mit Dir zu sprechen. Mittlerweile geht es mir besser beziehungsweise habe ich meine Ängste wieder besser im Griff.

Es ist für mich immer noch nicht einfach, darüber zu reden, aber ich habe ein schlechtes Gewissen, dass ich Dich damals einfach wieder weggeschickt habe. Deshalb versuche ich, Dir meine Situation zu erklären: Der Fluch des »Smile Dog« verfolgt mich mittlerweile seit 15 Jahren. Seit dem Moment, als ich das Bild das erste Mal sah. Es verfolgt mich tags und nachts – es ist immer da! Immer in meinem Kopf. Da sind diese Fratze und die Hand, bei der ich immer das Gefühl habe, dass sie mir zuwinkt. Ich sehe beides immer, egal, ob es um mich herum dunkel oder hell ist. Und dazu kommen diese Anfälle. Manchmal habe ich das Gefühl, vollständig den Verstand zu verlieren.

Ich verliere mich in der Besessenheit.
Die einzige Möglichkeit, von der Besessenheit loszukommen, sagt mir das Bild. Es flüstert mir die Option ins Ohr, 24 Stunden am Tag: Verbreite es! Danach verspricht es mir, mich in Ruhe zu lassen.
Ein paar Wochen nachdem ich »smile.jpg« selbst gesehen hatte, erhielt ich eine Sendung per Post. Ich öffnete das Kuvert, obwohl ich schon spürte, was darin sein würde.
Es war eine Diskette!
Mir war von Anfang an klar, dass »es« nur das eine von mir will, nämlich dass ich es verbreite und damit noch mehr Leute in seinen Bann gezogen werden. Und glaube mir, meine Qualen waren teilweise so groß, dass ich wirklich überlegte, ob ich es nicht einfach in der Firma herumschicken oder an Freunde weiterleiten sollte.
Doch natürlich war mir auf der anderen Seite bewusst, was ich damit auslösen würde. Und außerdem konnte ich mich auf das Versprechen des Wesens auch nicht verlassen. Was wäre geschehen, wenn ich das Bild verbreitet hätte, und an meinem Zustand hätte sich nichts verändert?
Dann wäre ich schuld daran, dass viele Menschen das Gleiche durchleiden müssten wie ich – und das auch noch, ohne selbst erlöst zu werden.
Das ist der einzige Grund, warum ich es all die Jahre geschafft habe durchzuhalten. Mit dieser Schuld könnte ich nicht leben!
Irgendwann hatte ich erfahren, dass die anderen, die das Bild auch gesehen hatten, entweder verschwunden waren und keiner wusste, wohin. Oder von anderen, die sich das Leben genommen hatten. Da war mir klar, dass ich nicht die Einzige war, der es so ergangen war. Und dass die »smile.jpg«-Datei wirklich genau so gefährlich war, wie ich gedacht hatte.
Und deshalb muss ich mich zum zweiten Mal bei Dir entschuldigen. Denn als Du letztes Jahr wegen Deines Interviews angefragt

hast, war ich mit meinen Kräften am Ende. Also hatte ich die Idee, einfach Dir die Diskette auszuhändigen. Ich dachte, wenn Dich das Ganze schon so brennend interessiert, dann sollst Du sie haben. Und ich hätte damit die Chance auf Erlösung gehabt.

Entschuldige bitte, dass ich diesen Gedanken überhaupt hatte und Dich damit in das gleiche Leid wie mich gestürzt hätte – und das auch noch willentlich! Ich hoffe, Du kannst mir verzeihen!

Und ich bitte Dich inständig darum: Hör auf damit! Hör auf damit, solange Du noch kannst! Denn solltest Du bei Deinen Recherchen an jemandem geraten, der nicht so denkt wie ich, wird er Dir mit Freuden die Diskette aushändigen.

Und dann bist Du verloren! Bitte hör auf mich!

Herzliche Grüße, Mary

Einige Wochen darauf kontaktierte mich Terence, um mir mitzuteilen, dass seine Frau vor ein paar Tagen Selbstmord begangen habe.

Er hatte alles, was sie betraf, im Internet oder in Mails gelöscht, um endlich diesen Fluch des »Smile Dog« mit ihrem Tod zu beenden. Dabei war er auf die Mail gestoßen, die Mary mir ein paar Wochen zuvor geschrieben hatte. Er war völlig verwirrt darüber, dass May nun doch beschlossen hatte, mit mir Kontakt aufzunehmen. Und als er den Inhalt gelesen hatte, suchte er nach der Diskette mit der »smile.jpg«-Datei. Als er sie schließlich gefunden hatte, ging er in den Garten und zündete sie an. Es sollte nun endlich alles vorbei sein, und zwar für immer!

Er erzählte, dass die Diskette, als sie verschmorte, unheimliche Geräusche gemacht habe. Es habe sich beinahe angehört wie das Fauchen und Knurren eines Tieres.

Nach seiner Nachricht überfiel mich ein ungutes Gefühl. Konnte ich das alles überhaupt glauben, oder war es einfach nur ein schlechter Scherz? Hatte sich Mary wirklich umgebracht?

Die Bestätigung kam mit dem Wochenkurier. Mary hatte Selbstmord begangen, der in dem Bericht der Zeitung als trauriges Ende einer schweren psychischen Störung beschrieben wurde.
Ich war verunsichert und schockiert, hatte aber nicht die Zeit, mich eingehend damit zu beschäftigen, weil ich mich gerade mitten in den Semesterprüfungen befand.
Als wieder ein Jahr vergangen war und ich die Geschichte erfolgreich verdrängt hatte, erreichte mich folgende Mail:

> An: pmq@****.com Von: abibu@****.com
> Betreff: smile dog
>
> Hallo,
> ich habe gesehen, dass Du oft auf speziellen Foren zum Thema »Smile Dog« unterwegs warst. Ich denke, Du bist genauso interessiert und neugierig wie ich. Deshalb schicke ich Dir diese Mail, in deren Anhang sich das Bild befindet.
> Du kannst es ruhig ansehen! Es ist nicht so schlimm, wie alle behaupten – und verrückt bin ich bis jetzt auch noch nicht geworden! ;)
> Schau's Dir einfach an und verbreite es …

Ich war völlig verwirrt, nach dieser langen Zeit noch einmal mit dem Thema konfrontiert zu werden, und das von einem völlig Fremden! Vor allem der letzte Satz machte mir Angst. Ich dachte zurück an Marys letzte Mail und mich überlief ein Schauer.
Deshalb beschloss ich, den Anhang, der tatsächlich mit der Mail des Fremden mitgeschickt worden war, einfach nicht zu öffnen.
Aber als die Wochen vergingen, kam ich mir immer kindischer vor und entschied mich, den Anhang nun doch anzusehen.
Nachdem ich es gesehen habe, bin ich mir auch sicher, dass es sich um einen Fake handeln muss. Mich hat zumindest nichts an dem Bild so be-

eindruckt, dass ich jetzt davon träume oder heimgesucht werde. Mary war wahrscheinlich wirklich eine dieser armen labilen Persönlichkeiten, die mit solchen Bildern nicht umgehen konnten.
Es wäre ja auch zu grotesk, wenn eine Kreatur durch ein Bild, das einen anstarrt, von einem Besitz ergreifen könnte. Und das auf eine Weise, dass man am Ende sogar Selbstmord begeht.
Welches Wesen kann schon nur durch ein Bild Besitz von einem Menschen ergreifen?

Es ist einfach ganz klar, dass es sich bei der ganzen »Smile Dog«-Geschichte um nichts als erfundenen Blödsinn handelt.
Und deshalb kann ich es auch einfach verbreiten :-) :

SARAH O'BANNON

Früher wurden die Särge vor einem Begräbnis mit einem Kupferröhrchen und einer Glocke ausgestattet. Denn es war aufgrund der noch nicht so weit gereiften medizinischen Kenntnisse schon öfter geschehen, dass Menschen bei lebendigem Leibe begraben wurden. Also versuchte man sich zu behelfen, indem versehentlich Begrabene durch das Röhrchen mit Luft versorgt werden konnten. Die Glocke war mit einer Schnur im Inneren des Sarges befestigt, sodass man auf sich aufmerksam machen konnte.
Und so geschah es, dass eines Nachts die Glocke an einem der Gräber in einer kleinen Ortschaft in den Vereinigten Staaten läutete. Der Totengräber mache sich mürrisch auf den Weg zu dem Grab, von dem das

Klingeln kam. Bis zu diesem Tag hatten die Glocken immer nur geläutet, wenn sich entweder Kinder oder der Wind einen kleinen Streich erlaubten. Missmutig kam er an dem Grab an und war erstaunt, als er aus der Tiefe des Grabes tatsächlich eine erstickte Stimme rufen hörte. Die Stimme einer Frau rief, man solle sie befreien, sie sei noch am Leben. Der Totengräber kniete sich zu dem Röhrchen, aus dem die Stimme kam, und fragte:

»Sind Sie Sarah O'Bannon?«

»Ja!«, erklang es aus den Tiefen der Erde.

»Sie wurden am 17. September 1827 geboren?«, fragte der Totengräber.

»Ja!«

»Auf dem Grabstein steht aber, dass Sie am 20. Februar 1857 gestorben sind.«

»Nein, ich lebe, es war ein Missverständnis! Bitte helfen Sie mir! Graben Sie mich aus – ich bekomme keine Luft!«

»Es tut mir leid, Ma'am, aber wir haben August. Also, was auch immer Sie da unten tun, Sie können gar nicht mehr am Leben sein. Und deshalb werde ich Sie auch auf keinen Fall ausgraben«, antwortete der Totengräber, während er die Glocke abhängte und das Kupferröhrchen mit Erde verschloss.

JEFF THE KILLER

Jeff the Killer ist neben dem Slenderman ein Klassiker der Creepypasta. Um ihn ranken sich verschiedene Gerüchte. Zwei davon halten sich jedoch seit Jahren hartnäckig:

1. Jeff the Killer existiert wirklich. Er ist ein Serienmörder, dessen Markenzeichen sein entstelltes Gesicht und der Satz »Go to sleep« sind. Wer diesen Satz zu hören bekommt, weiß, dass er gleich sterben muss.
2. Er wurde 2007 auf Kuba hingerichtet.

Die Familie des kleinen Jeff war gerade dabei umzuziehen. Sein Vater war befördert worden und so war es der Familie möglich, in einen der etwas vornehmeren Vororte zu ziehen. Im Grunde waren alle glücklich, denn ein neues Haus mit einem schönen Garten war doch angenehmer als die eher beengte kleine Wohnung, in der die Familie zuvor gelebt hatte.
Jeff und sein älterer Bruder Liu waren gerade dabei, ihren Eltern beim Ausladen des Wagens zu helfen, als eine der neuen Nachbarinnen auf sie zukam.
»Hallo und herzlich willkommen! Ich heiße Barbara und das hier ist mein Sohn Billy. Bill, komm doch mal her und sag Hallo!«
Der Junge kam und begrüßte Jeff und seine Familie, rannte dann aber gleich wieder zurück in seinen Garten.
Jeffs Mutter sagte: »Hallo, das freut mich sehr! Ich bin Margaret, das sind mein Mann Peter und unsere beiden Söhne, Liu und Jeff.«
Die beiden Frauen kamen sofort ins Gespräch, und bevor Barbara wieder ging, lud sie die Familie zu der Geburtstagsfeier ihres Sohnes ein. Margaret sagte freudig zu, sehr zum Leidwesen ihrer beiden Söhne. Etwas später ging Jeff zu seiner Mutter und fragte: »Warum hast du zugesagt? Ich will nicht auf diese Kinderparty! Du weißt doch selbst, dass ich nicht eines dieser normalen dummen Kinder bin!«
Die Mutter antwortete ihm, dass es aber nun mal eine sehr nette Geste der neuen Nachbarn sei, sie gleich einzuladen, und dass es damit unhöflich und unmöglich sei, einfach abzulehnen. In diesem Moment war Jeff klar, dass es überhaupt keinen Sinn machte, weiter mit seiner Mutter zu diskutieren: Wenn sie eine Entscheidung gefällt hatte, stand diese auch fest. Genervt und enttäuscht zugleich verzog er sich in sein Zimmer und ließ sich auf sein Bett fallen.
Er lag da und starrte die Decke an, als ihn ein merkwürdiges Gefühl überkam. Er konnte es nicht deuten, es war nicht wirklich greifbar. Und dennoch ergriff es Besitz von ihm.
Er wurde von dem Rufen seiner Mutter unterbrochen. Also tat er den kurzen Moment als unwichtig ab und stand auf, um seiner Mutter weiter beim Auspacken zu helfen.

Am nächsten Morgen, als er beim Frühstück saß, überkam ihn das Gefühl erneut. Aber dieses Mal war es stärker, es fühlte sich an wie ein Ziehen, das so intensiv wurde, dass er Schmerzen bekam. Doch er ignorierte es wieder, und als er und sein Bruder fertig waren, machten sie sich auf den Weg zur Bushaltestelle.

Als sie dort angekommen waren und warteten, kam ein Junge auf einem Skateboard um die Ecke geschossen. Er fuhr so nah an den beiden Brüdern vorbei, dass sie beinahe zusammengestoßen wären. Sie sprangen erschrocken zur Seite. »Was soll denn das?«

Der Junge stoppte abrupt ab, fing sein Skateboard auf und sah die beiden an. Er war etwa ein Jahr jünger als Jeff, also ungefähr zwölf Jahre alt, trug eine zerfetzte Jeans und ein T-Shirt.

Er schmunzelte und meinte: »Hach, da sind sie ja, die Neuen. Aber nachdem ihr uns nicht kennt, stelle ich uns gerne vor.« Er deutete auf zwei weitere Jungen, die in dem Moment um die Ecke bogen. Der eine, extrem dünn mit einem etwas dümmlichen Ausdruck im Gesicht, der andere stark übergewichtig und riesig.

Mit einem Blick auf den dünnen Jungen sagte er: »Das ist Keith und das daneben ist Troy. Und ich bin Randy. Damit ihr gleich wisst, wie das hier läuft, eine kurze Einführung: Jedes Kind, das hier mit dem Bus mitfahren möchte, hat einen gewissen Teil an uns zu bezahlen.«

Liu stand auf und ging auf den Jungen zu, um ihm zu zeigen, dass er sicherlich nicht einfach so irgendetwas bezahlen würde.

Plötzlich zog einer der beiden Jungen ein Messer aus der Hosentasche und richtete es auf Jeffs großen Bruder. »Hm, wie schade. Ich dachte, ihr hättet auch so verstanden. Aber ihr seid wohl eher etwas begriffsstutzig.«

Das waren die Worte des Anführers, als er seelenruhig auf Liu zuging und dessen Geldbeutel aus der Tasche nahm.

In diesem Moment überkam Jeff wieder das merkwürdige Gefühl, aber dieses Mal so heftig, dass es sich anfühlte, als würde etwas in ihm brennen. Er achtete nicht darauf und ging auf den Jungen zu. Liu bedeutete ihm, er solle sich nicht einmischen, doch Jeff ignorierte ihn.

Er baute sich vor dem Jungen auf und sagte: »Gib sofort den Geldbeutel zurück!« Doch Randy ließ sich nicht aus der Ruhe bringen, steckte das Portemonnaie ein und zog selbst ein Messer. »Was willst du denn tun? Oder meinst du etwa, ich hab Angst vor dir?«

In diesem Moment holte Jeff aus und schlug dem Jungen ins Gesicht. Noch bevor Randy realisiert hatte, was geschehen war, packte Jeff sein Handgelenk und brach es – einfach so. Das Messer fiel auf den Boden. Sofort stürzten sich die beiden anderen auf Jeff, doch er war zu schnell für sie. Innerhalb weniger Sekunden hatte er dem einen einen Hieb in die Magengrube versetzt, der ihn zu Boden gehen ließ. Den anderen packte er am Hals und stieß ihm das Messer in den Oberschenkel. Liu, der die ganze Szene beobachtete, war nicht fähig, sich zu bewegen. Er sah zu, wie sein kleiner Bruder das Trio in kürzester Zeit handlungsunfähig machte. Und was er da in Jeffs Gesicht aufleuchten sah, machte ihm Angst: Es war der blanke Hass!

Sie sahen den Bus kommen und rannten, so schnell sie konnten. Denn es war ihnen klar, dass diese Geschichte ein Nachspiel haben würde. Während sie rannten, schauten die beiden zurück und sahen den Busfahrer Randy und den anderen zu Hilfe eilen. Als sie endlich in der Schule ankamen, trauten sie sich nicht, irgendjemanden zu erzählen, was passiert war. Während Liu immer noch verblüfft über die Aktion seines kleinen Bruders war, wusste Jeff, dass es mehr war. Es war mehr als eine einfache Schlägerei. Es war etwas, was die Macht hatte, von ihm Besitz zu ergreifen. Dieses Gefühl in ihm war übermächtig, und sosehr er sich auch gegen das Gefühl wehrte, er merkte, dass es ihm guttat. Er fühlte sich das erste Mal in seinem Leben, als habe er seine Bestimmung gefunden. Er war zufrieden. Und er dachte darüber nach, was ihm diese Befriedigung verschafft hatte. Es war nicht die Gerechtigkeit, die gesiegt hatte. Es war die tiefe Befriedigung, etwas ausgelebt zu haben, was schon so lange in ihm wuchs.

Als die Eltern die beiden zu Hause fragten, wie der erste Schultag verlaufen sei, antwortete Jeff: »Es war der schönste Tag meines Lebens!«

Liu stand daneben und wurde wieder von dem seltsamen Gefühl der Angst und der unguten Vorahnung überfallen. Aber keiner der beiden erzählte, was vorgefallen war.

Am nächsten Morgen wurde Jeff unsanft von seiner Mutter geweckt: »Unten sind zwei Polizeibeamte, die möchten dich und deinen Bruder sprechen. Und zwar sofort!«

Im Eingang des Hauses standen zwei Polizisten, die Jeff und Liu fragen, ob sie diejenigen seien, die gestern in eine Schlägerei und Messerstecherei verwickelt gewesen waren.

Jeffs Mutter begann zu weinen, denn ihr war anhand der Reaktion ihrer beiden Söhne klar, dass sie es gewesen sein mussten.

Jeff sagte: »Aber es waren die anderen, die das Messer gezogen hatten und uns provoziert haben!« Einer der Polizisten erwiderte, dass es aber Zeugen gebe, die gesehen hatten, wie die drei Jungen niedergerungen worden waren. Und dass die beiden Täter daraufhin geflohen seien. Einer der Jungen liege nun mit inneren Verletzungen im Krankenhaus und ein anderer habe zum Teil lebensbedrohliche Stichwunden erlitten. Den beiden Brüdern war klar, dass es unter diesen Umständen keinen Sinn machte zu protestieren.

Einer der Polizisten sagte: »Also, Jungs, um euch noch mehr Ärger zu ersparen: Wer von euch war es? Wer hat die drei Jungs krankenhausreif geprügelt?«

Sofort war Liu zur Stelle und sagte: »Ich war's! Jeff ist mein kleiner Bruder, der ist dazu gar nicht imstande!«

Jeff konnte kaum glauben, was er da hörte. Also rief er lauthals: »Das stimmt überhaupt nicht! Ich war's! Ich habe diese Idioten fertiggemacht!«

Aber Liu zückte ein Messer aus seiner Hosentasche und versicherte den Polizisten, dass sein Bruder weder die Kraft noch ein Messer habe. Es sei allein ihm zuzuschreiben.

Sichtlich beunruhigt, wiesen die Beamten Liu an, vorsichtig das Messer auf den Boden zu legen und die Hände hinter den Kopf zu nehmen.

Jeff schrie und weinte vor Zorn, als ihm klar wurde, dass ihm keiner glaubte. Die Vorstellung, dass sein Bruder jetzt für seine Tat büßen musste, war unerträglich.
Doch alles Betteln und Flehen half nichts: Die Erwachsenen schenkten ihm keine Beachtung mehr. Auf die Frage seiner Mutter hin, was denn nun geschehe, antworteten die beiden, dass das der Richter entscheiden müsse, aber um eine Haftstrafe würde Liu in seinem Alter nicht herumkommen.
Jeff brüllte, bis der Streifenwagen außer Sicht war, dass es alleine seine Schuld sei und Liu unschuldig. Irgendwann legte seine Mutter ihren Arm um seine Schultern und sagte: »Beruhige dich, mein Schatz. Alles wird gut werden … irgendwie …«
Sie brachte Jeff auf sein Zimmer und empfing ihren Mann mit der schlechten Nachricht, als er nach Hause kam. Jeff lag auf seinem Bett und konnte nichts anderes tun, als zu weinen. Als er später beim Abendessen die Enttäuschung in den Augen seines Vaters sehen konnte, brachte er keinen Bissen herunter. Doch viel schlimmer war das Gefühl, dass die beiden Eltern ihre Enttäuschung auf Liu bezogen, der überhaupt nichts dafür konnte. Es war die Hilflosigkeit, die den Zorn in Jeff ins Unermessliche wachsen ließ.
Es vergingen einige Tage, ohne dass klar war, was weiter mit Liu geschehen würde. Jeff verkroch sich in seinem Zimmer und gab sich seinen Schuldgefühlen hin. Er war noch nie in seinem Leben so einsam und traurig gewesen.
Am darauffolgenden Samstag weckte ihn seine Mutter jedoch mit einem strahlenden Lächeln im Gesicht und verkündete, dass sie heute auf die Geburtstagsfeier des kleinen Billy gehen würden. Jeff traute seinen Ohren kaum: »Mama, wie kommst du auf die Idee, in dieser Situation auf die bescheuerte Party zu gehen?«
»Diese Idee ist absolut nicht bescheuert! Die Party wird uns von dem, was passiert ist, ablenken – und außerdem ist es gerade in dieser Situation gut, wenn die anderen Nachbarn merken, dass wir keine Täter, son-

dern ganz normale Bürger sind! Also zieh dich um und komm nach unten, dein Vater und ich warten auf dich.«

Als Jeff nach unten kam, war er überrascht, warum seine Eltern sich so in Schale geworfen hatten. Für eine dumme Party beim Nachbarn. Und seine Mutter schickte ihn, als sie seine alte Jeans und das T-Shirt sah, das er sich übergeworfen hatte, auch sofort wieder nach oben, um sich umzuziehen.

Völlig entnervt zog er die einzige schwarze Stoffhose an, die er besaß, und darüber einen weißen Kapuzenpulli. Die Gesichter der Eltern waren auch nicht gerade freudig, als er mit dem neuen Outfit auf der Treppe stand. Aber in Anbetracht seines Zustandes zuckten sie nur kurz mit den Schultern und gingen nach draußen.

Als sie am Gartentor von Billys Haus ankamen, sah Jeff die anderen Gäste, die alle genauso übertrieben gekleidet waren wie seine Eltern. Einfach lächerlich!

Alle begrüßten sich überschwänglich und für Jeff bestand der einzige Fluchtweg darin, sich zu den anderen Kindern im Garten zu gesellen. Er dachte bei sich: »Vom Regen in die Traufe!«, als er die anderen Kinder sah, die sich in Kostümen eine wilde Verfolgungsjagd lieferten.

Als eines der Kinder zu ihm trat, um ihn zu fragen, ob er nicht mitspielen wolle, konnte er nur verächtlich schnauben. »Ich bin doch kein Kleinkind mehr!«, war seine Antwort.

Doch die anderen kamen auch und fingen an, ihn anzubetteln, er solle doch mitmachen. Je mehr mitmachen würden, umso spaßiger wäre die Jagd.

Zu seinem eigenen Erstaunen ließ er sich dann doch überreden. Noch viel erstaunter war er allerdings, als er feststellte, dass er tatsächlich Freude an dem Spiel hatte. Zum ersten Mal seit Tagen vergaß er seinen Bruder, der seinetwegen im Gefängnis saß. Er konnte einfach loslassen und wie ein ganz normales Kind spielen und lachen.

Doch auf einmal dröhnte ein lautes »Hey! Spinner!« über den Gartenzaun und für Jeff fühlte es sich an, als würde die Zeit stillstehen.

Da waren sie hinter dem Zaun, alle drei: Randy, Keith und Troy! In Randys Augen stand der blanke Hass. Sie machten eine kurze Bewegung und sprangen gleichzeitig über den Gartenzaun. Als Jeff dann sah, was sie in den Händen hielten, drehte er sich um und fing an zu rennen. Sie hatten Waffen! Echte Pistolen! Randy schrie: »Ich mach dich fertig, du Idiot!« Er warf seine Waffe weg und stürzte sich auf Jeff. »Nie wieder wirst du gegen mich gewinnen! Nie wieder! Und das wirst du dir jetzt merken!«

Die beiden lieferten sich einen erbitterten Kampf und wälzten sich am Boden. Als die Erwachsenen aus dem Haus kamen und sahen, was vor sich ging, stürmten Keith und Troy auf sie zu und richteten die Waffen auf sie: »Ihr haltet euch da raus! Das ist eine Sache zwischen den beiden!« Die restlichen Kinder im Garten liefen schreiend zu ihren Eltern.

Jeff schaffte es, sich loszureißen, und rannte los in Richtung Garage. Doch Randy war ihm dicht auf den Fersen. An der Garagentür hatte er Jeff eingeholt und stieß ihm das Messer von hinten in die Schulter. Jeff heulte auf und fiel hin. Randy stand grinsend über ihm: »Na, du Feigling – was jetzt? Willst du deinen Bruder holen, der im Knast sitzt?«

In dem Moment spürte Jeff wieder dieses Ziehen in seinem Körper. Aber dieses Mal war es anders, es war so stark, dass er aufschrie, als ein reißender Schmerz durch seinen Kopf fuhr. Und dann war alles still. Kein Gedanke mehr, der ihm durch den Kopf ging. Kein Schreien, kein Lärm, keine Schmerzen mehr. Er spürte nichts mehr. Es kam ihm vor, als wäre die Zeit angehalten worden und alles wäre ruhig.

Es gab nur noch ein Wort in seinem Kopf, ein Bestreben und ein Ziel: töten!

Seine Psyche hatte sich verändert, sein ganzes Sein war zu einer Motivation zusammengeballt. Er musste töten – jetzt sofort. Er stand langsam auf und sah, dass Randy ihm immer noch irgendetwas entgegenbrüllte, aber er konnte nichts mehr hören. Er lächelte den Jungen an, der jetzt anfing, auf ihn einzustechen, und er sah das Blut, das an seinem Körper herunterlief. Doch er nahm keinen Schmerz wahr.

Dann packte er Randy am Hals, sah ihm in die Augen und drückte zu. Er lächelte den Jungen an und spürte die unnatürliche Kraft, die ihn durch den Wahnsinn, der in ihm ausgebrochen war, durchflutete.

Randy zappelte und schlug um sich. Dabei bekam er eine Flasche mit reinem Alkohol zu fassen, die auf der Werkbank in der Garage stand. Er schmetterte die Glasflasche auf Jeffs Kopf, sodass sie zerbrach und der ganze Alkohol über Jeffs Gesicht lief.

Doch auch das half nichts. Jeff grinste ihn nur weiter an und drückte noch fester zu. Und als Randy aufhörte, sich zu bewegen, durchflutete ihn ein unfassbares Gefühl der Zufriedenheit und Erleichterung. Er blickte auf und sah, dass inzwischen alle anderen zur Garage gekommen waren und sahen, was passiert war. Der Schrecken stand den Kindern und den Eltern ins Gesicht geschrieben. Nach ein paar Minuten wurde Keith und Troy klar, was passiert war, und sie richteten die Waffen auf Jeff und schossen. Er konnte sich mit einem Sprung aus dem Kugelhagel retten und floh durch die hintere Tür der Garage.

Er rannte nach unten in den Keller und sah eine weitere Tür. Schnell sprang er in den Raum, und in dem Moment, als seine Verfolger ankamen, schlug er Tür mit aller Wucht zu. Sie traf Keith im Gesicht und dieser ging zu Boden.

Troy schrie: »Du Schwein! Ich mach dich fertig!« Dabei ließ er seine Waffe fallen und zog ein Messer aus der Hosentasche. Er stürzte sich auf Jeff, doch der schaffte es, Troy am Handgelenk zu packen und in ein Regal hinter sich zu donnern. Dabei fiel eine Flasche Bleichmittel herunter und traf die beiden im Gesicht. Sie schrien beide auf und versuchten, das ätzende Mittel aus ihren Augen zu bekommen. Aber Jeff, durch seinen Wahnsinn getrieben, erholte sich schneller.

Er nahm den Besen, der in der Ecke stand, und schlug mit dem Stiel in Troys Gesicht. Troys Nase brach und er fiel zu Boden. Und noch einmal schlug Jeff auf Troys Kopf ein. Das Blut lief aus Nase und Ohren. Doch kurz bevor Troy seinen Verletzungen erlag, breitete sich ein boshaftes Grinsen in seinem Gesicht aus.

Und in dem Moment, als Jeff das Feuerzeug sah, dass Troy aus seiner Tasche geholt hatte, war ihm alles klar. Troy schleuderte das brennende Feuerzeug auf Jeff, der sofort Feuer fing, weil er ja über und über mit Alkohol und Bleichmittel bedeckt war.
Jeff rannte, vor Schmerzen schreiend, los, das Alkohol-Bleichmittel-Gemisch wirkte wie ein Brandbeschleuniger und die Flammen fraßen sich in seine Haut. Brennend rannte er nach oben, wo ihm die ersten Eltern entgegenkamen. Das Letzte, was er sah, war, dass einige der Eltern Decken über ihn warfen, um die Flammen zu löschen.
Als Jeff die Augen aufschlug, überkam ihn Panik – er konnte nichts sehen. Er fasste an seinen Kopf und stellte fest, dass alles mit einem Verband umwickelt war, auch die Augen. Als er versuchte aufzustehen, wurde ihm schwindelig und speiübel.
Jede noch so kleine Bewegung rief einen derartigen Schmerz im ganzen Körper hervor, dass er ohnmächtig zu werden drohte. Eine Krankenschwester betrat das Zimmer und teilte ihm mit, dass er auf keinen Fall aufstehen dürfe. »Ruh dich aus, Jeff. Das brauchst du jetzt und später kommt deine Mutter.«
Er lag einfach nur da und wartete, als endlich, nach einer gefühlten Ewigkeit, die Stimme seiner Mutter zu ihm drang.
»Hallo, mein Schatz, wie geht es dir?« Aber Jeff konnte nicht antworten, weil die Bandagen auch über seinen Mund gingen. Er nickte nur kurz.
»Alles wird wieder gut, mein Kleiner. Du musst dich jetzt nur ausruhen. Aber ich habe tolle Neuigkeiten! Nachdem die Nachbarn nach deinem Kampf mit Randy und den beiden anderen ausgesagt haben, dass sie die Täter waren und du das Opfer, hat die Polizei entschieden, deinen Bruder wieder freizulassen! Wenn du nach Hause kommst, wird auch Liu wieder da sein!« Jeff konnte sein Glück kaum fassen. Er wollte aufspringen und jubeln, aber seine Mutter hielt ihn mit sanftem Druck davon ab.
Die Genesung dauerte mehrere Wochen. Und dann endlich war der Tag gekommen, auf den alle so lange gewartet hatten – die Verbände sollten entfernt werden. Alle waren da und die Spannung im Raum war spürbar,

als der Arzt begann, den Verband zu lösen. Denn er hatte sie gewarnt: Bei dem Grad der Verletzung, die Jeffs Gesicht erlitten hatte, war nicht klar, wie der Heilungsprozess am Ende verlaufen würde.

Er nahm das letzte Stück der Bandage von Jeffs Gesicht. Das Erste, was er hören konnte, war der Aufschrei seiner Mutter. Und das Erste, was er sah, waren die weit aufgerissenen Augen seines Vaters und Lius. »Was ist los? Was ist mit meinem Gesicht?« Er rannte in das kleine Badezimmer und schaute in den Spiegel. Sein Gesicht war ein Albtraum! Die Haare waren kohlrabenschwarz und merkwürdig gekraust durch das Feuer. Die Gesichtshaut hatte ein unnatürliches, viel zu helles Weiß, weil sie mit dem Bleichmittel in Berührung gekommen war. Und die Lippen waren verbrannt und hatten eine merkwürdige Farbe angenommen, beinahe als hätte jemand sie mit einem starken, tiefroten Lippenstift nachgezogen.

Die Familie starrte schockiert in den Spiegel mit der hässlichen Fratze. Keiner konnte einen Ton sagen. Außer Jeff. Er sagte: »Es ist perfekt!« Und dabei begann er, unkontrolliert zu lachen. Er hüpfte vor dem Spiegel auf und ab und wiederholte in einem irren Singsang: »Das ist perfekt! Das ist mein Gesicht! Es passt so gut, so gut!«

Er streichelte die vernarbte Haut und strahlte: Er war bei dem Kampf mit den drei Jungs zu einem Monster geworden. Und endlich konnten auch alle anderen sehen, wie es in ihm aussah: so wie in seinem Gesicht. Er war zerstört, kein Mensch mehr. Sondern eine blutrünstige Maschine, die nur eines wollte: töten!

Seine Mutter sah den Arzt tränenüberströmt an, als dieser versuchte, sie zu beruhigen: »Das kann von den starken Medikamenten kommen, in Kombination mit dem Schock. Geben Sie ihm etwas Zeit …«

Doch Jeffs Verhalten änderte sich nicht, als die Wochen vergingen. Im Gegenteil, er wurde immer merkwürdiger und beängstigender. Er trug zum Beispiel ausschließlich die Kleidung, die er an dem unglücklichen Tag der Party getragen hatte. Er weigerte sich strikt, etwas anderes anzuziehen, auch wenn die schwarze Hose und der weiße Pulli durch den Brand schwer gelitten hatten und überall geflickt werden mussten.

Meistens stand er gackernd vor dem Spiegel und strich über sein Gesicht.
In einer Nacht wurde sein Vater von einem Schrei geweckt. Sofort eilte er in das Badezimmer, aus dem der Schrei gekommen war. Er riss die Tür auf und sah Jeff. Er stand vor dem Spiegel, mit einem Messer in der Hand. Sein Gesicht war blutüberströmt. Und dann sah der Vater, warum: Jeff hatte sich mit einem Küchenmesser die Wangen aufgeschnitten, bis an die Ohren. Die Zähne und sogar der Kieferknochen waren zu sehen. Es sah aus wie ein blutiges Grinsen, das von einem Ohr zum anderen führte.
»Was um Himmels willen machst du da, Jeff?« Der Vater war starr vor Entsetzen.
»Mir hat irgendwann das Lachen so wehgetan. Jetzt kann ich immer lachen und es tut auch gar nicht mehr weh! Sieht es nicht schön aus?« Jeff sah sich mit einem bewundernden Lächeln im Spiegel an.
Und dann sah sein Vater noch etwas: Der Junge hatte sich die Augenlider weggebrannt. Anstelle der normalen Augen klafften nun zwei weit aufgerissene schwarze Löcher in Jeffs Gesicht.
Jeff bemerkte den Blick seines Vaters und fügte hinzu: »Es wäre doch schade, wenn ich immer wieder die Augen schließen müsste. Dann kann ich mein Gesicht ja gar nicht sehen!«
Der Vater stand immer noch regungslos da, unfähig, sein Grauen zu verbergen.
»Du findest mich nicht schön, nicht wahr?«
»Doch, doch mein Junge … ich brauche nur etwas Zeit, mich daran zu gewöhnen.« Während er diese Worte aussprach, überlegte der Vater krampfhaft, wie er sich und den Rest der Familie in Sicherheit bringen konnte.
Aber Jeff schien seine Gedanken zu ahnen, ging auf seinen Vater zu und stach ihm das Messer in den Hals.
Er hörte einen gellenden Schrei, denn inzwischen war auch die Mutter aufgewacht und gekommen, um nachzusehen. Sie starrte ihn mit weit aufgerissenen Augen an und rannte los. Doch Jeff war viel schneller – als er sie eingeholt hatte, brach er ihr mit einem Ruck das Genick.

Als Liu die Augen öffnete, stand Jeff vor seinem Bett. Er sah seinen Bruder beinahe schon gnädig grinsend an und sagte: »Geh schlafen.«
Dabei drückte er ihm den Mund zu und begann, ihn mit dem Messer auszuweiden.

Epilog:

Lokalen Medienberichten gehen die Morde der letzten vier Monate auf das Konto einer einzelnen Person. Der Verdacht erhärtet sich, dass es sich bei sämtlichen Tötungsdelikten um die Handschrift eines Mörders handelt. Man kann laut Polizei von einem Serienkiller sprechen, von dem bis jetzt jede Spur fehlt.

Laut den Beamten hat aber gestern ein Junge eine Zeugenaussage gemacht, die extrem hilfreich sein könnte. Denn allem Anschein nach wurde dieser Junge von demselben Täter angegriffen wie die anderen Opfer der letzten Monate. Nur dass er den Angriff überlebt hat und somit der wichtigste Zeuge in diesem Fall ist.

Der Junge schildert den Tathergang folgendermaßen: »Ich bin spät in der Nacht aufgewacht, weil ich Durst hatte. Also ging ich in die Küche, um einen Schluck Milch zu trinken. Als ich wieder in mein Zimmer kam, bemerkte ich, dass auf einmal beide Balkontüren offen standen. Ich dachte, ich hätte sie nicht richtig verschlossen und der Wind hätte sie aufgedrückt.

Als ich sie wieder geschlossen hatte und auf dem Weg zurück in mein Bett war, hatte ich das unangenehme Gefühl, jemand oder etwas würde mir seine Blicke in den Rücken bohren. Und als ich mich umdrehte, sah ich es! Da stand jemand oder besser etwas hinter dem rechten Vorhang. Das Gesicht der Gestalt wurde vom Straßenlicht angestrahlt und ich wurde bei dem Anblick beinahe ohnmächtig.

Es war kein normales Gesicht: Es sah eher aus wie eine entstellte Fratze des Teufels! Kurze schwarze Haare und eine so unnatürlich weiße Hautfarbe, beinahe so, als würde das Gesicht leuchten. Die Augen waren irgendwie ganz merkwürdig aufgerissen und schwarz.

Aber das Schlimmste war der Mund! Es war ein Grinsen, das sich bis zu den Ohren zog, weit aufgerissen, sodass man die hinteren Zähne und den Kiefer sehen konnte. Die blanken Knochen waren zu sehen!
Das Ding stand einfach nur da und sah mich an. Ich war einfach nicht fähig, mich zu bewegen! Mein ganzer Körper zitterte und war wie gelähmt.
Dann auf einmal machte die Gestalt den Mund auf und sagte: ›Geh schlafen.‹ Doch das Schlimmste war, wie es gesagt wurde. Mir war in diesem Moment klar, dass die Gestalt damit meinte, dass ich für immer schlafen gehen sollte.
Es kam auf mich zu, mit einem Messer in der Hand. Und dann ging alles ganz schnell: Ich konnte mich auf einmal wieder bewegen und sprang von meinem Bett. Dabei schrie ich, so laut ich konnte. Die Gestalt kam auf mich zugerannt und wollte mir das Messer in den Hals stoßen. Aber ich war in meiner Panik so schnell, dass ich ausweichen konnte. Ich rannte schreiend los, als mir an meiner Zimmertür mein Vater entgegenkam. Er sah den Eindringling und stürzte sich auf ihn. Die beiden lieferten sich einen erbitterten Kampf, der am Ende nur zugunsten meines Vaters ausging, weil die Polizei, die meine Mutter alarmiert hatte, nach wenigen Minuten vor Ort war.
Das Wesen sah die Beamten, machte kehrt und rannte zurück in mein Zimmer. Dann hörte ich Glas zersplittern. Als wir in das Zimmer kamen, sahen wir die zerbrochenen Balkontüren und einen Schatten auf der Straße, der weglief.
Er war tatsächlich durch die Scheiben gesprungen und geflohen.
Ich glaube, ich werde nie wieder schlafen können. Weil ich dieses Gesicht und das Böse darin nie vergessen werde. Und solange dieses Ding nicht gefasst ist, werde ich an nichts anderes mehr denken!«
Bis heute fehlt jede Spur von dem Tatverdächtigen. Die Polizei ist auf die Mithilfe der Bürger angewiesen und nimmt jeden Hinweis dankbar entgegen.

VERGO

Bei der Hauptfigur in Vergo handelt es sich um einen maskierten 14- oder 15-jährigen Jungen, der eine »spezielle Art« von Kochshow moderiert. Die Figur und ihre Geschichte entstand im Netz, wurde aber nie ganz fertiggestellt. Deshalb haben die verschiedenen User einschlägiger Seiten ein Ende geschrieben und die Geschichte dabei teilweise sogar auf mehrere Teile erweitert.

Als sich meine Eltern letzten Freitag dazu entschieden, auszugehen und mich endlich einmal ohne Babysitter zu Hause zu lassen, konnte ich mein Glück gar nicht fassen! Keine Eltern, kein Aufpasser – nur ich, ganz alleine. Die Haustüre fiel zu und ich machte einen Satz vor lauter Freude und rannte sofort in die Küche. Denn der erste Teil meines Plans bestand darin, alles, was es an Süßem in unserem Haus gab, ins Wohnzimmer vor den Fernseher zu schaffen. Denn der zweite Teil sah so aus: Fernsehen, bis mir die Augen zufallen, und dazu alle Süßigkeiten verputzen, bis mir schlecht werden würde. Ein Schlaraffenland!

Um elf Uhr hatte ich dann genau diesen Zustand erreicht: Mir war übel von all dem, was ich gegessen hatte, und meine Augenlider wurden immer schwerer, als plötzlich das Bild auf dem Fernsehschirm zu flackern begann. Ich schaltete das Gerät aus und wieder an, in der Hoffnung, die Störung damit beheben zu können. Aber nichts hatte sich verändert. Einige Minuten lang sah ich gar nichts, doch dann erschien auf einmal ein Bild.

Ich sah jemanden vor der Kamera stehen. Er oder sie trug eine weiße Maske, die das ganze Gesicht bedeckte, und einen zerrissenen schwarzen Anzug. Als »es« zu sprechen anfing, war klar, dass es sich um ein männliches Wesen ungefähr in meinem Alter handeln musste.

Die Maske machte mir Angst, denn es war nicht ersichtlich, wie sie an dem Gesicht befestigt sein konnte. Es sah im Gegenteil eher so aus, als wäre sie eingewachsen.

Mit einem irren Grinsen im Gesicht und einer merkwürdigen und fremdartigen Stimme begann der Junge oder das Wesen zu sprechen. »Hallo allerseits! Mein Name ist Vergo und ich werde euch heute mal eine Kochshow der besonderen Art servieren.«

Ich weiß nicht genau, warum, aber mich überlief ein kalter Schauer nach dem anderen. Deshalb schaltete ich auf einen anderen Kanal – das war wohl eher eine Sendung für Erwachsene. Das Merkwürdige war, dass ich auf jedem Kanal das Gleiche sah: das Ding mit der Maske.

»Ich weiß, ich weiß, ihr wundert euch vielleicht gerade, dass ihr nur meine Sendung empfangen könnt. Aber das ist wichtig und richtig so, denn es sollen doch so viele Leute wie möglich von meinen Rezepten erfahren.«

Erst jetzt fielen mir die schwarzen riesigen Gummihandschuhe und die ebenfalls schwarzen Gummistiefel auf. Es wirkte alles zusammen so grotesk und unheimlich!

»Hoffentlich verderbe ich euch gerade nicht euren Abend, aber ich denke, wenn ihr meine Show gesehen habt, wisst ihr, warum es so wichtig ist dranzubleiben. Ich will aber auch sicherstellen, dass nur diejenigen zusehen, die mir in Zukunft helfen können, meine Rezepte zu verteilen und auch selbst zu kochen. Also, wenn jetzt bitte alle, jene, die zartbesaitet sind, und dazu alle Kinder (die eigentlich schon längst im Bett sein müssten) in ihr Bett gehen könnten, wäre ich sehr dankbar. Ich möchte ein Exempel statuieren und für die Nachwelt festhalten. Denn dies ist die erste von vielen Sendungen der Reihe *Vergos Kochstudio*!«

Das Erstaunliche an der Art, wie er oder es sprach, war, dass ich ganz euphorisch wurde: Ich konnte es kaum noch erwarten, bis die Show endlich losging. Das Ganze war gepaart mit diesem unguten Gefühl, das sich schon die ganze Zeit in mir breitgemacht hatte.

Und dann ging es los: Vergo ging ein paar Schritte nach rechts, bis man einen Mann sah. Er war an eine Art Zahnarztstuhl gebunden und hatte einen Knebel im Mund. Vergo nahm einen Zeigestab wie in der Schule zur Hand und fuhr mit einer Art Singsang in der Stimme fort: »Nun, das hier, meine Damen und Herren, ist Freddy. Freddy ist einer von den

Menschen, die andere auf dem Gewissen haben und ungestraft davongekommen sind. Er hat seine beiden Töchter missbraucht und beide ermordet, als sie sich entschieden hatten, zur Polizei zu gehen. Leider reichten die Beweise nicht aus, ihn hinter Schloss und Riegel zu befördern. Also muss ich mich der armen Seele annehmen. Aber das tue ich natürlich gerne. Wo kämen wir denn hin, wenn nicht jeder seiner gerechten Strafe zugeführt werden würde?«

Ich musste beinahe schon lachen, weil die Situation so dermaßen verrückt war. Es war offensichtlich, dass es sich hier nicht um eine gestellte Szene handelte. Spätestens als der Mann urinierte, war mir klar, dass das kein Fake war.

Vergo fuhr fort: »Also, mein Lieber, damit du auch endlich bekommst, was du verdienst, wollen wir anfangen. Du bekommst jetzt zuerst eine Spritze von mir. Nein, keine, die deine Schmerzen lindern soll – wo kämen wir denn da hin? Deine Töchter hatten bestimmt auch keine Narkose, als du sie jahrelang misshandelt hast, nicht wahr? Es ist ein reines Muskelrelaxans, damit du nicht anfängst zu zappeln, mein Lieber...«

Mein ganzer Körper überzog sich mit einer Gänsehaut, als ich sah, wie dieses Etwas eine Spritze in die Venen des Mannes einführte, dem mittlerweile stumm die Tränen über das Gesicht liefen.

Vergo verließ nur kurz das Bild, um dann wieder mit einem Wagen aufzutauchen, den er vor sich herschob. »So, lieber Freddy, mit was fangen wir denn am besten an? Es ist ungemein wichtig, meine verehrten Damen und Herren, dass Sie sich bezüglich der Anatomie gute Kenntnisse verschaffen, wenn sie meine Rezepte nachkochen wollen. Denn wir wollen ja nicht, dass unser lieber Freddy hier zu schnell das Bewusstsein verliert und von dem ganzen Spaß nichts mitbekommt!«

Ich traute meinen Augen nicht, als Vergo ein Skalpell vom Tisch nahm und langsam damit anfing, die Haut von Freddys Armen zu lösen. Er häutete ihn, vor laufender Kamera und bei vollem Bewusstsein! Der Mann war durch das Medikament unfähig, sich zu bewegen, aber er schrie gegen seinen Knebel an und die Augen traten ihm hervor.

»So, meine geneigten Zuschauer. Diese Hautfetzen geben dem Süppchen später erst den richtigen würzigen Geschmack. Nun fahren wir mit den Innereien fort. Als Erstes empfehle ich ein Gehirn auf Körpertemperatur – eine Spezialität, die man auch gerne in China zu sich nimmt. Dazu braucht man eine kleine Kreissäge wie diese hier. Ein herkömmliches Operationsinstrument …

Man öffnet damit vorsichtig die Schädeldecke, so etwa … dabei ist es sehr wichtig, dass das Medikament, das gespritzt wurde, um den ›Patienten‹ ruhig zu halten, wohldosiert ist.«

Er öffnete die Schädeldecke des Mannes und hob sie ab. Ich konnte direkt auf das Gehirn sehen und musste mich bemühen, mich nicht sofort zu übergeben. Doch das Schauspiel hatte Macht von mir ergriffen und ich starrte fasziniert auf den Bildschirm. Das konnte alles nicht wahr sein!

Vergo fuhr unbeeindruckt fort: »Es ist sehr wichtig, dass man jetzt nicht sofort anfängt, das Gehirn zu verspeisen, denn sonst würde Freddy auch den folgenden Teil nicht mehr mitbekommen. Also bitte etwas Geduld …«

Er ging wieder vor den Stuhl, auf dem der Mann die Augen nach hinten gerollt hatte. Dann nahm er wieder ein Skalpell zur Hand und schnitt einmal längs den ganzen Oberkörper auf.

»Sie sehen hier frische und völlig intakte Innereien – ein Fest für jede Schlachtplatte! Wir beginnen also mit der Milz und der Leber …«

Er schnitt die beiden Organe heraus und ging mit ihnen zu einer kleinen Küchenzeile, die im linken Teil des Bildes zu sehen war. Dort angekommen, warf er beides in einen Kochtopf und schaltete den Herd ein.

»Es kommt darauf an, dass Sie alles ganz langsam erwärmen. Bei zu hoher Hitze kann der gute Geschmack verloren gehen.«

Er zwinkerte in die Kamera und ging zurück zu Freddy, der nun offensichtlich tot in einer riesigen Blutlache lag. »Jetzt ist der Zeitpunkt gekommen, an dem Freddy leider die Show verlassen hat, wir aber gerne die Vorspeise zu uns nehmen können.« Er ging auf den Wagen zu, nahm einen kleinen goldenen Löffel und fing an, das Hirn des Mannes auszulöffeln und vor laufender Kamera zu verspeisen. Mir wurde schwindelig bei dem Anblick.

Als er beinahe alles aufgegessen hatte, lächelte er in die Kamera und sagte: »Wenn Sie nun den Eintopf etwa eine halbe Stunde bei mittlerer Hitze köcheln und ganz zum Schluss die Haut zufügen, werden Sie von dem Ergebnis begeistert sein! Ich hoffe, Sie bald wieder begrüßen zu dürfen, wenn ich Ihnen ein neues Rezept vorstelle. Weiterhin einen angenehmen Abend und bon appetit!«

Das Bild verschwand und das normale Abendprogramm war wieder zu sehen. Ich konnte die darauffolgenden Nächte kein Auge zutun, hütete mich aber davor, meinen Eltern davon zu erzählen.

Als ich am Montag einigen meiner Freunde von dem Vorfall erzählte, berichteten sie mir, dass sie das Video ebenfalls gesehen hätten und genauso fasziniert davon gewesen seien.

Wir sprachen mehrere Tage über jedes einzelne Detail, an das wir uns erinnern konnten, und fassten irgendwann den Entschluss, die Rezepte von Vergo auszuprobieren.

Seitdem treffen wir uns jeden Freitag und sehen uns die Show gemeinsam an. Und ich kann euch versichern: Alles, was wir bis jetzt nachgekocht haben, schmeckt vorzüglich! ;)

DIE EMOTIONSLOSE

Im Juni 1972 tauchte eine Frau im Cedar-Senai-Krankenhaus auf. Sie hatte nichts an außer einem weißen Kittel, der vollkommen blutverschmiert war. Im Grunde war das in einem Krankenhaus nichts Absonderliches. Es kamen oft Menschen, die zum Beispiel in einen Unfall verwickelt waren, zu Fuß und aus eigener Kraft in die Ambulanz. Sie standen unter Schock und waren dadurch zu solchen Leistungen fähig. Doch an dieser Frau waren zwei Dinge, die die Menschen, denen sie auf ihrem Weg begegne-

te, entweder fliehen ließ oder sie veranlasste, sich an Ort und Stelle zu erbrechen.
Denn sie war definitiv nicht menschlich! Sie bewegte sich zwar wie ein Mensch und sah aus wie ein Model. Doch bei genauerem Hinsehen sah sie aus wie eine Schaufensterpuppe. Sie war geschminkt und wunderschön, nur eben unwirklich – als wäre ihre Haut aus Plastik.
In ihrem Mund steckte ein Kätzchen! Es war so tief in ihren Kiefer geraten, dass man keine Zähne mehr erkennen konnte. Links und rechts von dem Tier lief das Blut aus dem Mund und troff über den weißen Kittel.
Mit einer schnellen Handbewegung riss sie sich das Kätzchen aus dem Mund und warf es neben sich zu Boden. Beinahe gleichzeitig wurde sie ohnmächtig. Als das Krankenhauspersonal herbeieilte und sie in ein Patientenzimmer brachte, um sie für die bevorstehende Untersuchung zu säubern, war sie wieder bei Bewusstsein und ließ alles ohne eine Regung über sich ergehen. Sie sah zu, wie der Flur von dem Blut des Kätzchens gereinigt wurde und auch wie sie selbst bald wieder in ein sauberes Nachthemd gekleidet und sauber in das Bett des Zimmers gelegt wurde. Die Ärzte entschieden, die Polizei hinzuzuziehen, denn der ganze Vorfall war mehr als merkwürdig.
Das Erschreckende war, dass alles, was bis zu diesem Moment passiert war, keine einzige emotionale Regung in der Frau hervorzurufen schien. Sie zeigte keine Regung – nicht einmal in dem Moment, als sie in Ohnmacht gefallen war.
Das Personal des Krankenhauses wartete gespannt auf die Ankunft der Beamten, denn sie sprach kein Wort. Und viele konnten sie immer nur kurz ansehen. Sie erzählten, dass sie jedes Mal, wenn sie die Frau länger als ein paar Sekunden ansahen, ein derartig ungutes Gefühl überfiel, dass sie in dem Moment am liebsten losgerannt wären.
Die Frau blieb weiterhin vollkommen emotionslos. Erst als die Pfleger versuchten, ihr ein Beruhigungsmittel gegen den Schock zu verabreichen, wehrte sie sich mit einer fast unnatürlichen Kraft. Es waren drei Pfleger

nötig, um sie in ihrem Bett zu halten. Doch auch in dieser Situation blieb ihr Gesichtsausdruck vollkommen emotionslos.
Sie drehte ihr Gesicht zu dem männlichen Arzt, der im Zimmer war, um sie gemeinsam mit einer Kollegin zu untersuchen. Dann sah sie ihn mit ihren emotionslosen Augen an und begann zu lächeln. Aber in dem Moment fing die Kollegin des Arztes zu schreien an. Sie machte einen Satz nach hinten, als sie den Mund der Frau sah: In ihm befanden sich keine normalen Zähne, sondern extrem lange und scharfe Stacheln. Es war offensichtlich, dass die Frau bei der Länge der Stacheln ihren Mund nur schließen konnte, indem sie sich selbst tiefe Wunden zufügte.
Der männliche Arzt starrte sie entsetzt an und fragte: »Was zur Hölle bist du?«
Als sie den Kopf noch ein Stückchen drehte, um dem Arzt noch besser ins Gesicht sehen zu können, knackte es in ihrem Hals. Sie lächelte ihn an und sagte gar nichts. Mehrere Minuten lang geschah nichts. In der Zwischenzeit hatten die Pfleger den Sicherheitsdienst alarmiert. Als man schon die Schritte der Männer auf dem Flur hörte, wie sie auf dem Weg waren, um Hilfe zu leisten, machte die Frau eine vollkommen lautlose und blitzschnelle Bewegung. Sie hatte sich mit einer Bewegung nach vorne geworfen und gleichzeitig ihre Stachelzähne im Hals des Arztes versenkt. Mit einem Ruck riss sie ihm den Adamsapfel aus dem Hals und spuckte ihn hinter sich auf den Boden. Dann beugte sie sich tief über den Arzt, der jetzt röchelnd am Boden lag und an seinem eigenen Blut erstickte. Sie kam seinem Gesicht so nahe, dass sie sich beinahe berührten. Dann drehte sie seinen Kopf zur Seite und flüsterte ihm ins Ohr: »Ich bin Gott!«
Die Augen des Arztes weiteten sich im Schock, als er seinen letzten Atemzug tat. Er blickte in ihre Augen, als er starb. Doch das Letzte, was er sah, war, dass sie sich aufrichtete, um die Wachmänner, die nun eingetroffen waren, zu begrüßen. Sie ging auf die Männer zu und fraß einen nach dem anderen auf.
Der Ärztin, die sich noch in dem Zimmer befand, gelang es zu fliehen. Sie nannte die Frau später »die Emotionslose«. Sie wurde nie wieder gesehen.

DER RAKE

Der Rake ist ein Wesen, das in groben Zügen vergleichbar mit dem Slenderman ist. Es handelt sich um eine nackte weiße Gestalt ohne wirkliches Gesicht. Sie kann sich blitzartig bewegen und läuft dabei meist in einer geduckten Haltung. Die wichtigsten Merkmale sind die extrem langen, klauenartigen Finger und die kleinen, aber messerscharfen Zähne der Figur.

Der Rake lauert laut der Sage schlafenden Menschen auf, um sie, wenn sie aufgewacht sind, zu töten. Dazu sitzt er meist an der Bettkante seines Opfers und lauert, bis es aufwacht. Es existieren aber auch unzählige Berichte davon, dass das Wesen geduckt in Vorgärten lauert oder die Menschen im Wald verfolgt. Statur und Aussehen sollen dabei der Figur des Gollum aus dem Roman »Herr der Ringe« relativ ähnlich sein.

Im Jahr 2005 postete ein anonymer User einen Aufruf, ein neues Monster zu kreieren. Es folgten viele Ideen und Zuschriften, bis der Rake geboren war. 2006 erschien dann die erste Creepypasta zum Raken. Diese Version gilt als »Urversion« und somit als das Original. Denn gerade diese Pasta wurde im Lauf der Jahre immer wieder verändert und erweitert.

Mittlerweile kann man vor allem in den USA schon beinahe von einem modernen Märchen sprechen, denn die Geschichte des Rake und die damit verbundenen Ängste sind über das ganze Land hinweg bekannt.

Vor allem die unzähligen Berichte der Menschen, die dem Rake angeblich begegnet sind, in Kombination mit der Aussage, dass es schon seit dem 12. Jahrhundert dokumentierte Fälle des Phänomens geben soll, verängstigen eine ganze Schar von Internetnutzern.

Ob Wahrheit oder Gerücht – das darf bei dieser Geschichte jeder selbst entscheiden.

2003 erreichte eine mysteriöse Geschichte die lokalen Medien im Norden der USA. Es handelte sich um einen Zwischenfall, bei dem eine menschenähnliche, aber zugleich monströse Gestalt Jagd auf Menschen machte.

Gerade zu dem Zeitpunkt, als die Geschichte ihren medialen Höhepunkt erreichte und beinahe jeder in den Vereinigten Staaten davon gehört hatte, geschah etwas Merkwürdiges: Sämtliche Dokumente, die den Fall betrafen, waren verschwunden. Von einem Tag auf den anderen war nichts mehr da. Keine Berichte, keine Fotos – nichts.

Aber obwohl plötzlich alle Dokumente verschwunden waren, rissen die Aussagen der Menschen, die das Wesen gesehen haben wollten, nicht ab. Jeden Tag gab es neue Berichte über Sichtungen oder Zusammentreffen mit diesem Wesen. Im Gegenteil, die Häufigkeit der Berichte nahm sogar zu.

Das Interessante daran war, dass die Emotionen, die das »Ding« bei den Beobachtern auslöste, teilweise vollkommen gegensätzlich waren. Die einen reagierten mit panischer Angst, die auch später nicht mehr in den Griff zu bekommen war. Andere dagegen waren beinahe schon fasziniert bis besessen und konnte von nichts anderem mehr sprechen.

Wegen der ständigen Zunahme der Sichtungen wuchs auch das Interesse immer mehr und die Leute machten sich auf die Suche nach Informationen. Es entstanden ganze Gruppen, die sich der Aufklärung des Phänomens widmeten. Und einer solchen Gruppe gelang es dann schließlich auch 2006, eine durchschlagende Entdeckung zu machen. Sie hatten Dokumente gesammelt, die bis ins 12. Jahrhundert zurückreichten und alle von demselben Wesen berichteten. In diesen Berichten, die den Zeitraum von damals bis in das Jahr 2006 abdecken, beschrieben die Menschen ihre Begegnungen und Erfahrungen mit einem Geschöpf namens Rake. Alle Berichte beschrieben den Rake auf fast exakt die gleiche Art und Weise. Doch das Verblüffendste daran war der Name. Egal, ob es sich um Schriftstücke aus der Zeit des 12. Jahrhunderts handelte oder um aktuelles Zeitgeschehen: Alle beinhalteten denselben Namen.

Einer der aktuellen Berichte stach den Mitgliedern dieser Gruppe besonders ins Auge.

Eine Frau erzählte von ihrer Begegnung mit dem Rake, die genau in dem Jahr stattgefunden hatte, als das Wesen entdeckt worden war und alle Dokumente dazu verschwunden waren: Mitten in der Nacht wurde die Frau wach. Sie fühlte sich unwohl und kalte Schauer jagten über ihren Körper. Anfangs dachte sie, es wären vielleicht die Nachwirkungen eines schlechten Traumes, an den sie sich nicht mehr erinnern konnte. Aber das Gefühl ließ sie nicht mehr los. Im Gegenteil, es wurde von Minute zu Minute stärker. Als sie es nicht mehr aushielt, weckte sie ihren Mann auf. Sie war gerade dabei, sich zu entschuldigen, als er sich zu ihr umdrehte. Er stieß einen Keucher aus, als er hinter seine Frau ans Bettende sah, und zog sie mit einem Ruck in seine Arme.

Am Ende des Bettes saß eine riesige Gestalt. Er konnte nicht ausmachen, ob es sich um ein Tier oder einen Menschen handelte. Die Gestalt saß dort, gebückt mit einer durchscheinend weißen Haut und Fingern, die in gut 30 Zentimeter lange Klauen übergingen. Das Einzige, was zu hören war, war der rasselnde Atem der Kreatur.

Dann plötzlich und ohne dass eine wirkliche Bewegung sichtbar war, sprang das Wesen auf und landete nur einige Zentimeter entfernt von dem Gesicht des Mannes. Es starrte ihn an und dabei konnten die beiden extrem viele kleine und stachelige Zähne im Mund der Kreatur sehen. Sie waren beide nicht fähig, sich zu bewegen.

Das Wesen sah sie an, blickte dann zur Tür des Zimmers und war mit derselben, für das menschliche Auge kaum sichtbaren Bewegung hinaus auf den Flur geschossen.

Und in dem Moment fiel es den beiden ein: die Kinder! Sie rannten los und sahen mit Entsetzen, dass die Tür am Ende des Flurs zum Kinderzimmer weit offen stand.

Als sie eintraten, war es ihnen klar: Er war schon dort gewesen. Der zerfetzte, leblose Körper ihrer kleinen Tochter lag direkt vor der Tür. Ein paar Schritte weiter hinten der gleiche Anblick mit der größeren Tochter.

Beide standen nur da und konnten nichts tun, als sie ein Röcheln von der älteren Tochter vernahmen. Sofort rannten sie zu ihr.
Das Einzige, was sie noch sagen konnte, bevor sie ihren Verletzungen erlag, war: »Es war der Rake!«

Im Folgenden sind einige der Dokumente zusammengefasst, die die Gruppe zusammengetragen hat. Sie umfassen einen Zeitraum vom 12. Jahrhundert bis zur heutigen Zeit und sind dabei über vier Kontinente verteilt.
Zunächst der Brief eines Selbstmörders in den frühen 1960er-Jahren:

> Ich muss mich verabschieden, denn ich kann nicht mehr. Er hat mich besucht. Schon dreimal. Nach dem ersten Mal, als ich ihn nur dasitzen sah, dachte ich danach, dass ich verrückt werden würde. Verrückt vor Angst, er könnte wieder da sitzen.
> Ich konnte nicht mehr schlafen, und wenn ich es tat, träumte ich nur von ihm.
> Und dann kam er ein zweites Mal und ein drittes Mal. Ich hörte ihn atmen und er kam zu mir, ganz nah. Ich sah Hunderte der kleinen Stacheln in seinem Mund. Er berührte mich mit seinen Klauen.
> Und deshalb muss ich jetzt gehen, bevor er mich holt. Denn meinen Geist hat er sich schon geholt. Keiner ist schuld an meinem Freitod, macht euch keine Vorwürfe! Derjenige, der mich umgebracht hat, heißt Rake!

In der Wohnung des Selbstmörders wurden zwei weitere Schriftstücke gefunden, die laut Datum vor einigen hundert Jahren verfasst worden waren.
Darunter der Brief eines Schusters aus London, verfasst im Jahre 1650:

> Ich habe ihn gesehen und ich habe ihn gespürt. Nachts, als er an meinem Bett saß und lauerte. Er hat mich durchbohrt mit seinen

Augen, er hat mich berührt mit seinen Klauen. Schrecklich weiß und ohne Gesicht. Er hat mich heimgesucht, der Leibhaftige. Ich kann nie mehr schlafen – ich will nie mehr schlafen.

Ein Dokument aus dem Jahre 1849, auf Italienisch verfasst:

Meine liebe Chiara,
ich weiß weder ein noch aus. Aber ich muss dich warnen! Er war bei mir – so weiß, so kalt. Und er hat ihn gesagt – Deinen Namen!

Unter anderem wurde auch das Tagebuch eines Schweizer Mädchens aus dem Jahr 1920 gefunden, in dem sich dieser Bericht fand:

Keiner glaubt mir! Alle halten mich für verrückt! Aber es stimmt. Ich weiß es genau!
Er wartet auf mich. Der Rake. Er sitzt manchmal, wenn ich von der Schule nach Hause komme, unter den Büschen im Garten. Jedes Mal, wenn ich meine Mutter rufe, verschwindet er.
Und nachts sitzt er an meinem Bett, er schaut mich an und ich höre ihn röcheln. Dieses grauenhafte Monster. Er muss nicht sprechen, ich weiß es auch so. Es ist der Rake. Und er wird mich holen.

Der Weihnachtsmann im Schornstein

Kurz vor Weihnachten wollte die alleinerziehende Kate Green ihren Kindern eine Freude machen und ihnen eine weihnachtliche Geschichte im Schein des prasselnden Kaminfeuers erzählen. Sie lebte mit ihren beiden Kindern in einem Vorort von New York. Das Mysterium des plötzlichen

Verschwindens ihres Ehemannes vor einem Jahr beschäftigte die junge Frau immer noch jeden Tag. Sie hatte nie verstanden, warum ihr Mann, der sich immer aufopferungsvoll um die Familie gekümmert hatte, auf einmal verschwunden sein sollte. Es gab keinerlei Erklärungen dafür und die Polizei schaffte es nicht, den Fall aufzuklären.

An jenem Abend ging sie in den Garten, um das Holz zu holen, das ihr Ehemann ein Jahr zuvor noch gehackt und bereitgelegt hatte.

Versunken in die Erinnerungen an ihren Mann, entzündete sie das Feuer im Kamin und erzählte den Kindern die Geschichte von den Heiligen Drei Königen. Nach einiger Zeit bemerkte die kleine Familie einen beißenden und unangenehmen Geruch im Wohnzimmer. Aber sie konnten nicht feststellen, was die Ursache dafür war. Sie überprüften sämtliche Elektrokabel und Leitungen, da der Geruch irgendwie an verschmorte Kabel erinnerte.

Nach einiger Zeit war der Ursprung des Geruches ganz klar zu lokalisieren – er kam aus dem Kamin. Die Mutter löschte das Feuer umgehend und stellte sicher, dass es nicht von den Anzündern oder dem Holz herrühren konnte. In ihrer Unsicherheit rief sie den Nachbarn an, der vermutete, dass ein kleines Tier im Schacht des Kamins verendet sein könnte. Er gab ihr den Rat, einen Kaminkehrer zu bestellen, der nachsehen sollte.

Als der Kaminkehrer am nächsten Tag vom Dach aus mit einer Taschenlampe in den Schacht leuchtete, traute er seinen Augen nicht – er alarmierte sofort die Polizei. Als diese kurze Zeit später eintraf, bestätigten die Beamten den grausigen Fund: In dem Kaminschacht steckte eine zum Teil verkohlte Leiche.

Erst nach einigen Stunden gelang es den Männern der Feuerwehr, den verkeilten Körper ans Tageslicht zu befördern.

Als Kate Green sah, dass es sich bei der Leiche um ihren Mann handelte, der sich ein Jahr zuvor als Weihnachtsmann verkleidet hatte und in den Schacht geklettert war, um die Kinder zu überraschen, fiel sie in Ohnmacht.

Der Familienvater hatte sich in den Schacht abgeseilt, sich dabei verkeilt und musste qualvoll erstickt sein.

KINDER MIT SCHWARZEN AUGEN

In den 1980er-Jahren wurde in einem Park in England das erste Mal eines der Kinder mit schwarzen Augen gesichtet. Eine völlig verängstigte Frau berichtete von ihrem Zusammentreffen mit dem Mädchen. Die Frau begegnete dem Mädchen nördlich von Birmingham in einem Wald. Das Kind soll rabenschwarze Augen gehabt haben. Kurz darauf sei es verschwunden. Doch nach diesem Vorfall häufen sich die Berichte über die Kinder mit den schwarzen Augen. Die Kinder, die nicht aus dieser Zeit zu stammen scheinen, bitten die Menschen um Einlass. Sie kommen immer wieder, wenn sie sich jemanden als Opfer auserwählt haben. Ihr Drängen nach einem kurzen Telefonat oder einem Glas Wasser wird immer heftiger. Was passiert, wenn man nachgibt, kann niemand sagen, denn diejenigen, die es getan haben, können nicht mehr befragt werden.

Emma lebte in einem kleinen Städtchen im Süden der Vereinigten Staaten ein ruhiges und beschauliches Leben mit ihrer Familie. Eines Tages klopfte es an der Haustüre. Emma war erstaunt, normalerweise benutzten alle die Klingel. Sie öffnete die Türe und vor ihr stand ein kleiner Junge von vielleicht sieben Jahren. Er schaute schüchtern zu Boden. Emma wunderte sich über seinen Aufzug. Die Kleider, die er trug, schienen aus dem vorigen Jahrhundert zu sein. Ein schlichtes weißes Hemd und eine schwarze Hose, die ihm viel zu klein war. Seine Schuhe waren schmutzig und abgewetzt. Der kleine Kerl tat Emma sofort leid. Sie bückte sich zu ihm, um zu fragen was er denn wolle. Ihr war klar, dass er nicht aus ihrem Städtchen war, denn hier kannte sich jeder.

Er machte den Mund auf und starrte weiter zu Boden, als er antwortete: »Ich brauche Hilfe. Können Sie mir bitte helfen?«
Emma wich unwillkürlich ein kleines Stück zurück, als sie den Atem des Kindes wahrnahm. Es war ein fürchterlich unangenehmer Geruch, süßlich und modrig. In dem Moment überfiel Emma ein komisches Gefühl. Es kam ganz plötzlich und unerwartet. Aber ihr Mitleid von kurz zuvor schlug auf einmal um in ein Gefühl, das sie zuerst nicht richtig greifen konnte. Dann, nach ein paar Sekunden, wurde ihr klar, was für ein Gefühl das war: Angst. Sie fühlte sich dermaßen unbehaglich neben dem kleinen Jungen, dass Angst sich in ihr breitgemacht hatte. Da hob der Junge seinen Kopf und blickte Emma direkt in die Augen. Sie erschrak so, dass sie einen Satz nach hinten machte und beinahe über die Türschwelle fiel.
Die Augen des Kindes waren schwarz. Ganz schwarz. Es gab keinen Unterschied, keine Abgrenzung zwischen Pupille und Iris. Das ganze Auge war schwarz. Und der Blick des Jungen war so seltsam leer. Es fühlte sich an, als würde er einfach durch sie hindurchstarren.
Als sie sich gefasst hatte, wurde das Drängen des Junge heftiger: »Bitte lassen Sie mich herein! Es ist sehr wichtig! Ich muss eintreten!«
Aber auch die Stimme des Jungen war seltsam und zudem veränderte sie sich. Am Anfang hörte er sich noch fast normal an. Aber dann kippte irgendetwas in der Stimme, sodass sie sich anders anhörte. Aufgekratzt und heiser, aber gleichzeitig so kalt und fremd.
Emma drehte sich um und schlug dem Jungen die Türe vor der Nase zu. Tagelang quälte sie ein schlechtes Gewissen, weil sie dem armen Kind nicht geholfen hatte. Aber immer wenn sie sich den Nachmittag in Erinnerung rief, war ihr klar, dass sie instinktiv das Richtige getan hatte. Der Junge stand auch an den darauffolgenden Tagen immer wieder vor der Türe. Er klingelte nicht, sondern stand nur da und starrte auf die Türe. Nach einer Woche war er verschwunden.

»Gloomy Sunday«, die Geschichte eines Liedes

Es gibt mehrere Lieder, denen im Laufe der Zeit eine Art Wirkung oder Fluch nachgesagt wurde, sobald man sie anhört. Am hartnäckigsten hält sich jedoch die Geschichte von einem Lied: »Gloomy Sunday«. In diesem Fall ist bis heute nicht geklärt, inwiefern es sich um einen Mythos oder um die Wahrheit handelt. Sicher ist, dass das Lied aufgrund seiner verheerenden Wirkung in einigen Ländern nicht gespielt werden sollte.

Der Komponist Rezo Seress schrieb das Lied »Gloomy Sunday« an einem Sonntag im Dezember 1932, als seine damalige Freundin die Verlobung mit ihm löste. Zutiefst betrübt, verfasste er das Lied, das von einem Mann handelt, der seine Freundin verlor, weil sie an einem Sonntag Selbstmord beging. In dem Lied denkt der Mann darüber nach, es seiner Freundin gleichzutun, um im Jenseits wieder mit ihr vereint zu sein.
Aber die Kombination aus Text und einer unfassbar traurigen Melodie stieß nicht auf die Gegenliebe der Produzenten. Sie wiesen Seress mit seinem Leid ab. Man konnte sich nicht vorstellen, dass diese schwermütige Melodie gut verkäuflich wäre. Doch eines Tages fand sich doch eine Plattenfirma, die den Song produzierte. Und das Unglück nahm seinen Lauf.
Schon nach kurzer Zeit hatte das Lied den Ruf, die Menschen in den Selbstmord zu treiben. Die Berichte über Kurzschlusshandlungen, nachdem das Lied gehört worden war, mehrten sich.
Im Frühjahr 1933 betrat ein junger Mann ein Café, in dem eine Band spielte. Er bat die Musiker darum, »Gloomy Sunday« zu spielen. Als das Lied zu Ende war, trank er seinen Cape aus, stand auf und ging nach Hause. Am nächsten Tag wurde er tot in seiner Wohnung aufgefunden. Er hatte sich erschossen.
Einige Zeit später alarmierten die Nachbarn einer jungen Frau die Polizei, nachdem sie die Frau tagelang nicht mehr gesehen hatten. Aus ihrer

Wohnung drang währenddessen unaufhörlich das Lied »Gloomy Sunday«. Die Polizei fand ihre Leiche auf dem Bett, neben dem Plattenspieler, der das Lied immer weiter spielte. Sie starb an einer Überdosis Heroin.

Andere Berichte erzählten von Selbstmorden, bei denen neben den Opfern ein Zettel lag, auf dem nur der Titel des Liedes stand.

Das Lied wurde für einige Zeit verboten, nachdem sich die Selbstmorde in Zusammenhang mit der Melodie gehäuft hatten. Die Menschen, die das Lied kannten, bestätigten die merkwürdige Wirkung. Sie beschrieben das Gefühl, wenn man es hörte, so, als habe der Komponist alle Traurigkeit der Welt in diesen Song gepackt. Es ergreife einen und würde nicht mehr loslassen. Es sei im Kopf und man höre es immer wieder, ob man wolle oder nicht.

1968 wurde Rezo Seress selbst zum Opfer der Selbstmordserie. Er sprang von dem Dach des Hauses, in dem er lebte. Bekannte erzählten, dass er nie damit fertig wurde, dass sein einziger Erfolg in der Musikbranche mit so viel Leid und Unglück verbunden war.

Inzwischen ist das Lied wieder im Handel erhältlich.

LAUGHING JACK

Bei dieser Creepypasta sind wohlweislich einige Szenen nicht erwähnt. Sollte Interesse daran bestehen, sich die Geschichte in vollem Ausmaß zu Gemüte zu führen, ist sie als Klassiker und einer der schauerlichsten Internetmythen überall und sehr ausführlich zu finden. Wenn man allerdings nicht zu den Menschen gehören sollte, die gerne die blutigsten aller Horrorszenen sehen oder lesen möchten, kann davon nur dringend abgeraten werden!

An einem verschneiten Weihnachtsabend um 1900 saß der kleine Isaac am Stadtrand von London wieder einmal alleine in seiner Dachkammer.

Er hatte keine Freunde und seine Eltern waren sehr arm. Alles, was der Vater verdiente, gab er für Alkohol aus. Seine Mutter war sehr streng und weigerte sich, Isaac in die Schule gehen zu lassen. Sie unterrichtete ihn zu Hause. Oft saß er am Fenster und beobachtete die anderen Kinder, wie sie zur Schule gingen oder wenn sie am Nachmittag nach Hause kamen und mit ihren Freunden in den Gärten spielten. Er sehnte sich so sehr danach, auch wenigstens einen Freund zu haben. Doch immer wenn er mit seinen verlumpten Kleidern nach draußen ging, hänselten ihn die anderen Kinder. Irgendwann ging er nur noch dann nach draußen, wenn die anderen in der Schule waren.

Also saß Isaac auch am Heiligen Abend ganz alleine in seinem eisigen Zimmer. Er war traurig, weil er wusste, dass er weder Geschenke noch einen geschmückten Baum oder gar ein gutes Essen zu erwarten hatte. Als er hörte, wie die Haustür aufflog, war ihm klar, dass der Vater einmal mehr betrunken nach Hause gekommen war. Und es war ihm klar, dass jetzt wieder eine dieser schrecklichen Nächte folgen würde, in der sein Vater den ganzen Zorn, den er in sich trug, an Isaacs Mutter auslassen würde.

In böser Vorahnung verkroch sich der Junge unter seinen dreckigen Bettlaken. Aber leider konnten sie nie ganz die Schreie der verzweifelten Mutter vor ihm verbergen. Er bekam beinahe alles mit, die Möbel, die umgestoßen wurden, die Schläge, die den Körper und das Gesicht seiner Mutter trafen, und das Betteln und Flehen, das noch nie geholfen hatte. Er hielt sich die Ohren zu und kniff die Augen zusammen. Dann floh er in seine Traumwelt. Er stellte sich vor, wie es denn wäre, wenn er einen Freund hätte. Einen Freund ganz für sich alleine, der immer da war und mit ihm spielte. Mit dieser Vorstellung schlief er ein.

Er ahnte nicht, was in dieser Nacht noch passieren sollte. Denn in der speziellen Nacht des Heiligen Abends wurde ein Engel auf den einsamen kleinen Jungen aufmerksam. Kein Kind sollte so traurig und alleine sein wie der kleine Isaac. Also schuf der Engel ein Weihnachtsgeschenk, das nur für Isaac bestimmt sein sollte.

Als der Junge am nächsten Morgen seine Augen aufschlug, blieb er wie erstarrt in seinem Bett liegen. Am Ende seines Bettes auf einer kleinen Kommode stand etwas, was am Tag zuvor noch nicht da gewesen war. Es sah aus wie ein Geschenk. Eine wunderschöne kleine Holzkiste, reichlich verziert mit Malereien. Isaac war verblüfft. Er hatte noch nie ein Geschenk bekommen. Alles, was er besaß, hatte er sich auf der Straße oder in den Mülleimern anderer Familien zusammengesammelt.
Neugierig stand er auf und ging zu der kleinen Kiste, um sie näher zu betrachten. Als er direkt davor stand, konnte er einen Zettel sehen, der an die Kiste geheftet war. Darauf stand: Isaac. Das Geschenk war tatsächlich für ihn!
Auf der bunten Holzkiste waren ein paar Wörter eingraviert, er ging näher heran, um sie zu entziffern. Dort stand mit einer wunderschönen geschwungenen Schrift: *Laughing Jack in a box.*
Was konnte das bedeuten?
Die Schatulle war mit einem kleinen Metallriegel verschlossen. Aufgeregt schob Isaac den Riegel nach oben und öffnete langsam den Deckel. Beim Öffnen erklang die Melodie des Kinderliedes »La le lu, nur der Mann im Mond schaut zu …«
Doch als er hineinsah, war die Enttäuschung groß, denn das Kästchen war leer. »Das war ja irgendwie klar. Wieso sollte ich auch ein Geschenk bekommen, das funktioniert.« Isaac drehte sich um und ging in Richtung Tür, um zu sehen, ob seine Eltern schon wach waren.
In dem Moment gab es einen Knall, der Deckel der Schatulle sprang auf und Luftschlangen wirbelten durch das Zimmer. Isaac stand wie angewurzelt da, als er beobachtete, wie ein Clown aus dem Kästchen sprang. Er war groß und sehr dünn. Seine Haare waren feuerrot und seine Nase glich einer lang gezogenen bunten Zuckerstange. Das Clownskostüm, das er trug, war an den Enden ausgefranst und etwas zu klein, aber quietschbunt.
Der Clown fing an, auf Isaacs Bett herumzuhüpfen, und sang: »Halli, hallo! Da bin ich, *Laughing Jack*! Wer hat Lust, mit mir zu spielen?«

Isaac war immer noch völlig überrascht und durcheinander. Nach ein paar Minuten brachte er endlich die ersten Worte hervor: »Wer bist du?«

Der Clown lachte und verstreute Konfetti auf Isaacs Bett. »Das habe ich doch gerade gesagt, ich bin *Laughing Jack*, dein neuer Freund und Spielgefährte! Ich bin nur für dich da, Tag und Nacht! Und ich werde ab jetzt immer für dich da sein. Ich werde alles mit dir gemeinsam erleben und mich mit dir entwickeln. Das heißt im Klartext: Ich werde so lange da sein, wie du es bist, und mich genauso entwickeln wie du. Heißt ganz genau: Was du magst, mag ich auch!«

Isaac konnte es immer noch nicht fassen. »Du meinst, wir könnten zusammen spielen?«

»Na klar! Dafür wurde ich doch gemacht, mein lieber Isaac!«

»Du weißt auch, wie ich heiße?«

»Ich weiß alles über dich. Denn ich bin ja nur für dich gemacht! Also los, lass uns eine Runde Fangen spielen!!«

»Echt? Spielen? Einfach so?«

»Ja! Einfach so – los! Renn los!«

Die beiden rannten johlend durch Isaacs Zimmer und den kleinen Jungen erfüllte eine Freude, wie er sie noch nie zuvor gespürt hatte. Nach einer Weile hielt er inne und sein Gesichtsausdruck verfinsterte sich. »Ich muss nach unten, zu meinen Eltern. Wenn ich nicht pünktlich erscheine, bekomme ich großen Ärger.« Genau in dem Moment ertönte auch schon die strenge Stimme der Mutter: »Isaac! Wenn du nicht sofort herunterkommst, setzt es was!«

Isaac zuckte zusammen und sah seinen neuen Freund traurig an: »Ich muss jetzt wirklich gehen. Wirst du später noch da sein, wenn ich wiederkomme?« Tränen schimmerten in seinen Augen und er musste sich beherrschen, um nicht zu weinen.

Der Clown sah ihn an und drückte ihn an sich: »Mein lieber kleiner Isaac, ich werde hier sein – versprochen. Und ich werde dich nie wieder alleine lassen, außer du willst es so.«

Erleichtert drückte sich Isaac noch einmal an seinen Freund und ging dann fröhlich nach unten zu seinen Eltern. Er berichtete seiner Mutter den ganzen Vormittag von seinem neuen Freund und wie glücklich er sei, endlich einen Spielgefährten zu haben. Entnervt gab die Mutter nach und ging mit ihm nach oben, um sich den mysteriösen Clown anzusehen. Isaac öffnete mit einem Schwung seine Türe und sagte strahlend: »Da ist er! Das ist Jack!«

Doch als sie beide in das Zimmer sahen, war es leer. Da war keine Schatulle und schon gar keinen Clown. Er blickte seine Mutter an und sah in ihren Augen, was jetzt kommen würde. Ihm wurde schlecht und sein Magen verkrampfte sich. Sie holte aus und schlug ihm direkt ins Gesicht. Sofort schossen ihm die Tränen in die Augen und er hatte Mühe, das Gleichgewicht zu halten. Sie funkelte ihn böse an: »Werde jetzt ja nicht auch noch schwachsinnig, du dummes Kind! Und lüg mich ja nie wieder an!«

Sie verließ den Raum, drehte sich noch einmal kurz um und sagte: »Abendessen ist gestrichen und du bleibst auf deinem Zimmer. Ich will keinen Mucks mehr hören!« Isaac ließ sich dort, wo er stand, auf den Boden sinken und begann zu weinen. Die Enttäuschung war so groß, dass er von jedem Schluchzer richtiggehend geschüttelt wurde. Dann spürte er eine Hand auf seiner Schulter und die ruhige Stimme von Jack erklang: »Hey, Chef – es tut mir leid. Es tut mir so sehr leid, dass das gerade passieren musste. Es war meine Schuld! Ich hätte dir sagen müssen, dass Eltern mich nicht sehen dürfen. Mein Zauber gilt nur dir, wenn deine Eltern mich sehen könnten, muss ich verschwinden. Bitte verzeih mir! Aber jetzt können wir spielen. Die ganze Nacht, wenn du möchtest!«

Der Clown klatschte in die Hände und plötzlich erwachte alles in Isaacs Zimmer zum Leben. Die alten zerschlissenen Puppen, die er im Müll gefunden hatte, fingen an zu tanzen. Der Bär, dem ein Auge und ein Arm fehlten, stimmte ein Lied an. Und aus der Schatulle, aus der Jack gekommen war, quollen Süßigkeiten.

In Isaacs Gesicht entstand ein kleines Lächeln, das zu einem Lachen anschwoll, einem lauten, fröhlichen Lachen. Er probierte von den Süßigkeiten, denn er hatte noch nie zuvor welche gegessen. Sie spielten und tobten die ganze Nacht und Isaac war selig.

Als die Nacht vorüber war und Isaac erschöpft und glücklich wie nie zuvor in sein Bett fiel, fragte er Jack: »Was bist du?« Der Clown antwortete: »Ich wurde für dich gemacht und ich bin wie du, Chef.«

So vergingen die Tage und die Wochen. Isaac war so glücklich, dass ihm auch die Schularbeit mit der Mutter auf einmal nichts mehr ausmachte, und er wurde immer besser.

Eines Tages traute er sich sogar mit Jack in den Garten. Die anderen Kinder waren noch in der Schule und seine Eltern nicht zu Hause.

Sie tobten durch den ganzen Garten, als Isaac den Hund vom Nachbarn entdeckte. Er war noch ein Welpe und grub sich regelmäßig durch den Gartenzaun. Danach war es immer Isaac, der die Löcher wieder verschließen musste.

Als er sah, wie der Hund gerade wieder dabei war, durch ein neues Loch in den Garten zu schlüpfen, schrie er im Spiel: »Achtung! Ein gefährliches Raubtier kommt in unser Revier! Jack, schnapp es dir!«

Der Junge staunte, als der Clown mit einer blitzschnellen Bewegung bei dem Hund war und ihn auch gleichzeitig schon in einer Hand hielt, die plötzlich aussah wie eine überdimensionale Klaue. Fasziniert von der Kraft seines Freundes, schrie er: »Genau, zeig ihm mal, dass er endlich damit aufhören soll, diese Löcher zu graben!«

Die Klaue schloss sich immer fester um das Tier, bis es ein kurzes Winseln hören konnten. Dann hing der kleine Hund schlaff in der monströsen Klaue. Jack ließ den Hund zu Boden fallen und beide bestaunten das tote Tier. Auf einmal fing Isaac an zu lachen, er lachte laut und beinahe schon hysterisch. Dann sagte er: »Na, das hat er wohl jetzt verstanden!«

Dabei wurde er wieder von einem Lachanfall geschüttelt, er konnte sich gar nicht mehr beruhigen. Jack, der anfangs auch lachen musste, verstummte und sagte: »Aber du wirst doch sicher Ärger bekommen, wenn deine Eltern den toten Hund finden?«

Das brachte Isaacs Lachen sofort zum Verstummen. »Oh Gott, ja! Wir müssen ihn schnell wieder hinüber in seinen Garten legen!«
Danach liefen sie schnell zurück in Isaacs Zimmer. Aber leider hatten sie vergessen, das Loch unter dem Gartenzaun zu beseitigen. Somit war den Eltern schnell klar, was passiert sein musste. Sie schrien Isaac an und verprügelten ihn so, dass er, als er wieder in sein Zimmer kam, kaum noch zu erkennen war.
Jack tat es so weh, als hätte er die Schläge selbst bezogen, als er den tränenüberströmten kleinen Jungen sah. Er setzte sich neben ihn und streichelte ihm den Rücken. »So was dürfen wir nie wieder tun!«
Isaac brauchte einige Minuten, um wieder sprechen zu können. Dann sagte er mit leiser Stimme: »Wir werden so etwas nie wieder tun, denn meine Eltern bringen mich in ein Internat. Eine Schule für schwer erziehbare Kinder, morgen. Sie sagen, ich sei verrückt, weil sie mir nicht glauben, dass es dich gibt. Und ich kann dich nicht mitnehmen.«
»Was soll das heißen? Wo soll ich denn hin? Ich gehöre doch zu dir!«
»Ich weiß, aber es geht nicht. Dort müsstest du dich immer verstecken und wir könnten nie mehr miteinander spielen.«
»Und was soll ich jetzt machen?«
»Am besten gehst du wieder in deine Kiste und wartest dort auf mich.«
Jack liefen die Tränen über das Gesicht, als er zu der Schatulle ging: »Also gut, Chef. Ich werde hier auf dich warten. Aber vergiss nicht: Der Einzige, der mich aus diesem Gefängnis befreien kann, bist du. Wenn du nicht kommst und die Kiste öffnest, muss ich für immer in der Dunkelheit bleiben!«
Isaac, der mittlerweile schluchzend auf dem Boden hockte, antwortete: »Ich weiß, Jack und ich verspreche Dir, dass ich, sobald ich kann, wiederkommen werde.«
Sie lächelten einander an, während ihnen die Tränen über die Gesichter liefen.
»Bis bald, Chef! Vergiss mich nicht!«
»Niemals!«

Und in dem Moment verschwand der Clown in der kleinen Holzkiste.
Am nächsten Tag wurde Isaac fortgebracht und für Jack begann ein Leben in Einsamkeit. Er saß in der kleinen Kiste und konnte zwar alles, was um ihn herum passierte, hören und sogar sehen. Aber er war gefangen – und das auf unbestimmte Zeit. Für den Clown, der dafür geschaffen war, zu toben und zu spielen, zog sich jede Minute eingesperrt und alleine wie eine Ewigkeit. Er war es nicht gewöhnt, tatenlos und vor allem einsam zu sein.
Die Tage vergingen und das Einzige, was er mitbekam, waren die Stimmen der Eltern, die immer häufiger und immer heftiger miteinander stritten. Keiner betrat das Zimmer des kleinen Jungen – Jack war vollkommen isoliert.
Das Einzige, was ihn trug, war die Hoffnung darauf, dass Isaac bald kommen und ihn wieder befreien würde.
Doch nichts geschah. Isaac kam nicht. Nicht in den nächsten Wochen, nicht in den nächsten Monaten und am Ende waren Jahre vergangen, als die beiden Eltern wieder einen Streit hatten.
Jack saß in seiner Kiste, aber er sah nicht mehr so aus wie damals, als er mit Isaac gespielt hatte. Die Jahre der Isolation hatten seine einst so grellen Farben verblassen lassen. Er war nicht mehr bunt – er war weiß. Die Haare hatten sich von dem leuchtenden Rot in tiefes Schwarz verfärbt. Die Gefangenschaft hatte aus ihm einen hoffnungslosen Schatten gemacht, der sich damit abgefunden hatte, für alle Ewigkeit in seinem dunklen Gefängnis bleiben zu müssen.
Doch dieser Streit endete anders als jene zuvor. Der Vater hatte seine Frau im Rausch so heftig geschlagen, dass sie ihren Verletzungen erlegen war. Als die Polizei kam und den noch immer betrunkenen Mann abholte, hörte Jack einen der Beamten sagen: »Na, mein Lieber, das heißt dann wohl Todesstrafe!«
Jetzt war Jack also ganz alleine. Deshalb traute er seinen Ohren nicht, als er einige Wochen später die vertrauten Schritte Isaacs auf der Treppe hören konnte. Er war zurückgekehrt, denn er hatte als einziges Kind das Haus geerbt.

Jack war aufgeregt und konnte sich nicht vorstellen, dass es nun so weit sein sollte. Isaac würde kommen und ihn endlich befreien. Aber er erschrak, als er den Menschen sah, der das Zimmer betrat. Es war ein ausgewachsener Mann, der überhaupt nichts mehr mit dem lieben kleinen Jungen von damals gemein hatte. Das Lächeln in seinem Gesicht war verschwunden und einem harten Ausdruck gewichen. Seine Augen beobachteten misstrauisch die Umgebung.

Als Jack diesen Gesichtsausdruck sah, war ihm klar, dass Isaac ihn vergessen hatte. Es sah sogar so aus, als hätte er seine ganze Kindheit vergessen. Er würde die Kiste nicht öffnen, denn er hatte auch Jack vergessen. Doch der Clown war so emotionslos geworden in all den Jahren der Gefangenschaft, dass er nichts mehr empfinden konnte. Er saß in seiner Schatulle, unfähig, den Schmerz der Enttäuschung zu spüren, unfähig, überhaupt etwas zu fühlen.

Er wurde nur noch ein wenig blasser, es gab keine Farbe mehr.

Die Tage und Wochen zogen ins Land und Jack blieb in seinem verstaubten Kästchen. Das Einzige, was er mitbekam, war, wenn Isaac morgens das Haus verließ, um zur Arbeit zu gehen, und wenn er abends, meist betrunken, zurückkam. Er arbeitete in einer Metzgerei nicht weit entfernt.

Eines Abends kehrte er aber nicht alleine von seinem nächtlichen Streifzug zurück. Er hatte eine Frau dabei. Jack empfand das erste Mal seit Jahren ein Gefühl von Interesse. Er beobachtete, wie die beiden in Isaacs Zimmer kamen, eine Flasche Wein öffneten und plauderten.

Die Frau war sehr nett und lachte über Isaacs Witze. Und Jack konnte die Bewunderung in Isaacs Augen sehen, als ihn plötzlich ein Gefühl überfiel. Die erste Emotion nach so vielen Jahren. Es war Eifersucht. Er fühlte sich umso mehr vergessen, als er sah, was die beiden für einen Spaß hatten. Das war doch sein Platz! Er war derjenige, mit dem Isaac lachen sollte! Grimmig verfolgte er die Unterhaltung.

Dann, etwas später, begannen die beiden, sich zu küssen. Jack war erstaunt über das, was er sah. Eine komische Art zu spielen, dachte er bei sich.

Aber er war neugierig geworden. So etwas hatte er noch nie gesehen. Die Küsse wurden immer leidenschaftlicher und Isaacs Hand wanderte unter die Bluse der schönen Frau. Aber die sagte: »Nein, lass das …«
Kurz darauf probierte es Isaac jedoch aufs Neue, dieses Mal bestimmter. Doch der Frau schien das nicht zu gefallen. Also nahm sie seine Hand, hielt sie fest und sagte mit lauter Stimme: »Bitte lass das sein! Wir kennen uns doch noch gar nicht richtig!«
Aber Isaac packte sie am Handgelenk und sagte: »Stell dich gefälligst nicht so an! Warum bist du denn dann mitgekommen?«
»Nein, das will ich aber nicht!« Die Frau versuchte, sich Isaacs Griff zu entwinden und aufzustehen. Doch der drückte sie wieder auf die Bettkante. Sie begann, sich heftiger zu wehren, und Jack saß da und beobachtete. Er verstand dieses Spiel nicht. Aber es war unterhaltsam und spannend. Als er den Gesichtsausdruck Isaacs sah, erinnerte er ihn an dessen Vater. Denn genau diesen Ausdruck hatte Isaacs Vater immer gehabt, kurz bevor er auf seine Frau losgegangen war. Es war diese Mischung aus Zorn und Wut, verschleiert vom Alkohol.
Er sah auch die Angst in den Augen der Frau. Sie versuchte sich in dem Moment loszureißen, was ihr auch kurz gelang. Dann stürzte sie zur Tür, doch Isaac war schneller. Er packte sie an den Haaren und schlug sie zu Boden.
Jack war verwundert über dieses Spiel. Die Frau weinte und schrie: »Du Schwein!«, während ihr Blut über das Gesicht lief.
Doch Isaac hob sie einfach vom Boden auf und warf sie zurück auf sein Bett.
»Sei still, du Schlampe!«, troff es hasserfüllt aus seinem Mund.
Er riss ihr die Kleider vom Leib, aber sie begann sich erneut zu wehren und schaffte es, ihm mit ihren Nägeln eine tiefe Wunde am Hals zuzufügen. In dem Moment kochte der Zorn Isaacs über. Er griff hinter sich und das Erste, was er zu greifen bekam, war die Weinflasche, die am Boden stand. Er holte aus und schlug sie der Frau über den Kopf. Augenblicklich strömte das Blut aus dem Loch, dass er ihr in den Schädel geschlagen

hatte. Die Frau bewegte sich noch kurz, dann lag sie schlaff und leblos auf der Matratze. Sie war tot.

Jack saß in seiner Kiste, vollkommen regungslos und auf einmal überkam ihn ein Gefühl. Es war Spaß! Großer Spaß! Ein leises Kichern entfuhr ihm. Und dann kam es, ein lautes Gackern, das durch seinen ganzen Körper ging. Sein emotionslos gewordener, kalter Körper wurde geschüttelt von einem Lachanfall. Was für ein geniales Spiel das war!

Isaac betrachtete die Leiche eine ganze Weile, bevor er das Zimmer verließ. Als der Morgen graute, kam er wieder. Er schleppte eine große Mülltonne hinter sich her und eine Tasche. Dann nahm er seinen alten Schreibtisch, an dem er als Kind seine Schularbeiten erledigt hatte, und stellte ihn neben das Bett. Das Blut der Frau war inzwischen in die Laken gelaufen und fast ganz getrocknet.

Jack war sofort neugierig geworden. Es war so spannend, wie das Spiel jetzt wohl weiterging.

Isaac machte sich ans Werk, seinen Beruf auszuüben. Er häutete die Leiche und begann die Innereien einzulegen, zu pökeln und zu räuchern. Die übrig gebliebenen Knochen warf er in die Mülltonne und entsorgte sie in der Themse.

Als er zurückkehrte, fuhr er fort. Er verarbeitete alles, wie er es gelernt hatte. Schon bald hingen an der hölzernen Stange, die in einer Ecke in seinem Zimmer angebracht war und früher als Kleiderstange gedient hatte, Schinken, Würste und der Rest der verarbeiteten Leiche.

Jack saß kichernd in seiner Kiste, begeistert von dem Ergebnis der langen Arbeit.

Am Ende hatte Isaac einen kleinen Raum geschaffen, in dem man die ausgestellte »Ware« begutachten konnte. Er hatte nichts ausgelassen. Das Einzige, was er von den Knochen nicht entsorgt hatte, war der Schädel der Frau. Er platzierte ihn ganz oben auf dem Regal, das er eigens dafür angefertigt hatte, um seine fertiggestellten »Wurstwaren« aufzubewahren.

Jack war begeistert. Seit Jahren war er nicht mehr so gut unterhalten worden.

Als Isaac mit der Leiche fertig war, begann er damit, seinen »Arbeitsraum« zu perfektionieren. In der Mitte stellte er eine Art Pritsche auf und griffbereit, in einem Halbkreis darum aufgereiht, zwei kleine Tische, auf denen sich sein Handwerkszeug befand. Alles lag fein säuberlich aufgereiht und bereit zum Einsatz da.
An der Pritsche hatte er Hand- und Fußfesseln aus Leder befestigt, um in Zukunft in Ruhe arbeiten zu können. Er hatte alles aus seiner Arbeit beschafft, indem er immer die Messer und Beile mit nach Hause nahm, die entsorgt werden sollten. Er reinigte sie gewissenhaft und schliff sie, sodass sie wieder perfekt funktionierten.
Den ehemals hölzernen Boden hatte er mit Lack behandelt, um ihn leichter säubern zu können. An einem Haken an der Wand hingen eine Schürze und eine Maske. Darunter ein paar Gummistiefel. Das Ganze dauerte mehrere Wochen, bis er eines Tages in seinem alten Kinderzimmer stand und sich zufrieden umsah. Er nahm die Maske vom Haken, dann nickte er und ging.
Jack spürte eine unglaubliche Spannung und Vorfreude – er konnte es kaum aushalten abzuwarten, was als Nächstes passieren würde. Aufgeregt kicherte er vor sich hin, als sich die Stunden zogen, bis Isaac endlich wiederkam.
Jacks Herz machte einen Satz vor Freude, als er sah, dass Isaac ein neues Spielzeug mitgebracht hatte. Er trug die Maske, sodass man nur seinen Mund und die Nase sehen konnte. Das war so wunderbar aufregend! Vor allem die Maskerade entlockte Jack ein gieriges Kichern.
Der neue »Gast« war ein halbwüchsiger Junge von ungefähr 15 Jahren. Isaac hatte ihm die Augen verbunden und ihm die Hände hinter dem Rücken mit einem Stück Seil gefesselt. Ein Knebel aus Leder war mit einem Lederriemen an seinem Kopf befestigt. Der Junge zitterte am ganzen Leib und flehte schluchzend unverständliche Worte in seinen Knebel.
Jacks Augen glühten vor Aufregung, als er beobachtete, wie Isaac sich seinem grausigen Werk widmete. Er ging dabei so vor, dass der Junge so lange wie möglich bei Bewusstsein war. Dabei beugte er sich mit der

Maske im Gesicht ganz nah über das tränenüberflutete Gesicht seines Opfer und hauchte ihm ins Ohr: »Ich will doch, dass du auch so lange wie möglich den Spaß hier genießen kannst.«

Jack tobte in seiner Kiste vor Freude und Mordlust, sodass ihm kleine Speichelfäden aus den Mundwinkeln rannen. Die Tortur dauerte mehrere Stunden, bis der Junge endlich von seinen Qualen erlöst wurde. Er war verblutet und konnte seine Augen für immer schließen.

Jack empfand ein leichtes Gefühl der Enttäuschung, als er sah, dass das Opfer nun nicht mehr Zeuge seiner eigenen Schlachtung sein konnte. Aber er war beinahe genauso fasziniert von der Präzision, mit der Isaac den Körper verarbeitete. Er schien dabei in einer völlig anderen Welt zu sein, vollkommen konzentriert und mit einer spürbaren Begeisterung war er bei der Sache. Er wirkte richtig glücklich.

Weitere Stunden vergingen, bis Isaac sein Werk vollbracht hatte. Danach widmete er sich der Reinigung der Mordinstrumente und des Zimmers. Erst als alles wieder klinisch gesäubert war, legte er sich auf die Pritsche, lächelte und verfiel in einen tiefen Schlaf.

Jack kicherte in seiner Kiste leise vor sich hin.

In den nächsten zwei Jahren ging der Wahnsinn weiter. Isaac besorgte sich immer neue Opfer und seine Taten wurden immer abartiger und grausamer. Er war zu einem sadistischen Monster geworden, der seine einzige Freude und Befriedigung in der Qual anderer finden konnte.

Er ging immer mehr dazu über, die Tortur so lange wie möglich andauern zu lassen, bevor die Opfer den erlösenden Tod fanden. Dabei war sein Ideenreichtum genauso abartig wie unerschöpflich.

Manchmal verbrachte er ganze Nächte damit, genau zu planen, wie er beim nächsten Mal vorgehen würde. Auch die »Verarbeitung« der Leichen veränderte sich. Es was ihm nicht mehr so wichtig, seine grausigen Produkte herzustellen. Oft machte er danach nur sauber und ließ die Überreste nachts in der Themse verschwinden. Sein Hauptaugenmerk lag auf den Foltermethoden, denn seine Gier nach der Befriedigung, die

er auf diese Weise erlangen konnte, wuchs ständig. Wobei sie gleichzeitig immer schwerer zu erreichen schien.
Und genauso erging es Jack in seiner Kiste. Er hatte sich immer parallel zu Isaac entwickelt. Und so war es nur logisch, dass sich der Clown zu einem bösartigen Wesen verändert hatte, das nur darauf wartete, endlich die Qualen des nächsten Opfers sehen zu können.
Er hockte in einer Ecke der Schatulle mit einem boshaften Grinsen und Augen, die jede Farbe verloren hatten. Sie waren schwarz und sie glühten vor Gier.
Erst wenn eine neue »Show« begann, fing er an, kichernd und johlend auf und ab zu springen. Er tobte beinahe vor Vergnügen, wenn Isaac sich seinen neuesten Einfällen hingab.
Als Isaac eine alte Frau mit nach Hause brachte, die zudem blind war, sah er anfangs keinen Grund darin, sie auf der Pritsche festzubinden. Im Gegenteil, es hatte einen unwiderstehlichen Reiz auf ihn ausgeübt zu sehen, was passieren würde, wenn er ihr erst die Arme brach, um dann abzuwarten, was passierte. Die Dame, die er zum Tee eingeladen hatte, ahnte nichts Böses, zumal sie die Folterkammer, in die sie gebracht worden war, ja nicht sehen konnte. Erst in dem Moment, als er einen ihrer Arme nahm und ihn auf die Pritsche legte, um ihn mit einem Vorschlaghammer zu zertrümmern, wurde ihr klar, in welcher Situation sie sich befand.
Sie versuchte wegzulaufen, aber Isaac hielt ihren anderen Arm mit Leichtigkeit fest, legte auch ihn auf die Bank und schlug zu. Danach ließ er die Frau los. Sie schrie und rannte los. Dabei verletzte sie sich schwer am Kopf, als sie an das Regal prallte, in dem die Kiste von Jack stand. Alles fiel zu Boden, als ihr das Blut aus einer Platzwunde am Kopf schoss.
Jack, der in seiner Kiste hin und her geschleudert wurde, schrie vor Begeisterung. Er durfte mitspielen! Später, als Isaac fertig war und die Überreste der Frau weggebracht hatte, kehrte er zurück, um das Zimmer zu säubern. Da fiel ihm das Kästchen in die Hände. Er drehte es herum und da kam die Erinnerung zurück. Er setzte sich auf die blutgetränkte Pritsche und öffnete den verstaubten Deckel.

Als die Melodie des Kinderliedes erklang, war alles wieder da. Isaac erinnerte sich an alles, was er damals in einer längst vergessenen Zeit mit seinem Freund Jack erlebt hatte. Bei dem Gedanken an den Hund des Nachbarn überkam ihn ein dunkles Grinsen.

Aber nichts passierte, das Lied leierte mal langsamer, mal schneller und klang dabei eher wie das Jaulen eines Tieres. Aber der Clown war nicht zu sehen.

Für Isaac war das nur eine Bestätigung dessen, was er sowieso in den Jahren, bis er erwachsen war, gelernt hatte: Märchen sind etwas für Idioten. Er warf das Kästchen in die Mülltüte, in der er den Rest des grausamen Geschehens der Nacht entsorgen wollte, und ging zur Türe.

Aber sie ließ sich nicht öffnen. Er zog mit aller Kraft und rüttelte, aber die Türe bewegte sich keinen Millimeter. Dann hörte er ein Geräusch hinter sich. Es war eine Art kratziges Kichern. Eine eiskalte, aber gleichzeitig viel zu hohe und verzerrte Stimme erklang: »Hallo, Chef, wie geht's dir denn so?«

Isaac wirbelte herum, und was er sah, ließ ihn beinahe ohnmächtig werden. Dort, in der Ecke des Zimmers, stand er, sein ehemals bester Freund. Aber er hatte nichts mehr mit dem bunten und schillernden Clown, der immer zu einem Spaß aufgelegt war, gemein.

In der anderen Ecke des Zimmers stand eine monströse Kreatur, die in ihrem Aussehen all die Grausamkeit widerspiegelte, die sich in Isaacs Kopf breitgemacht hatte.

Der Clown war riesig und spindeldürr. Seine Kleidung und sein Gesicht waren weiß geworden. Die einst feuerroten Haare hingen in einem tiefen Schwarz schlaff über seine Schultern.

Er stand gebeugt, sodass seine überlangen Arme neben den Beinen herabhingen. Dabei streiften die Finger den Boden und erzeugten bei jeder Bewegung ein unangenehmes kratzendes Geräusch. Die Nase war unnatürlich lang und schwarz angelaufen.

Als er den Mund öffnete, kamen unzählige messerscharfe kleine Dolche zum Vorschein, die Isaac an das Gebiss eines Hais erinnerten. »Hallo,

Isaac! Na, hab ich dir gefehlt? Du hast mich so lange eingesperrt, das war nicht nett von dir!«
Isaac konnte sich nicht rühren, der Anblick des Wesens, das da vor ihm stand, ließ ihm immer noch das Blut in den Adern gefrieren.
»Ich dachte, es gibt dich nicht. Du warst doch eine Einbildung in meiner Kindheit?«
»Komm schon, Chef, gib's zu – du hast mich einfach vergessen. Du wolltest mich nicht mehr sehen. Und deshalb hast du mich all die Jahre in dieser Kiste eingesperrt. Nein, das war gar nicht nett von dir!«
»Aber das war keine Absicht! Wirklich! Ich war mir ganz sicher, dass du nicht wirklich existierst!«
Der Clown fing leise an zu kichern, dann sagte er mit seiner verzerrten Stimme: »Ich glaub dir nicht, mein Lieber. Aber das macht ja jetzt auch nichts mehr. Ich bin frei! Endlich frei! Und jetzt können wir wieder miteinander spielen. Ganz lange, bis du tot bist.«
Er grinste und entblößte dabei seine messerscharfen Zähne.
Isaac trat einen Schritt zurück und antwortete: »Du bist aber nicht mehr der, mit dem ich gerne gespielt habe. Du hast dich so verändert.«
»Hmmm, na so was. Da hab ich mich ein bisschen verändert. Nun ja, das passiert manchmal, wenn man über Jahre in einer Schachtel eingesperrt ist. Außerdem weißt du doch, dass ich mich immer in dieselbe Richtung verändere wie du! Du hast dich auch verändert, Isaac. Und ich bin nur dein Ebenbild.«
Als er dabei Isaac tief in die Augen blickte, überkam diesen ein Schauer und es kostete ihn beinahe alle Willenskraft, sich nicht zu übergeben.
In dem Moment schossen die dünnen langen Arme des Clowns nach vorne und ergriffen Isaac. Sie hielten ihn umklammert wie in einem Schraubstock und es war ihm unmöglich, sich zu bewegen. Der Clown drückte kurz zu und begann zu kichern. Sämtliche Luft wurde aus Isaacs Lungen gepresst und er hatte für einen kurzen Moment das Bild des kleinen Hundes vor sich, wie er damals in Jacks Klaue erdrückt worden war.

Panik überfiel ihn und er begann zu japsen: »Bitte! Bitte, Jack, tu mir nichts! Wir sind doch Freunde – beste Freunde!«
»So, so – beste Freunde … na, dann lass uns spielen!«
Er hob Isaac hoch und legte ihn auf die Pritsche, auf der die Jahre zuvor so viele Menschen einen grausamen Tod hatten erleiden müssen.
Doch er band sein Opfer nicht an die Fesseln, wie es Isaac in den meisten Fällen getan hatte. Er legte ihn hin und innerhalb einer Sekunde hatte er einen Hammer und Nägel bereit. Die Bewegungen des Clowns waren so schnell, dass Isaac sie nicht verfolgen konnte.
Auf diese Weise befestigte Jack seinen »Spielkameraden« an der Liege. Fröhlich begutachtete er sein Werk und sagte: »So, jetzt wollen wir mal sehen, ob ich mir alles gemerkt habe. Weißt du, ich habe immer gut aufgepasst in den letzten Jahren. Denn ich will ja nichts vergessen!«
Isaac krümmte sich vor Schmerzen, aber die Angst zu wissen, was ihm bevorstand, war noch viel unerträglicher. Jack machte sich ans Werk und vergaß tatsächlich keine einzige der Grausamkeiten, die sich Isaac in all den Jahren ausgedacht hatte. Er ließ ihn alles selbst durchleben, und das bei vollem Bewusstsein. Manchmal fiel Isaac aufgrund der Schmerzen und des Blutverlustes in eine kurze Ohnmacht. Aber der Clown wartete geduldig, bis er wieder wach war. Dann fuhr er fort mit seinem grausamen Spiel.
Er geriet immer mehr in Ekstase und fing an, das alte Lied »Lalelu« zu trällern. Immer wieder überkam ihn ein heftiger Lachanfall, sodass er Pausen einlegen musste, um sich wieder zu fangen.

»Komm schon, Isaac! Lach doch mal! Das macht Spaaaß! Du bist nicht mehr so gut im Spielen wie früher!« Das Letzte, was Isaac sah, war das Gesicht des Clowns, der sich voll von Isaacs Blut ganz nah über ihn gebeugt hatte. Er grinste Isaac an: »Schade, Chef, ich glaube, jetzt ist unsere Spielzeit vorbei. Aber ich danke dir für all das, was du mir beigebracht hast. Es war ein Riesenspaß und ich werde jetzt losziehen, um mir noch ganz viele andere Spielkameraden zu suchen.«

Isaacs Leiche wurde Wochen später von der Polizei gefunden, an eine Pritsche genagelt und komplett ausgeweidet. Es geschah in der gleichen Zeit, als sich die Fälle von ähnlichen Morden in der Gegend häuften.